Johanna Lindsey

Johanna Lindsey est l'une des plus célèbres auteures américaines de romance historique. Elle a vendu plus de soixante millions de livres dans le monde. Traduits en douze langues, ses romans figurent toujours en tête de liste des *bestsellers* du *New York Times*. Sa série la plus connue est *Les Malory*, publiée aux Éditions J'ai lu. Née en Allemagne, elle a passé sa jeunesse à voyager, avant de s'installer à Hawaii en 1964. Elle réside aujourd'hui au New Hampshire avec sa famille.

Passagère clandestine

Aux Éditions J'ai lu

Samantha
N° 2533
Esclave et Chatelaine
N° 2925
La révoltée du harem
N° 2956
La fiancée captive
N° 3035
Les feux du désir
N° 3091
La viking insoumise
N° 3115
Un si doux orage
N° 3200
Un cœur si sauvage
N° 3258
Épouse ou maîtresse ?
N° 3304
Captifs du désir
N° 3430
Une fiancée pour enjeu
N° 3593
Paria de l'amour
N° 3725
Si tu oses me quitter
N° 4318
Pour toujours dans tes bras
N° 4425
Brûlés par le désir
N° 4636
Apparence trompeuse
N° 5166
En proie à la passion
N° 5489
Héritier malgré lui
N° 5848
Un cow-boy pour deux
N° 7311
Les feux de l'hiver
N° 12654
Cœurs enchaînés
N° 13065
Il était une fois une princesse
N° 13232

LES MALORY

1 – Lady Regina Ashton
(Le séducteur impénitent)
N° 3888
2 – Lord Anthony
(Tendre rebelle)
N° 4003
3 – Passagère clandestine
N° 3778
4 – Magicienne de l'amour
N° 4173
5 – Une femme convoitée
N° 4879
6 – La faute d'Anastasia
N° 5707
7 – Voleuse de cœur
N° 8150
8 – Les trésors du désir
N° 8348
9 – Confusion et séduction
N° 9824
10 – Mariés par devoir, amants pour toujours
N° 9832

JOHANNA

LINDSEY

LES MALORY – 3

Passagère clandestine

Traduit de l'anglais (États-Unis)
par Catherine Plasait

J'AI LU

Titre original
GENTLE ROGUE

Éditeur original
Avon Books, a division of the Hearst Corporation, N.Y.

1

1818, Londres

Georgina Anderson leva sa cuiller, y plaça un trognon de radis, la tira en arrière et catapulta la fane à travers la pièce. Elle n'atteignit pas l'énorme cafard qu'elle visait, mais il prit peur et rentra précipitamment dans une fissure du mur. Mission accomplie. Tant qu'elle ne voyait plus ces bestioles, elle parvenait à les oublier.

Elle revint à son assiette, fit la grimace, la repoussa. Que n'aurait-elle donné pour un des somptueux repas d'Hannah ! Après douze ans passés comme cuisinière auprès des Anderson, Hannah savait exactement ce que chaque membre de la famille préférait, et Georgina rêvait de ses plats délicieux depuis des semaines. Pas étonnant, lorsque l'on a passé un mois sur un bateau ! Elle n'avait avalé qu'un seul repas correct depuis son arrivée en Angleterre cinq jours auparavant. C'était le soir même où ils avaient accosté. Ils avaient pris des chambres à l'hôtel Albany, puis Mac l'avait emmenée dans un excellent restaurant. Ils avaient d'ailleurs dû quitter l'Albany pour un établissement nettement plus modeste dès le lendemain... Que faire d'autre puisqu'ils étaient rentrés à l'hôtel pour s'apercevoir qu'ils n'avaient plus un sou dans leurs malles ?

Georgie – comme l'appelaient affectueusement ses parents et ses amis – ne pouvait même pas en tenir pour responsable la direction de l'hôtel. Mac et elle avaient tous deux été dévalisés, or leurs chambres ne se trouvaient pas au même étage. Le vol avait plutôt été commis lorsque leurs malles avaient été transportées du port jusqu'à Piccadilly, où était situé le prestigieux hôtel Albany. Ils avaient loué un fiacre et y avaient entassé leurs bagages que « surveillaient » le cocher et son aide, tandis que Mac et Georgie s'émerveillaient de découvrir Londres.

À dire vrai, la malchance avait commencé la semaine précédente, lorsqu'ils avaient appris que leur navire ne pouvait accoster, qu'il leur faudrait peut-être patienter trois mois pour pouvoir décharger la marchandise qu'il transportait. Seuls les passagers avaient pu être conduits à terre, après une attente de plusieurs jours.

Cela n'aurait pas dû surprendre la jeune fille, qui avait entendu parler de l'encombrement de la Tamise. Leur bateau, tributaire des vents et des courants, était arrivé en même temps qu'une douzaine d'autres en provenance d'Amérique, et il y en avait encore des centaines, venus des quatre coins du monde. C'était à cause de ce grave problème d'engorgement que les bateaux de l'entreprise familiale de transports maritimes avaient toujours soigneusement évité Londres, même avant la guerre. En fait, aucun navire de la Skylark n'y avait accosté depuis 1807, quand l'Angleterre avait bloqué la moitié de l'Europe dans sa guerre contre la France.

Bien que l'Amérique eût réglé ses différends avec l'Angleterre par un traité fin 1814, la Skylark était restée à l'écart de ce pays à cause des problèmes d'entrepôts. Trop souvent, les marchandises périssables restaient sur les quais, à la merci des éléments et des voleurs. Et si ce n'était pas le climat qui gâtait les stocks, la poussière de charbon s'en chargeait.

Voilà pourquoi Georgina n'avait pu venir à Londres sur un bateau de la Skylark. Et elle n'en trouverait pas non plus pour rentrer gratuitement chez elle. Ce qui poserait sans doute un problème, car Mac et elle se retrouvaient somptueusement à la tête de... vingt-cinq dollars : tout ce qu'ils avaient en poche au moment du vol. Combien de temps tiendraient-ils avec cette somme dérisoire ? Du coup, Georgina se retrouvait dans une sinistre petite chambre qu'ils avaient louée audessus d'une taverne dans le Borough, quartier peu reluisant près de Southwark.

Une taverne ! Si ses frères l'apprenaient un jour... Mais de toute façon, ils la tueraient dès qu'elle rentrerait à la maison, pour être partie sans les avoir prévenus, alors qu'ils naviguaient sur tous les océans du globe. Au minimum, ils lui supprimeraient son argent de poche pendant dix ans, ils l'enfermeraient dans sa chambre, au pain et à l'eau !

Non. En réalité, ils se contenteraient plutôt de crier bien fort. Mais l'idée de ses cinq frères aînés en colère, alors qu'elle savait mériter leurs reproches, n'était guère agréable à envisager. Hélas, cette perspective n'avait pas empêché Georgina de s'embarquer pour l'Angleterre avec le seul Ian MacDonell comme escorte. Parfois elle se demandait si le bon sens légendaire de la famille n'avait pas disparu le jour de sa naissance !

On frappa au moment où elle se levait de sa chaise, et elle ravala le « Entrez » tout naturel qui lui montait aux lèvres. En vingt-deux ans de vie, elle n'avait jamais dormi que dans son lit, dans sa chambre, dans sa maison de Bridgeport, Connecticut. Et dans un hamac, mais uniquement le mois précédent.

Évidemment, personne ne pouvait entrer puisque la porte était verrouillée... Mac insistait pour qu'elle le demeurât en permanence, comme si cette affreuse chambre ne lui rappelait pas déjà suffisamment qu'elle était loin de chez elle, au cœur d'un quartier infesté de bandits !

Mais elle reconnut tout de suite l'accent irlandais de celui qui lui parlait à travers la porte. Elle ouvrit puis recula afin de le laisser entrer. Sa haute stature sembla emplir la petite pièce.

— Alors, ça s'est bien passé ?

Il renifla avant de se laisser tomber sur l'unique chaise.

— Ça dépend comment on voit les choses, petite.

— Pas d'autres nouvelles ?

— Ça vaut mieux que des mauvaises, à mon avis.

— Sans doute, répondit-elle sans enthousiasme.

Il n'était pas raisonnable d'en attendre davantage, avec le peu d'éléments dont ils disposaient.

M. Kimball, l'un des marins de Thomas, le frère de Georgina, avait simplement dit qu'il était « sûr et certain » d'avoir aperçu son fiancé Malcolm Cameron sur le pont du *Pogrom*, un navire marchand anglais. Ils avaient croisé celui-ci en retournant vers le Connecticut. Thomas lui-même n'avait pu le vérifier, car M. Kimball ne lui en avait parlé que bien plus tard, alors que le *Pogrom* était déjà hors de vue. Mais vraisemblablement, ce navire voguait vers l'Angleterre.

En tout cas, c'était la seule information que Georgina ait eue au sujet de Malcolm depuis six ans. Se trouvant à bord du *Nereus*, le bateau de Warren, il avait été réquisitionné avec deux autres hommes un mois avant la déclaration de guerre en juin 1812.

L'enrôlement obligatoire des marins américains par la marine anglaise avait été l'une des causes de la guerre. Ce n'était vraiment pas de chance que Malcolm eût été pris lors de son tout premier voyage – et simplement parce qu'il avait encore une pointe d'accent de Cornouailles, où il avait passé la première moitié de sa vie. Pourtant, il était américain à présent. Ses parents, morts depuis, s'étaient installés à Bridgeport en 1806 sans intention de rentrer en Angleterre. Malheureusement, l'officier commandant le navire de guerre *Dévastation* n'avait rien voulu entendre.

Georgina avait ensuite appris que l'équipage du *Dévastation* avait été réparti sur une douzaine d'autres navires, puis plus rien. Que faisait Malcolm sur un bâtiment anglais de la marine marchande, maintenant que la guerre était finie ? Peu importait. Georgina avait enfin un moyen de le retrouver, elle ne quitterait pas l'Angleterre avant d'y être parvenue.

— À qui t'a-t-on renvoyé, cette fois-ci ? demanda-t-elle dans un soupir. Encore quelqu'un qui connaît quelqu'un qui *pourrait* savoir où il est ?

— À t'entendre, petite, on croirait qu'on tourne en rond depuis une éternité. Il y a seulement quatre jours qu'on cherche. Il nous faudrait un peu de la patience de Thomas.

— Ne me parle pas de lui, Mac. Je suis folle de rage qu'il ne soit pas allé à la recherche de Malcolm !

— Il l'aurait fait...

— Dans six mois ! Il voulait que j'attende encore six mois qu'il soit rentré de son voyage aux Antilles ! Eh bien, c'était trop long, voilà tout ! J'ai déjà patienté six ans...

— Quatre, corrigea Mac. Ils ne t'auraient pas laissée épouser ce garçon avant tes dix-huit ans, bien qu'il ait fait sa demande deux ans plus tôt.

— En tout cas, si l'un de mes autres frères avait été à la maison, il y serait allé sans hésiter. Mais non, il a fallu que ce fût Thomas l'Optimiste, celui qui n'est jamais pressé. Et son *Portunus* était le seul navire Skylark dans le port ! Bien ma veine ! Sais-tu qu'il a éclaté de rire quand je lui ai dit que Malcolm allait me trouver trop vieille si j'attendais encore ?

Mac eut toutes les peines du monde à garder son sérieux. La petite n'avait jamais eu vraiment confiance en elle. Certes, elle était devenue la ravissante personne qu'elle était à présent seulement vers dix-neuf ans. Auparavant, son unique atout avait été ses parts dans la compagnie maritime. Mac était d'ailleurs persuadé que c'était ce qui avait décidé Malcolm Cameron à faire sa demande en mariage avant de s'embarquer pour l'Extrême-Orient avec Warren, voyage prévu pour plusieurs années.

Eh bien, il s'était écoulé encore davantage de temps, et Georgie avait refusé d'écouter l'avis de ses frères qui lui conseillaient d'oublier Malcolm Cameron.

Même après la fin de la guerre, alors que rien n'empêchait plus le jeune homme de rentrer, elle avait continué à l'attendre. Et Thomas aurait dû se douter qu'elle ne patienterait pas jusqu'à ce qu'il fût revenu de son périple pour partir à la recherche de son fiancé. Après tout, n'était-elle pas aussi aventureuse que le reste de la famille ? Elle avait ça dans le sang... Et elle ne possédait pas le flegme de Thomas, ils le savaient tous !

Cependant, on pouvait comprendre Thomas : leur frère Drew devait rentrer à la fin de l'été et cet adorable garçon était incapable de refuser quoi que ce fût à sa petite sœur. Néanmoins, Georgina n'avait pas voulu l'attendre non plus. Et elle était parvenue à convaincre Mac de l'accompagner... ou plus exactement à lui faire croire que l'idée venait de lui...

— Allons, Georgie, on ne se débrouille pas si mal que ça ! Rappelle-toi, Londres est plus peuplé que le Connecticut tout entier. Le type que je dois voir, demain soir, est censé connaître très bien ton fiancé. Et celui avec qui j'ai parlé aujourd'hui dit que Malcolm a quitté le bateau avec un certain Willcocks, qui saura où on peut le trouver.

— C'est encourageant, concéda Georgina. Ce Willcocks pourrait même te mener directement à Malcolm. Alors… je crois que je vais venir avec toi.

— Pas question ! décréta Mac, féroce. Je le rencontre dans une taverne.

— Et alors ?

— Et alors, si je suis venu jusqu'ici, c'est bien pour t'empêcher de commettre des imprudences !

— Écoute, Mac…

— N'essaie pas de m'attendrir, petite, gronda-t-il sévèrement.

Elle lui retourna son regard le plus têtu, et il réprima un gémissement. Quand elle avait décidé quelque chose, rien ne l'arrêtait. La preuve : sa présence à Londres, alors que ses frères la croyaient bien sagement à la maison…

2

De l'autre côté du fleuve, dans le quartier très chic du West End, la calèche de sir Anthony Malory s'immobilisa devant l'une des plus élégantes maisons de Piccadilly. Cette demeure avait longtemps été sa résidence de célibataire, mais c'était fini à présent. Car il rentrait avec sa jeune épouse, lady Roslynn.

Son frère, James Malory, qui séjournait ici quand il se trouvait en ville, sortit dans le hall en entendant la voiture, juste à temps pour voir la jeune femme franchir le seuil dans les bras de son époux. Comme il ignorait qu'ils étaient nouveaux mariés, sa réflexion n'était pas du tout incongrue.

— Je suppose que je ne devrais pas être témoin de cette scène...

— C'est ce que j'espérais, répondit Anthony en se dirigeant vers l'escalier, toujours chargé de son fardeau. Mais puisque tu es là, je t'annonce que j'ai épousé cette demoiselle.

— Quoi ?

— C'est vrai ! confirma la jeune femme avec un délicieux petit rire. Vous ne croyez tout de même pas que je laisserais n'importe qui me porter pour franchir le seuil d'une maison ?

Anthony s'arrêta un instant devant l'expression incrédule de son frère.

— Grands dieux, James, jamais je n'aurais pensé te voir un jour à court de paroles ! Mais tu m'excuseras si je n'attends pas que tu aies recouvré tes esprits, n'est-ce pas ?

Sur ce, il gravit rapidement les marches.

James s'ébroua et termina son verre de cognac. Stupéfiant ! Anthony menottes aux poignets ! Le libertin le plus en vue de Londres – en tout cas depuis que lui-même avait renoncé à ce titre en quittant l'Angleterre dix ans auparavant. Anthony ! Pourquoi diable avait-il commis une folie pareille ?

Certes, la jeune femme était ravissante, mais son frère avait d'autres moyens de la séduire. En fait, James savait que c'était déjà fait, depuis la nuit précédente. Alors, quel besoin de l'épouser ? Elle n'avait pas de famille, pas de parents pour l'y obliger. D'ailleurs, personne n'influençait Anthony… sauf peut-être leur frère aîné, Jason, marquis de Haverston, le chef de la famille. Mais même Jason n'aurait jamais insisté pour qu'Anthony se mariât. Il avait déjà essayé avec James… en vain.

Donc personne ne l'avait poussé à commettre cette extravagance. De plus, il n'était pas du tout comme Nicholas Eden, par exemple, le vicomte de Montieth. Nicholas avait été pratiquement forcé d'épouser leur nièce, Regan, ou Reggie comme on l'appelait dans la famille.

James secoua la tête, regagna le salon et la carafe de cognac. Un ou deux verres apporteraient peut-être la réponse à ses questions. L'amour était à écarter. Si Anthony n'avait jamais succombé à ce sentiment durant les dix-sept ans qu'il avait passés à séduire le sexe faible, il devait être immunisé contre ce mal, tout comme James lui-même. Il n'était pas question non plus d'héritier : la famille en était largement pourvue. Jason, l'aîné, avait un fils unique, Derek, qui suivait les traces de ses jeunes oncles. Edward, le deuxième des frères Malory, avait lui-même cinq enfants, tous en âge d'être mariés, sauf la petite Amy. Même James avait un fils, Jeremy, enfant illégitime dont il avait découvert l'existence seulement six ans auparavant. Le garçon avait été élevé par sa mère dans une taverne et avait continué à y travailler après sa mort. Âgé à présent de dix-sept ans, il s'efforçait de ressembler à son Casanova de père… et il y excellait !

James s'étendit sur un sofa, la carafe à la main. À l'idée de ce que les jeunes mariés étaient en train de faire à l'étage, il esquissa un sourire. Il devait reconnaître que le choix de son frère était excellent. Roslynn Chadwick – non, Malory, maintenant – était époustouflante.

James avait envisagé lui aussi de la courtiser. Autrefois, quand lui et Anthony couraient la ville à la recherche de bonnes fortunes, il leur était souvent arrivé de poursuivre la même femme, juste pour le sport. En général, le vainqueur était celui sur qui la jeune femme posait les yeux en premier. Si Anthony était réputé irrésistible, James n'avait rien à lui envier.

Pourtant, on voyait rarement deux frères aussi dissemblables. Anthony était plus grand, plus mince, et il tenait de leur grand-mère ses cheveux noirs et ses yeux bleus, comme Regan, Amy et même le propre fils de James, Jeremy, qui ressemblait davantage à Anthony qu'à son père. James, pour sa part, avait l'allure typique des Malory : cheveux blonds, yeux verts, silhouette robuste. « Fort, blond et beau », aimait à dire Regan.

James eut un petit rire en pensant à sa nièce chérie. Son unique sœur, Melissa, étant morte alors qu'elle était encore un bébé, lui et ses frères l'avaient élevée comme leur fille. Mais elle avait décidé d'épouser cet Eden... James allait bien être obligé de le tolérer. Néanmoins, il veillerait à ce que Nicholas Eden fît un bon mari...

Un mari... Bon sang, Anthony avait perdu la boule ! Eden, au moins, avait une excuse : il adorait Regan. Anthony adorait toutes les femmes. Comme James.

Or James avait beau entrer dans sa trente-septième année, il ne s'imaginait pas tomber dans le piège du mariage. « Aime-les et quitte-les » : telle était sa devise.

3

Ian MacDonell était un Américain de la deuxième génération, mais il ne pouvait renier ses ancêtres écossais, avec ses cheveux carotte et son accent de gorge, même s'il n'en avait pas le tempérament. On le considérait comme un homme plutôt calme. Pourtant, sa patience avait été mise à rude épreuve la veille au soir et le matin par la petite Anderson.

MacDonell avait toujours connu les Anderson. Il avait navigué sur leurs bateaux pendant trente-cinq ans, d'abord comme garçon de cabine du vieil Anderson quand il avait seulement sept ans, et dernièrement en tant que second sur le *Neptune* de Clinton Anderson. Il avait refusé une bonne douzaine de fois de passer capitaine. Comme le jeune frère de Georgina, Boyd, il ne voulait pas accepter une telle responsabilité – mais Boyd, lui, l'assumerait un jour.

Mac avait définitivement quitté la navigation cinq ans plus tôt, cependant il ne pouvait se tenir éloigné des bateaux. Il était chargé dorénavant de vérifier l'état des navires lorsqu'ils revenaient à leur base.

Lorsque le père Anderson était mort, voilà quinze ans, suivi rapidement par son épouse, Mac avait en quelque sorte adopté les enfants, bien qu'il eût seulement sept ans de plus que Clinton. Il les avait vus grandir, leur avait prodigué ses conseils, avait enseigné aux garçons – et également à Georgina – pratiquement tout ce qu'il savait sur les bateaux. Contrairement à leur père, qui ne restait guère plus d'un mois à la maison entre deux voyages, Mac pouvait demeurer à terre six mois ou un an avant de céder de nouveau à l'appel du large.

Comme cela est courant dans les familles de marins, les naissances suivirent le calendrier du père. Clinton, à présent âgé de quarante ans, était l'aîné. Cinq années de voyage en Extrême-Orient séparaient sa naissance de celle de Warren. Thomas était né quatre ans plus tard, puis Drew, encore quatre ans après. Ce fut le seul de ses enfants que le père vit naître, car une tempête avait gravement endommagé son navire et il fut bloqué presque une année entière à la maison. Il en profita pour concevoir Boyd, qui naquit onze mois après Drew.

Enfin, quatre ans après, arriva la seule fille de la famille. Contrairement aux garçons, qui s'étaient embarqués très tôt, Georgina restait à la maison et accueillait chaque retour au port. Aussi n'était-il pas étonnant que Mac se fût pris d'une affection particulière pour la petite, avec qui il passait bien plus de temps qu'avec ses frères. Il connaissait toutes ses ruses par cœur, et il aurait dû se montrer ferme face à son dernier caprice.

Pourtant elle était là, accoudée près de lui au bar d'une sordide taverne du port. Cela aurait suffi à lui donner l'envie de reprendre la mer !

Seule consolation pour Mac, la petite se rendait compte qu'elle était allée un peu loin, cette fois. Elle était nerveuse comme une chatte, malgré les poignards qu'elle avait glissés dans sa manche et dans une de ses bottes. Mais elle était si entêtée qu'elle ne s'en irait pas avant d'avoir vu ce fameux M. Willcocks. Heureusement, elle s'était déguisée en garçon.

Elle avait dû faire une razzia sur les fils à sécher le linge aux petites heures de la nuit, et au matin, quand Mac l'avait rejointe, elle lui avait montré son déguisement, toute fière.

Ses petites mains délicates étaient dissimulées par les gants les plus immondes que Mac eût jamais vus, si grands qu'elle parvenait à peine à tenir la chope de bière qu'il lui avait commandée. Le pantalon élimé était un peu serré sur les hanches, mais son gros pull-over le cachait... tant qu'elle ne levait pas les bras. Elle avait abîmé une paire de ses propres bottes au point de les faire passer pour des souliers d'homme qui avaient connu des jours meilleurs, et ses boucles châtaines étaient enfouies sous une casquette de laine si grande qu'elle couvrait sa nuque, son front, et même ses yeux bruns quand, elle se tenait la tête baissée, ce qu'elle ne manquait pas de faire en ce moment.

Elle n'avait pas belle allure, mais elle se mêlait mieux à la bande de matelots que Mac lui-même.

Soudain, le plus grand silence s'installa dans la pièce. On n'entendit plus que le bruit des respirations... et le chuchotement de Georgina.

— Qu'y a-t-il ?

Mac lui fit signe de se taire, au moins le temps que tout le monde eût bien regardé les deux gentilshommes qui venaient d'entrer, et décidé qu'il valait mieux les ignorer. Les conversations s'élevèrent de nouveau. Georgina fixait toujours obstinément son verre.

— Ce n'est pas notre homme, répondit enfin Mac, mais deux aristocrates, à en juger par leur apparence. Tout à fait bizarre, leur présence ici.

Elle eut un petit reniflement méprisant avant de murmurer :

— J'ai toujours dit que l'arrogance de ces gens dépassait les bornes !

— Toujours ? Il me semble que tu tiens ce genre de langage seulement depuis six ans…

— Parce que avant je n'en étais pas consciente ! grommela Georgina.

Mac faillit éclater de rire devant une telle mauvaise foi. Sa rancune contre les Anglais qui lui avaient volé son Malcolm ne s'était pas atténuée avec la fin de la guerre, et ne disparaîtrait pas de sitôt. Mais habituellement, elle n'en faisait pas étalage. Ses frères, en revanche, trouvaient des invectives fort imagées pour qualifier les Anglais et les injustices qu'ils commettaient envers les Américains. Et ce déjà bien avant la guerre, depuis que leur commerce avait commencé à être affecté par le blocus des ports européens.

Ainsi, pendant plus de dix ans, la petite avait entendu parler de « ces sales arrogants », mais elle ne s'en souciait guère, alors. Elle se contentait de hocher la tête par solidarité envers ses frères.

Ce fut une autre histoire lorsqu'on réquisitionna son fiancé.

Georgina sentit l'amusement de Mac, et elle eut envie de lui envoyer un coup de pied dans le tibia. Quoi, elle tremblait dans ses bottes, se maudissant de la témérité qui l'avait amenée dans ce trou à rat, et il trouvait matière à rire ?

Elle fut presque tentée de jeter un coup d'œil à ces fameux dandys qui étaient sans doute vêtus avec une préciosité ridicule, comme tous leurs semblables. Pas un instant elle n'imagina que l'amusement de Mac était provoqué par ses paroles.

— Willcocks, Mac, tu te rappelles ? La raison de notre présence ici... Si ce n'est pas trop te demander...

— Allons, dit-il gentiment, calme-toi.

— Excuse-moi. Je voudrais tellement que ce type se dépêche ! Tu es sûr qu'il n'est pas déjà là ?

— Je vois bien quelques verrues sur des nez et des joues, mais aucune sur la lèvre inférieure d'un petit homme trapu de vingt-cinq ans environ. Avec une description aussi précise, nous n'avons guère de chances de le manquer.

— Si cette description est exacte, précisa la jeune fille.

— C'est tout ce dont nous disposons. Je n'aimerais pas être obligé d'aller de table en table pour interroger les gens. Bon sang, tes cheveux glissent, peti...

Elle le fit taire d'un « chut ! » impératif avant qu'il n'eût prononcé son satané « petite », et se dépêcha de rentrer sous la casquette une boucle récalcitrante.

Malheureusement, elle releva ainsi le bas de son sweater, découvrant un arrière-train qui ne pouvait en aucun cas passer pour celui d'un garçon. Ce fut fugitif, pourtant l'un des deux gentilshommes, à présent assis à une table proche, le remarqua.

James Malory, même s'il ne le montrait pas, était intrigué. C'était la neuvième taverne qu'Anthony et lui visitaient à la recherche de Geordie Cameron, le cousin écossais de Roslynn. Il avait appris toute l'histoire le matin même : Cameron avait essayé de forcer Roslynn à l'épouser, il l'avait même enlevée. Elle était fort heureusement parvenue à s'échapper. C'était donc la raison du mariage. Anthony devait protéger la jeune femme contre son abominable cousin. Et il avait décidé de retrouver ce type, l'impressionner avec une bonne semonce, lui apprendre le mariage de Roslynn et le renvoyer en Écosse avec quelques menaces bien senties. Était-ce vraiment la seule raison, songeait James, ou Anthony était-il impliqué plus personnellement ?

En tout cas, Anthony était certain d'avoir trouvé leur homme. Ce type, au bar... Aussi s'étaient-ils installés non loin, afin de glaner quelques informations. Ils savaient seulement que Geordie était grand, roux, qu'il avait les yeux bleus et un net accent écossais. Celui-ci se révéla rapidement lorsque l'homme éleva la voix, comme s'il grondait son jeune compagnon.

— J'en ai entendu assez, déclara Anthony en se levant.

James, plus habitué que son frère aux tavernes, sut immédiatement ce qui allait se passer si une discussion s'envenimait. Tout le monde s'en mêlerait, la bagarre serait générale. Et ils se retrouveraient avec un couteau dans le dos sans avoir eu le temps de dire ouf.

— Tu n'as rien entendu, souffla James en prenant le bras de son frère. Sois raisonnable, Tony. Nous ignorons combien de matelots ici sont à sa solde. Mieux vaut attendre qu'il quitte les lieux.

— Toi, tu peux attendre. Moi, j'ai une femme à la maison et je ne veux pas la laisser seule.

Avant qu'il n'avançât davantage, James appela à voix haute :

— Cameron ?

Il espérait ne pas recevoir de réponse, évidemment. Hélas, il en obtint une !

Au nom de Cameron, Mac et Georgina se retournèrent d'un bloc. La jeune fille souhaitait de tout son cœur apercevoir Malcolm. Quant à Mac, il se raidit en voyant l'un des aristocrates se dégager de l'emprise de son compagnon, sans le quitter des yeux, l'air hostile. En deux enjambées, Anthony vint se planter devant lui.

Georgina ne put s'empêcher d'admirer, bouche bée, l'homme le plus beau qu'elle eût jamais vu. Ce n'était pas ainsi qu'elle avait imaginé ce personnage. Il n'y avait rien d'ostentatoire en lui. Ses vêtements étaient de la meilleure qualité et d'une élégance discrète. Hormis la cravate à la dernière mode, il était habillé comme les frères de Georgina.

Cependant, elle ne se sentit pas rassurée pour autant, car l'homme semblait tout sauf amical. Il avait visiblement du mal à contenir sa colère, qui visait exclusivement Mac.

— Cameron ? demanda-t-il d'une voix calme.

— Je m'appelle MacDonell, mon ami. Ian MacDonell.

— Vous mentez.

Georgina sursauta lorsque l'homme saisit Mac par le col et l'obligea à se dresser, leurs visages à quelques centimètres l'un de l'autre. Une lueur dangereuse s'alluma dans les yeux du rouquin. Bon sang ! Mac aimait bien se bagarrer de temps en temps, comme tous les marins, mais ils n'étaient pas là pour ça ! Et ils ne pouvaient se permettre d'attirer l'attention sur eux... surtout pas sur Georgina !

Bien qu'elle ignorât comment s'en servir, la jeune fille s'empara du poignard caché dans sa manche. Elle n'avait pas l'intention de l'utiliser, évidemment, seulement d'en menacer l'élégant gentleman. Mais avant qu'elle pût le saisir fermement dans ses énormes gants, on le lui avait arraché.

Elle avait oublié que l'agresseur de Mac n'était pas seul ! Soudain elle eut peur. Pourquoi les prenait-on comme cibles, Mac et elle, alors que la taverne était remplie d'hommes prêts à se battre pour une broutille ? Georgina avait entendu parler de ces arrogants aristocrates qui aimaient venir terroriser les gens des classes inférieures... Mais elle n'allait pas se laisser intimider, ça non ! Elle perdit soudain toute prudence devant l'injustice de cette attaque, et se jeta aveuglément sur le second homme.

Toute l'amertume, toute la fureur qui s'étaient accumulées en elle depuis six ans qu'elle avait perdu Malcolm, sa haine contre ces sales Anglais, la poussèrent à lui assener des coups de pied et de poing… sans autre résultat que de se faire mal à elle. Ce satané individu était aussi solide qu'un mur de brique ! Et, dans son exaspération, elle continuait de plus belle.

Cela aurait pu durer indéfiniment mais le mur de brique sembla décider qu'il en avait assez. Georgina se retrouva soudain saisie à bout de bras comme si elle ne pesait rien. Et, horreur des horreurs, la main de l'homme l'agrippait à hauteur de la poitrine !

Comme si cela ne suffisait pas, le gentleman aux cheveux noirs, qui tenait toujours Mac par le col, s'exclama d'une voix forte :

— Bon sang, c'est une femme !

— Je sais, répondit le mur de brique, amusé.

Georgina, son déguisement découvert, n'était plus obligée de se taire.

— Voilà, vous avez gagné, espèces de vauriens ! cria-t-elle, indignée. Mac, fais quelque chose !

Mac voulut envoyer un coup de poing à son agresseur, mais celui-ci. lui immobilisa le poignet sur le bar.

— Inutile, MacDonell, dit-il. Je me suis trompé. Ce n'est pas la bonne couleur d'yeux. Pardonnez-moi.

Mac était déconcerté par la facilité avec laquelle l'autre l'avait contré. Pour tout l'or du monde, il n'aurait pu décoller son bras du bar…

Prudemment, il accepta les excuses d'un signe de tête, et l'autre le lâcha enfin. Mais le blond tenait toujours Georgina, or il avait semblé à Mac, lorsqu'ils étaient entrés, que c'était le plus dangereux des deux.

— Je la laisserais tranquille si j'étais vous, mon vieux. Je ne vous permets pas de...

— Du calme, MacDonell, dit le brun, apaisant. Il ne lui veut aucun mal. Nous pourrions vous accompagner dehors ?

— C'est pas la peine...

— Regardez autour de vous, mon ami, intervint le blond. Je crois au contraire que c'est la peine, à cause de la maladresse de mon frère.

Mac jura entre ses dents. En effet, tous les regards étaient braqués sur la jeune fille que l'homme blond avait chargée comme un sac de farine sur sa hanche. Il se dirigea avec elle vers la porte et – ô miracle ! – elle ne protesta pas. En tout cas, Mac n'entendait rien, aussi se contenta-t-il de suivre. Sans cet homme impressionnant, ils ne seraient pas allés bien loin.

Georgina se rendait compte, elle aussi, qu'il valait mieux quitter cet endroit au plus vite si elle ne voulait pas avoir de gros ennuis ! Pourvu que le mur de brique parvînt à la faire sortir de là sans encombre, elle accepterait son aide... bien que cette position fût affreusement gênante !

En fait, ils furent arrêtés par une servante surgie de nulle part qui posa une main possessive sur le bras libre de l'homme blond.

— Vous n'allez tout de même pas partir si vite... murmura-t-elle.

Georgina releva le bord de sa casquette afin de voir la fille et entendit le mur de brique répondre :

— Je reviendrai plus tard, ma jolie.

La serveuse s'épanouit, et Georgina comprit, stupéfaite, qu'elle recherchait vraiment la compagnie de cette brute. Chacun ses goûts, après tout !

— Je termine à deux heures, roucoula la jeune femme.

— Va pour deux heures.

— C'est une de trop, à mon avis ! intervint un marin trapu qui s'interposa entre eux et la sortie.

Celui-là, Boyd l'aurait traité d'« armoire à glace ». Et Georgina n'avait pas suffisamment regardé le mur de brique pour savoir s'il était plus robuste que lui. Mais elle oubliait le frère...

Celui-ci s'était approché, et la jeune fille l'entendit soupirer :

— Je suppose que tu n'as pas envie de la poser par terre pour régler le problème toi-même, James ?

— Pas vraiment.

— C'est ce que je pensais.

— Reste en dehors de ça, vieux, l'avertit le marin. Il a pas le droit de venir ici voler deux de nos femmes.

— Deux ? Cette petite loqueteuse est à toi ? se moqua Anthony en jetant un coup d'œil à Georgina.

Il reçut en retour un regard meurtrier qui le fit hésiter légèrement avant de demander :

— Vous lui appartenez, ma douce ?

Comme elle aurait aimé répondre oui et laisser ces deux aristocrates recevoir une bonne correction ! Mais elle ne pouvait prendre un tel risque : elle n'était pas certaine de pouvoir elle-même s'échapper avec Mac. Elle fit un signe négatif de la tête.

— Cela règle le problème, n'est-ce pas ?

Ce n'était pas vraiment une question.

— Maintenant, reprit l'homme brun, soyez gentil, laissez-nous passer.

Le marin ne bougea pas d'un pouce.

— Il ne l'emmènera pas d'ici.

— Oh, la barbe ! souffla l'aristocrate.

Une seconde plus tard, son poing venait s'écraser sur la mâchoire du marin. Celui-ci alla s'effondrer contre un mur, et l'un de ses compères se leva en grondant, mais pas assez vite. Un coup sec le fit retomber sur sa chaise, le nez en sang.

L'aristocrate se tourna vers la salle, un sourcil levé.

— À qui le tour ?

Mac souriait à présent, ravi de ne pas s'être mesuré à l'Anglais. Personne ne broncha dans la taverne. Tout s'était passé si vite qu'ils avaient compris à qui ils avaient affaire.

Bravo, vieux ! le félicita James. Si nous y allions, maintenant ?

Anthony s'inclina cérémonieusement.

— Après vous, mon cher.

À l'extérieur, James posa enfin la jeune fille à terre devant lui. C'était la première fois qu'elle le regardait, et elle hésita une fraction de seconde avant de lui envoyer un grand coup de pied dans le tibia et de s'enfuir en courant.

Il jura, s'élança à sa poursuite, s'arrêta. Elle avait déjà disparu dans l'ombre.

Il se tourna, jura de nouveau en s'apercevant que Mac avait disparu, lui aussi.

— Bon sang, où ce satané Écossais a-t-il filé ?

Anthony riait tellement qu'il n'entendit pas.

— Pardon ?

James esquissa un sourire pincé.

— L'Écossais. Il n'est plus là.

— La barbe ! Je voulais lui demander pourquoi ils avaient réagi au nom de Cameron.

— Je m'en moque ! Comment pourrai-je la retrouver, maintenant, alors que j'ignore qui elle est ?

— La retrouver ? répéta Anthony en riant de plus belle. Tu es masochiste, frérot ! Que ferais-tu d'une femme qui te tape dessus alors qu'une autre compte les minutes qui la séparent de ton retour ?

La serveuse avait perdu de son intérêt aux yeux de James. Il haussa les épaules.

— Elle m'intrigue, dit-il. Mais je suppose que tu as raison. La petite barmaid fera l'affaire.

Cependant, il ne put s'empêcher de jeter un coup d'œil dans la rue sombre avant de monter dans la calèche qui les attendait.

4

Georgina frissonnait, tout en bas de l'escalier qui descendait vers un sous-sol. Il faisait sombre, l'endroit était calme, la rue aussi, loin de la taverne.

Elle n'avait pas vraiment froid. C'était l'été, et le climat ressemblait fort à celui de la Nouvelle-Angleterre. Si elle frissonnait, c'était plutôt à cause du choc... la colère d'abord, la peur ensuite, et puis une surprise de trop. Comment aurait-elle pu imaginer que le mur de brique avait cette apparence ?

Elle revoyait son visage aristocratique, son regard dur, curieux, transparent, d'un vert brillant, tellement... tellement... « Intimidant » fut le mot qui lui vint à l'esprit sans qu'elle sût pourquoi. Le genre de regard qui éveillait la peur chez un homme. Alors chez une femme ! Direct, hardi, impitoyable. Elle frissonna de nouveau.

Elle laissait son imagination l'emporter. Il l'avait considérée seulement avec curiosité... Non, pas uniquement : il y avait un autre sentiment. Hélas, elle manquait d'expérience pour le reconnaître, lui donner un nom. Un sentiment troublant. Mais quoi ?

Oh, quelle importance ! Et pourquoi perdait-elle son temps à essayer de l'analyser ? Elle ne reverrait jamais cet individu, Dieu merci ! Et dès que la douleur de son pied due au dernier coup cesserait, elle l'oublierait.

James... Était-ce son prénom, ou son nom de famille ? Ces épaules... mon Dieu, comme il avait les épaules larges ! Un énorme mur de brique. De jolies briques, d'ailleurs. Jolies ? Elle pouffa toute seule. D'accord, de belles briques, de très belles briques. Non ! À quoi pensait-elle ? C'était un grand singe aux traits intéressants, voilà tout. Un Anglais, trop vieux pour elle, un de ces sales aristocrates en plus, sans doute affreusement riche, capable de s'offrir tout ce dont il avait envie, pour qui les lois ne voulaient rien dire. Ne l'avait-il pas brutalisée ? Ce mufle, ce sale...

— Georgie ?

Son prénom murmuré la fit sursauter.

— Par là, Mac !

Elle entendit les pas s'approcher, puis l'ombre de Mac se profila en haut des marches.

— Tu peux sortir, petite. Il n'y a personne.

— Je le sais bien, grommela Georgina en grimpant l'escalier. Pourquoi as-tu été si long ? Ils t'ont retenu ?

— Non. Je m'étais caché près de la taverne, pour être sûr qu'ils ne te suivaient pas. C'est ce que le blond voulait faire, mais l'autre s'est tellement moqué de lui qu'il a renoncé.

— De toute façon, il ne m'aurait pas rattrapée, ce lourdaud !

— Mieux vaut ne pas avoir à le vérifier, dit sagement Mac. Et peut-être que la prochaine fois, tu m'écouteras quand...

— Je t'en supplie, Mac ! Un seul « Je te l'avais bien dit », et je ne te parle plus pendant une semaine !

— C'est tentant !

— D'accord, d'accord, j'ai eu tort, je le reconnais. Tu ne me verras plus jamais à moins de cent mètres d'une taverne, hormis celle où nous logeons, et encore je n'utiliserai que l'escalier de service. Suis-je pardonnée, maintenant ?

— Tu n'as pas à t'excuser, petite, tu n'es pas responsable. C'est moi que ces deux messieurs ont pris pour un autre, cela n'avait rien à voir avec toi.

— Mais ils cherchaient un Cameron. Si c'était Malcolm ?

— Impossible. Ils m'ont pris pour Cameron. Et je te le demande : est-ce que je ressemble au tien ?

Georgina sourit, soulagée. Malcolm était un jeune homme dégingandé à dix-huit ans, quand elle avait accepté avec tant d'enthousiasme de devenir sa femme. Ce devait être un homme à présent, il avait dû s'étoffer, peut-être même avait-il encore grandi, mais il avait sûrement le même teint, les cheveux bruns, les yeux bleus, et toujours vingt ans de moins que Mac !

— Eh bien, qui que soit ce Cameron, je le plains, le malheureux !

Mac éclata de rire.

— Il t'a fait peur, hein ?

— *Il ?* Je me rappelle en avoir vu deux.

— C'est vrai, mais tu n'as eu affaire qu'au blond.

Elle renonça à discuter sur ce point.

— Qu'avait-il de si... différent, Mac ? Je veux dire, ils étaient pareils, et pourtant non. Des frères, apparemment, même si ça ne se voyait pas. Il y avait chez le dénommé James quelque chose de... Oh, peu importe ! Je ne sais pas très bien ce que j'ai en tête.

— Je suis étonné que tu l'aies deviné, petite.

— Quoi ?

— Que c'était le plus dangereux des deux. Je l'ai su dès qu'il est entré, à sa façon de regarder chaque homme dans les yeux. Il aurait pu corriger tous ces marins sans cesser de sourire. Malgré son raffinement, il était à sa place au milieu de ces malfrats.

— Tu as compris tout ça rien qu'en le voyant ? demanda-t-elle, un sourire aux lèvres.

— Ouais. Appelle ça l'instinct, petite, et l'expérience. Tu l'as perçu aussi, alors ne te moque pas... et félicite-toi de courir vite.

— Que veux-tu dire ? Tu crois qu'il nous aurait empêchés de partir ?

— Moi non, mais toi... L'homme te tenait, petite, comme s'il ne voulait plus te lâcher.

Les côtes de Georgina s'en souvenaient encore !

— S'il ne m'avait pas autant serrée, je lui aurais cassé le nez !

— Tu as essayé, si j'ai bonne mémoire, et...

— Tu pourrais me consoler, soupira la jeune fille. C'était un sale moment.

Mac renifla.

— Tu en as connu d'autres avec tes frères.

— Des querelles d'enfants, et c'était il y a des années, je te le rappelle.

— L'hiver dernier, tu pourchassais encore Boyd dans toute la maison en menaçant de le tuer.

— C'était encore un gamin, et il m'embêtait !

— Il est plus âgé que ton Malcolm.

— Nous y voilà, protesta Georgina en s'éloignant de quelques pas furieux. Tu ne vaux pas mieux qu'eux, Ian MacDonell, jeta-t-elle pardessus son épaule.

— Si tu as besoin de compassion, petite, pourquoi tu ne le dis pas ? la taquina Mac avant de se laisser aller au bon gros rire qu'il retenait depuis un moment.

5

Hendon était un petit village situé à une dizaine de kilomètres de Londres. La promenade sur deux vieux chevaux de louage était agréable, songeait Georgina. Le paysage était ravissant avec ses forêts, ses collines et ses vallées verdoyantes, les chemins bordés d'aubépine, de roses sauvages, de chèvrefeuille parfumé.

Le bourg lui-même était fort pittoresque, groupé autour d'une église au clocher de pierre où Mac s'arrêta pour demander la maison de Malcolm.

Ils avaient été surpris d'apprendre qu'il ne vivait pas à Londres même. Il leur avait fallu trois longues semaines pour parvenir à localiser le fameux M. Willcocks, camarade supposé de Malcolm, qui finalement ne l'était pas du tout. Il les avait néanmoins aiguillés dans une autre direction, et Mac avait eu la chance de rencontrer enfin quelqu'un qui savait où habitait Malcolm.

Tandis que Mac passait la moitié de ses journées à essayer de gagner de quoi payer leur retour vers l'Amérique, et l'autre moitié à la recherche de Malcolm, Georgina, sur son insistance, était restée cloîtrée dans sa chambre. Elle avait lu et relu le seul livre qu'elle eût emporté pour la traversée, et à la fin, écœurée, l'avait lancé par la fenêtre. Il avait heurté la tête d'un client qui sortait de la taverne, et le patron de l'établissement avait été tellement furieux qu'il avait failli les jeter dehors. Ce fut la seule distraction de la jeune fille pendant cette période et, la veille au soir, elle était sur le point de grimper aux rideaux ou de balancer un nouvel objet par la fenêtre pour voir ce qui se passerait, lorsque Mac était rentré avec la grande nouvelle : Malcolm habitait Hendon.

Elle allait le revoir. Aujourd'hui ! Dans quelques minutes ! Elle n'en pouvait plus d'excitation ! Elle avait passé plus de temps à sa toilette qu'il ne leur en avait fallu pour arriver jusque-là. Plus de temps qu'elle n'en avait jamais passé dans sa vie, d'ailleurs, car elle se souciait habituellement fort peu de son apparence. La robe coquille d'œuf accompagnée d'un spencer assorti était ce qu'elle possédait de mieux, et elle était rayonnante avec les petites mèches balayées par le vent qui encadraient ses joues roses.

Toute la matinée, perchée sur son vieux cheval, elle avait fait tourner bien des têtes – sans s'en rendre compte d'ailleurs, toute perdue qu'elle était dans ses rêves et les souvenirs, peu nombreux mais précieux, de son cher Malcolm.

Elle l'avait rencontré un jour où son frère Warren, agacé par ses tracasseries, l'avait jetée par-dessus le bord de son bateau. Six marins avaient plongé pour la ramener, alors qu'elle nageait parfaitement. Malcolm, qui se trouvait sur le quai avec son père, avait voulu lui aussi jouer les héros. En fait, Georgina était sortie toute seule de l'eau, alors qu'il avait fallu aller récupérer Malcolm. Mais, grandement impressionnée par son geste, elle était tombée aussitôt amoureuse de lui. Elle avait alors douze ans, lui quatorze, et elle avait décrété qu'il était le plus beau, le plus merveilleux garçon du monde.

Ce sentiment n'avait guère changé au cours des années, bien qu'elle dût lui rappeler qui elle était lorsqu'ils se rencontrèrent de nouveau, et encore la fois suivante. Puis il y eut la soirée de Mary Ann, où elle l'invita à danser... et se fit copieusement écraser les orteils.

Il fallut une autre année pour qu'elle se résolût à agir, et elle le prit de façon logique. Malcolm était toujours le plus beau garçon de la ville à ses yeux, mais ses perspectives d'avenir n'étaient pas très reluisantes. Elle savait alors qu'il avait l'ambition de devenir capitaine mais qu'il devrait, pour y parvenir, gravir tous les échelons depuis la base. Réaliste, elle se rendait compte qu'elle était physiquement fort banale. Ses cinq frères étaient étonnamment beaux, mais la machine semblait s'être détraquée en arrivant à la seule fille de la famille. Cependant, elle possédait une belle dot : son bateau à elle le jour de son dix-huitième anniversaire, comme ses frères. Elle ne le commanderait jamais elle-même, mais Malcolm le pourrait, et elle s'arrangea pour qu'il en fût conscient.

C'était froidement calculateur, évidemment ; elle en conçut quelque honte, surtout lorsqu'elle s'aperçut de son succès. Malcolm commença à la courtiser peu après, et il la demanda en mariage le jour de son anniversaire. Seize ans, amoureuse, follement heureuse ! Pas étonnant qu'elle en oubliât le léger sentiment de culpabilité à l'idée de s'être acheté un mari... Mais après tout, personne n'avait obligé Malcolm. Et elle était sûre de ne pas lui être indifférente. Un jour, il finirait par l'aimer.

Tout se serait bien passé si ces satanés Anglais n'étaient pas intervenus. Maudits soient-ils !

Ses frères tentèrent d'intervenir, eux aussi. Ils se montrèrent indulgents au moment des fiançailles en espérant qu'elle changerait d'avis avant ses dix-huit ans. Cependant elle tint bon et, chaque fois que l'un d'entre eux rentrait à la maison, il tentait de la persuader d'oublier Malcolm et de chercher un autre époux. Elle avait eu certes quelques propositions... Sa dot était attirante. D'autre part, elle était assez lucide pour se rendre compte et se réjouir du changement physique qui s'était opéré en elle. Mais elle restait fidèle à son premier et unique amour, même quand il devint de plus en plus difficile de trouver des excuses à son absence, quatre ans après la fin de la guerre.

Il y avait forcément une bonne raison, qu'elle allait connaître dans quelques minutes... Et elle serait mariée lorsqu'elle quitterait l'Angleterre.

— C'est là, petite.

Georgina contempla le ravissant cottage aux murs blanchis à la chaux, entouré de massifs de rosiers. Elle se frotta nerveusement les mains et hésita à mettre pied à terre comme Mac l'y invitait.

— Peut-être n'est-il pas chez lui ?

Mac, sans mot dire, lui tendait les bras. Tous deux avaient vu la fumée qui sortait de la cheminée. Georgina se mordilla les lèvres un moment, puis redressa les épaules. Pourquoi s'inquiéter ?

Elle était beaucoup plus jolie que lorsque Malcolm l'avait quittée...

Elle suivit enfin Mac sur la petite allée qui menait à la porte du cottage. Elle aurait aimé s'arrêter encore un instant, le temps que les battements de son cœur s'apaisent, mais Mac ignorait ce genre de délicatesses.

Il frappa résolument à la porte. Qui s'ouvrit sur Malcolm... Si son image s'était affaiblie dans la mémoire de Georgina, elle la retrouva tout de suite. Quelques fines rides marquaient ses yeux mais, sinon, il n'avait absolument pas changé. Il paraissait à peine ses vingt-quatre ans. Il était grand, aussi grand que ce James... Dieu, pourquoi pensait-elle à lui ? Il était toujours à la limite de la maigreur, mais c'était bien ainsi. Georgina détestait les vastes poitrines et les larges épaules depuis quelque temps !

Malcolm était beau, tellement beau qu'elle en oublia de remarquer dans ses bras une petite fille d'environ deux ans, aux cheveux blonds et aux yeux bleus. Georgina ne voyait que lui, et il la regardait aussi mais ne semblait pas la reconnaître. « C'est impossible, se dit-elle. Ai-je autant changé ? » Non, il devait être étonné, voilà tout. Elle était certainement la dernière personne qu'il s'attendait à trouver sur son seuil !

Elle était incapable de prononcer un mot. Enfin Malcolm se tourna vers Mac, et soudain son visage s'éclaira d'un grand sourire.

— Ian MacDonell ? C'est bien vous ?

— Ouais, mon garçon. En chair et en os.

— Que faites-vous en Angleterre ? demanda-t-il avec un rire joyeux. Ça alors, quelle surprise ! Mais entrez, je vous en prie, entrez, nous avons tant de choses à nous raconter. Bon sang, pour une surprise !

— Ouais, c'en est une... grommela Mac qui se tourna vers Georgina. Tu n'as rien à dire, petite ?

Georgina pénétra dans le salon avant de demander carrément à son fiancé.

— Qui est cette enfant, Malcolm ?

Mac toussota et s'absorba résolument dans la contemplation du plafond. Posant la petite fille à terre, Malcolm fronça les sourcils.

— Nous nous sommes déjà vus, mademoiselle ?

— Tu veux dire que tu ne me reconnais vraiment pas ?

— Je le devrais ?

Mac toussa de nouveau. Ou bien s'étranglait-il ? Georgina lui lança un regard noir avant d'adresser son plus joli sourire à l'homme de sa vie.

— Tu devrais, oui, mais je te pardonne. Il y a si longtemps... Et on prétend que j'ai énormément changé. Sans doute est-ce vrai.

Elle eut un petit rire nerveux.

— Cela me fait drôle d'être obligée de me présenter à toi... Je suis Georgina Anderson, Malcolm. Ta fiancée.

— La petite Georgie ?

Le rire du jeune homme s'étrangla dans sa gorge.

— Attendez... Ce n'est pas possible, Georgie ?

— Je t'assure...

— Je ne puis le croire ! s'exclama-t-il, plus horrifié que sceptique. Vous êtes... tu es magnifique ! Elle n'était... je veux dire, elle n'avait pas... On ne peut pas se transformer à ce point.

— Pardonne-moi d'être d'un autre avis, répliqua-t-elle, un peu pincée. Cela ne s'est pas passé en une nuit, tu sais. Si tu avais été là, tu aurais vu… mais tu n'étais pas là. Clinton, qui est resté absent trois ans, a été étonné, pourtant il m'a reconnue.

— C'est ton frère ! se défendit Malcolm.

— Tu es mon fiancé ! rétorqua-t-elle.

— O mon Dieu, tu ne penses pas encore… Cela fait combien… cinq ans, six ans ? Jamais je n'aurais cru que tu attendrais. La guerre a tout changé, tu comprends ?

— Non. Tu étais sur un navire anglais quand elle a éclaté, mais ce n'était pas ta faute… Tu étais toujours américain.

— C'est ça, justement. Je n'aimais pas passer pour américain. Ce sont mes parents qui voulaient s'installer là-bas. Pas moi.

— Qu'es-tu en train de m'expliquer, Malcolm ?

— Je suis anglais, je l'ai toujours été. C'est ce que j'ai dit quand on m'a enrôlé, et ils ont bien voulu croire que… je n'étais pas un déserteur. J'ai signé mon engagement avec plaisir. Depuis, je me suis bien débrouillé, vois-tu. Je suis second sur le…

— Nous savons, coupa sèchement Georgina. C'est par ce biais que nous t'avons retrouvé, même s'il nous a fallu un mois. Alors tu t'es engagé du côté anglais ? Mes frères ont offert leurs navires comme bâtiments armés pour cette guerre, tu aurais pu te trouver confronté à eux !

— Du calme, petite, intervint Mac. Nous avons toujours su qu'il était obligé de se battre contre nous.

— Mais pas de son plein gré ! Il vient d'avouer qu'il avait trahi !

— Non. Il a avoué qu'il aimait son pays d'origine. Tu ne peux pas le lui reprocher.

Il avait raison. Ces maudits Anglais, Dieu comme elle les haïssait ! Non seulement ils lui avaient volé Malcolm, mais ils l'avaient gagné à leur cause. C'était un Anglais, maintenant, fier de l'être. Mais il était aussi son fiancé. Et après tout, la guerre était terminée.

Malcolm était tout rouge. D'embarras ? D'ennui de se voir condamné par elle ? Elle n'aurait su le dire. Elle-même avait le feu aux joues. Ce n'était pas du tout ainsi qu'elle avait imaginé leurs retrouvailles.

— Mac est dans le vrai, Malcolm. Je suis désolée de m'être énervée au sujet de… peu importe. Rien n'a changé, en réalité. En tout cas pas mes sentiments, ma présence ici en est la preuve.

— Et quelle est la raison précise de ta présence ?

Elle le dévisagea un moment en silence, avant de plisser légèrement les yeux.

— La réponse est évidente. La véritable question est : pourquoi ai-je été obligée de venir ? Or toi seul peux y répondre. Pourquoi n'es-tu pas rentré à Bridgeport après la guerre, Malcolm ?

— Il n'y avait pas de raison.

— Pas de raison ? Excuse-moi, il y avait tout de même le petit problème de notre mariage. L'aurais-tu oublié ?

Il détourna les yeux.

— Je n'ai pas oublié. Simplement, je croyais que tu ne voudrais plus de moi, puisque j'étais anglais et…

— Ou alors tu ne voulais plus de moi parce que j'étais américaine ? coupa-t-elle.

— Ce n'est pas ça, se défendit-il. Honnêtement, je ne pensais pas que tu m'attendrais. Mon bateau a fait naufrage. Tu aurais pu me croire mort.

— Ma famille est dans le métier, Malcolm. Nous disposons d'informations sûres. Ton navire a été naufragé, mais il n'y a eu aucune perte en hommes, nous le savions. Ce que nous ignorions, c'est ce que tu étais devenu... jusqu'à ce qu'on te voie sur le *Pogrom*. Mais je suppose que tu n'as pas jugé utile de revenir vers une fiancée qui *risquait* seulement de t'attendre. Tu aurais pu au moins t'en assurer. Ecrire, par exemple. Les communications ont été rétablies entre nos deux pays, tu sais ? On a même vu un ou deux navires britanniques dans notre port...

Elle ne pouvait s'empêcher d'ironiser. Quand elle songeait au temps qu'elle aurait pu passer encore à rêver de cet homme, des années peut-être, alors qu'il n'avait aucune intention de lui revenir ! Elle avait mal, elle ne comprenait pas... Et il refusait de la regarder !

— Je t'ai écrit...

C'était un mensonge. Un baume pour l'orgueil de Georgina, une porte de sortie pour lui. Il ignorait que son orgueil, la jeune fille l'avait sacrifié des années auparavant pour l'avoir, lui. Elle ne redresserait pas la tête simplement parce qu'il lui offrait une vague excuse invraisemblable. Pour l'amour du Ciel, elle-même lui en avait trouvé de meilleures !

Elle ne se mit pas en colère, bien qu'elle fût affreusement déçue. Ainsi il n'était pas parfait, ni attentionné, ni même tout à fait honnête. Mais elle l'avait acculé, et il essayait de s'en sortir sans lui assener la dure vérité.

— Je n'ai jamais reçu cette lettre, Malcolm... Je suppose que tu m'annonçais que tu avais survécu à la guerre ?

— Oui.

— Et que tu t'étais découvert un profond patriotisme pour un autre pays que le mien ?

— C'est cela.

— Et, dans ces circonstances, que tu me libérais de notre engagement ?

— Eh bien, je...

— Ou exprimais-tu le désir que je souhaite toujours t'épouser ?

— Certainement.

— Alors, comme je ne t'ai pas répondu, tu as pensé que je refusais ?

— C'est exactement ça.

Georgina soupira.

— Quel dommage que cette lettre ne me soit jamais parvenue ! Tout ce temps perdu...

— Pardon ?

— Ne fais pas cette tête, Malcolm. Je veux toujours me marier avec toi. C'est pourquoi je suis là, après tout. Seulement, n'espère pas me voir vivre ici. Ça, jamais, même pour toi. Mais tu viendras aussi souvent que tu le souhaiteras. En tant que capitaine de mon navire, l'*Amphitrite*, tu pourras faire commerce exclusivement avec l'Angleterre si tel est ton désir.

— Je, je... Mon Dieu, Georgie, je...

— Malcolm ?

Une jeune femme, sur le seuil, venait de l'interrompre.

— Pourquoi ne m'as-tu pas avertie que nous avions de la visite ?

Souriante, elle se tourna vers Georgina.

— Je suis Meg Cameron. Enchantée de vous connaître.

Georgina regarda le petit garçon d'environ cinq ans qui se cachait dans ses jupes, un petit garçon qui avait les cheveux sombres de Malcolm, les yeux bleus de Malcolm, les traits fins de Malcolm. Puis elle se tourna vers le père, qui semblait plutôt mal en point.

— Ta sœur, Malcolm ? demanda-t-elle de sa voix la plus charmante.

— Non.

— C'est bien ce que je pensais.

6

Pas d'adieux. Pas de félicitations. Pas même un « Va au diable ».

Georgina se contenta de tourner les talons et de sortir du petit cottage blanc de Hendon, abandonnant derrière elle ses espoirs et ses rêves. Elle entendit Mac marmonner quelques mots, sans doute pour excuser son comportement grossier auprès de Meg Cameron, puis il la rattrapa et l'aida à grimper en selle.

Il demeura silencieux jusqu'à ce qu'ils aient quitté le village. Georgina avait essayé de pousser sa monture pour mettre autant de distance que possible entre elle et cet endroit maudit, mais la pauvre bête refusait de changer d'allure. Mac eut tout le temps d'observer la jeune fille. L'ennui avec lui, c'était qu'il se montrait franc quand on avait le moins besoin de franchise.

— Pourquoi tu ne pleures pas, petite ?

Elle eut envie de l'ignorer. Il n'aurait pas insisté. Mais en même temps, tout ce qui bouillait en elle devait sortir.

— Je suis trop furieuse ! Ce sale type a dû l'épouser dès qu'il est arrivé, bien avant la fin de la guerre. Pas étonnant qu'il soit devenu pro-Anglais ! Il s'est converti par son mariage !

— Ouais. Possible. Ou bien alors il l'a rencontrée à ce moment-là, et il s'est décidé lors de l'escale suivante.

— Peu importe quand et pourquoi ! Pendant que je me morfondais en pensant à lui, il se mariait, il faisait des enfants !

— Que tu aies perdu du temps, c'est vrai. Mais jamais tu ne t'es morfondue !

Elle eut un petit reniflement pincé.

— Je l'aimais, Mac.

— Tu aimais l'idée de l'avoir à toi, ce beau garçon. Une envie de gamine qui te serait passée. Si tu étais moins fidèle ou moins obstinée, tu l'aurais oublié depuis des années.

— Ce n'est pas...

— Ne m'interromps pas. Si tu l'aimais vraiment, tu pleurerais d'abord, et tu serais furieuse ensuite. Pas l'inverse.

— Je pleure intérieurement, rétorqua-t-elle, très digne. Tu ne peux pas le voir, c'est tout.

— Eh bien, je t'en remercie. Je n'ai jamais pu supporter les larmes des femmes.

Elle lui décocha un regard meurtrier.

— Vous les hommes, tous les mêmes ! Vous êtes aussi sensibles que... des murs de brique !

— Je n'ai pas à te plaindre, petite. Si tu te souviens bien, je t'ai conseillé d'oublier ce garçon depuis plus de quatre ans. Je me rappelle aussi t'avoir dit que tu regretterais d'être venue ici. Que t'a apporté ton entêtement, cette fois ?

— Désillusion, humiliation, chagrin...

— Trahison...

— Tu as vraiment décidé de me mettre encore plus en colère ? coupa-t-elle, rageuse.

— Instinct de préservation, petite. Je te l'ai dit, je ne supporte pas les larmes. Et tant que tu cries après moi, tu ne risques pas de pleurer sur mon épaule… Oh non, Georgie, pas ça ! s'écria-t-il en voyant son petit visage se décomposer.

Il arrêta les chevaux et tendit les bras à la jeune fille qui se laissa aller contre lui. Mais elle ne se contenta pas de pleurer un bon coup. Il y avait encore de la colère au milieu de ses sanglots.

— Ces beaux enfants auraient dû être les miens, Mac !

— Tu en auras, petite. Plein !

— Non. Je suis trop vieille.

— Ouais, vingt-deux ans, c'est diablement vieux.

Elle releva la tête, les sourcils froncés.

— C'est bien le moment d'être de mon avis ! Il prit un air étonné :

— J'ai tort ?

Georgina renifla et se mit de nouveau à gémir.

— Oh, pourquoi cette femme n'est-elle pas arrivée quelques minutes plus tôt, avant que je me ridiculise en disant à ce scélérat que j'étais toujours prête à l'épouser ?

— C'est donc un scélérat, maintenant ?

— Le plus affreux, le plus odieux…

— J'ai compris, petite. Et tu t'es très bien débrouillée pour te venger.

— Je ne me suis pas vengée, j'ai été humiliée.

— Non. Tu as montré à ce garçon tout ce qu'il avait raté : une jeune fille qu'il n'a pas reconnue tellement elle est devenue belle, un bateau à commander – bref, ce dont il a toujours rêvé. À l'heure qu'il est, il doit se donner des claques et, aussi sûr qu'il a mal agi envers toi, il le regrettera pendant des années !

— Le bateau peut-être, mais pas moi. Il a un travail qui lui plaît, de beaux enfants, une épouse ravissante...

— Ravissante, mais ce n'est pas Georgina Anderson, propriétaire de l'*Amphitrite*, actionnaire de la Skylark, et dont on dit qu'elle est la plus jolie fille de la côte Est.

— C'est tout ?

— Ça ne te suffit pas ?...

— Non. Cette Georgina est peut-être jolie maintenant, mais elle ne l'a pas toujours été. Et à quoi cela lui sert-il si elle a perdu les plus belles années de sa vie ?

Mac jura entre ses dents, mais elle préféra l'ignorer.

— Et elle dispose peut-être d'une confortable fortune, poursuivit-elle, mais pour l'instant, elle n'a même pas de quoi se payer un billet pour rentrer chez elle. Son physique et ses moyens ne l'empêchent pas d'être une imbécile, stupide, naïve, incapable de juger les gens, pas très intelligente, et...

— Tu te répètes : imbécile, stupide, pas très intelligente...

— Laisse-moi parler.

— Quand tu cesseras de dire des sottises. Maintenant que tu ne pleures plus, essaie de voir le bon côté des choses.

— Il n'y en a pas.

— Mais si ! Jamais tu n'aurais été heureuse avec un scélérat si odieux, si... quoi, déjà ?

Elle esquissa un petit sourire tremblé.

— J'apprécie tes efforts, Mac, mais je me sens tellement mal... J'ai une seule envie : rentrer à la maison et ne plus jamais voir un seul de ces Anglais avec leur langage châtié ; leur attitude froidement imperturbable, leurs fils infidèles...

— Désolé de te décevoir, petite, mais chaque pays a ses fils infidèles.

— Chaque pays a aussi ses murs de brique, pourtant je n'en épouserai aucun !

— Épouser un... ? Oh là, tu recommences à divaguer. Pourquoi parles-tu sans arrêt de murs de brique ?

— Ramène-moi à la maison, Mac. Trouve-nous un bateau, n'importe lequel, même s'il n'est pas américain, pourvu qu'il nous conduise chez nous et qu'il prenne la mer au plus vite, de préférence aujourd'hui. Tu n'as qu'à te servir de ma bague de jade pour payer le passage.

— Tu es folle, petite ! C'est ton père qui te l'a offerte, et il l'avait rapportée de...

— Ça m'est égal, Mac, insista-t-elle avec cet air borné qu'il redoutait tant. Sauf si tu as envie de devenir voleur, ce que je ne crois pas, c'est le seul objet de valeur dont nous disposions. Et je te préviens que je n'ai pas l'intention d'attendre que tu aies gagné suffisamment d'argent. En outre, nous pourrons toujours racheter la bague une fois arrivés.

— Tu as décidé de venir en Angleterre aussi brusquement, petite. Tu devrais tirer la leçon de tes erreurs, au lieu de sauter à pieds joints dans les suivantes...

— Si tu essaies de m'exhorter à la patience, n'y pense plus. J'en ai eu pendant six ans, voilà ma plus grosse erreur. Dorénavant, je pratiquerai l'impatience.

— Georgie...

— Pourquoi discutes-tu ? Tu auras sur les bras une femme en pleurs jusqu'à notre départ. Je croyais que tu ne supportais pas les larmes ?

L'entêtement était bien pire encore, décida Mac, qui soupira.

— Si tu le prends ainsi...

7

La forêt de mâts ne prouvait pas qu'il y eût un navire prêt à s'embarquer prochainement pour l'Amérique. On aurait pu le croire, on aurait même pu le parier. Et pourtant…

La plupart des bâtiments arrivés en même temps que le leur le mois dernier étaient repartis depuis longtemps. D'autres refusaient de prendre des passagers, d'autres encore prévoyaient un long détour avant de gagner l'Amérique. Et le seul qui envisageât de rentrer directement à New York n'avait pas l'intention de prendre la mer tout de suite, d'après son second. Le capitaine courtisait une jeune Anglaise, or il avait juré qu'il ne mettrait pas les voiles avant de l'avoir épousée.

Quand Georgina entendit cela, elle déchira deux de ses robes et jeta le seau de toilette par la fenêtre.

Elle voulait tellement quitter l'Angleterre au plus vite qu'elle envisageait même de s'embarquer pour un voyage au long cours. Tant pis s'il leur faudrait plusieurs mois avant d'atteindre l'Amérique.

Mac lui cita trois bateaux dont il n'avait pas parlé plus tôt parce que l'équipage était entièrement anglais – et il avait bien fait, car elle le rabroua vertement. Alors, un peu hésitant, il évoqua une ultime solution :

— Il y a bien un navire qui part demain avec la marée. Ils ne prennent pas de passagers, mais ils cherchent un quartier-maître… et un mousse.

Georgina ouvrit de grands yeux intéressés.

— Tu veux dire que nous pourrions payer ainsi notre place ?

— J'ai pensé que ça vaudrait mieux que de rester six mois ou plus en mer avec une fille qui *pratique l'impatience* !

Georgina éclata de rire. C'était bien la première fois que cela lui arrivait depuis qu'elle avait découvert la trahison de Malcolm.

— Peut-être que je la pratiquerai un peu moins quand nous serons sur le chemin du retour, promit-elle. Oh Mac, je trouve cette idée grandiose ! Est-ce un navire américain ? Est-il gros ? Pour où s'embarque-t-il ?

— Doucement, petite. Ce n'est pas ce que tu crois. Il s'agit du *Maiden Anne*, un trois-mâts qui se dirige vers les Antilles. Une splendeur ! Mais il a l'apparence d'un navire de guerre aménagé, encore lourdement armé, bien qu'il appartienne à un particulier.

— Un négociant antillais qui se méfie des mers infestées de pirates… Tous les bateaux de la Skylark qui fréquentent cette région sont armés, et il leur arrive quand même d'être attaqués.

— C'est vrai. Pourtant le *Maiden Anne* n'est pas un bateau de commerce, en tout cas pas pour ce voyage. Il ne transportera aucune marchandise.

— Un capitaine capable de naviguer sans en tirer profit ? Il doit s'agir d'un pirate, se moqua Georgina.

— C'est un homme qui se promène au gré de sa fantaisie, d'après l'équipage.

— Donc le capitaine est aussi le propriétaire, et il a les moyens d'entretenir son bateau pour le plaisir ?

— On dirait, répondit Mac, l'air dégoûté.

Georgina sourit.

— Je sais combien cela te contrarie, mais c'est une chance entre mille. Et quelle importance qu'il y ait une cargaison ou non, si ce bateau nous ramène chez nous ?

— Ouais, mais il y a un autre détail. Ils vont à la Jamaïque, pas en Amérique.

— La Jamaïque ?

Georgina ne fut déconcertée qu'un instant.

— La Skylark a des bureaux là-bas. Et n'est-ce pas le troisième port sur le trajet de Thomas ? Nous devrions y arriver avant qu'il en reparte. Sinon, la Skylark possède d'autres navires qui passent régulièrement, dont ceux de Boyd et de Drew, sans parler du mien. Au pire, nous serons retardés de quelques semaines. C'est mieux que six mois. Et certainement mieux que de rester ici un jour de plus !

— J'en sais rien, petite. Plus j'y pense, plus je regrette de t'en avoir parlé.

— Et moi, plus j'y pense, plus l'idée me plaît. Allons, Mac, c'est la solution idéale !

— Mais il te faudra travailler, lui rappela-t-il. Tu devras t'occuper des messages du capitaine, lui servir ses repas, nettoyer sa cabine... Tu n'auras pas une minute à toi.

— Et alors ? Tu me crois incapable de tâches aussi simples, alors que j'ai déjà briqué des ponts, astiqué des canons, hissé des haubans...

— C'était il y a des années, petite, avant que tu commences à ressembler à une dame. Ton père et tes frères t'ont laissée grimper sur les bateaux quand ils étaient à quai, et apprendre ce que tu n'avais pas besoin de savoir. Mais là, tu vas travailler avec des hommes qui ne te connaissent pas, qui ne doivent pas te connaître. C'est pas un travail pour une fille.

— J'ai compris, Mac. Mes robes resteront ici. Dès que l'on voit un pantalon, on ne se pose plus de questions. Mets une robe à un garçon et tu auras une fille hideuse, mets une fille en pantalon et tu auras un joli garçon. Après tout, je ne me suis pas si mal débrouillée l'autre fois à...

— Jusqu'à ce que tu ouvres la bouche ou que tu regardes quelqu'un en face, coupa-t-il sévèrement. Ton déguisement n'a pas tenu bien longtemps !

— Parce que j'essayais de passer pour un homme - ce qui n'était pas bien malin, quand j'y songe... D'accord ! ajouta-t-elle vivement en le voyant prêt à intervenir de nouveau. C'est vrai, tu as essayé de m'avertir, et je n'ai pas voulu écouter. N'en rajoute pas. Cette fois, c'est différent, tu le sais. Un adolescent peut avoir les traits fins. C'est souvent le cas. Avec ma taille, mon timbre de voix et... en me bandant sérieusement la poitrine, je passerai pour un garçon de neuf ou dix ans.

Mac lui lança un coup d'œil sceptique.
— Ton intelligence te trahira.
— D'accord. Alors disons un jeune adolescent brillant de douze ans au développement physique un peu retardé. Je peux y arriver, Mac ! insista-t-elle avec fermeté. Si tu ne le pensais pas, d'ailleurs, tu n'en aurais jamais parlé.
— Je devais être maboul ! Pour sûr, je l'étais ! Mais nous savons tous les deux à cause de qui.
— Allons, Mac... ne dramatise pas. Et puis écoute : plus tôt nous serons rentrés, plus tôt tu seras débarrassé de moi.
— Il y a autre chose, grommela son compagnon. Tu vas devoir jouer ce rôle de garçon pendant un mois, ou plus. Il faudra que tu trouves des coins privés pour répondre à des besoins naturels, quand un homme se contente de se mettre dos au vent, et...
— Mac !
Georgina rougit, bien que ses cinq frères, qui oubliaient souvent sa présence, lui aient appris à peu près tout ce qu'une jeune fille devait ignorer.
— Je n'ai jamais prétendu que ce serait facile, mais j'ai assez de ressources pour résoudre les problèmes, quels qu'ils soient. Contrairement à la plupart des filles, je connais les bateaux de fond en comble. Je me débrouillerai. Et si je suis démasquée, que se passera-t-il ? Crois-tu qu'ils me jetteront à la mer ? Mais non ! Au pire, je serai enfermée jusqu'à l'arrivée, et là on me chassera avec un coup de pied dans le derrière. Et je le mériterai bien, si je suis assez maladroite pour me trahir.

Il fallut encore quelques minutes de discussion pour que Mac cédât, excédé :

— Bon, bon, bon ! Entendu... Mais je vais d'abord essayer de te faire monter à bord sans que tu aies besoin de travailler. Ils accepteront peut-être de te prendre si je renonce à la paie et si je te fais passer pour mon frère.

— Ton frère ? Sans l'accent écossais ?

— Mon demi-frère, si tu préfères. Ce qui n'étonnera personne, vu la différence d'âge.

— Mais tu as dit qu'ils avaient besoin d'un mousse. Ils insisteront, dans ce cas. Jamais mes frères ne s'embarqueraient sans mousse.

— Je vais quand même essayer. Ils ont encore la fin de la journée pour en trouver un autre.

— Eh bien, j'espère que ce ne sera pas le cas, dit sincèrement Georgina. J'aime mieux travailler durant la traversée que ne rien faire, surtout si je suis déguisée. Et n'essaie pas de me faire passer pour ta sœur, ça ne marcherait pas. Dépêchons-nous d'y aller avant que le poste soit pris.

— Il te faudra des vêtements de garçon.

— Nous en achèterons en route.

— Tes bagages...

— Le tavernier peut tout garder.

— Et tes cheveux ?

— Je les couperai.

— Pas question ! Tes frères me tueraient... s'ils ne le font pas de toute façon !

Elle sortit la fameuse casquette de laine d'une malle et l'agita sous le nez de Mac.

— Là ! Maintenant, tu veux bien arrêter de ronchonner et te remuer un peu ? Allons-y !

— Je croyais que tu devais cesser de pratiquer l'impatience, marmonna-t-il.

En riant, elle le poussa vers la porte.

— Nous n'avons pas encore embarqué, Mac. Demain, je te le promets !

8

Sir Anthony Malory fit signe au maître d'hôtel d'apporter une autre bouteille de porto puis se carra dans son fauteuil. Cela faisait deux heures que lui et son frère discutaient dans ce luxueux établissement londonien.

— Sais-tu que tu vas sincèrement me manquer, James ? Tu aurais pu mettre tes affaires en ordre aux Caraïbes avant de rentrer, ainsi tu ne serais pas obligé d'y retourner, maintenant que je me suis de nouveau habitué à t'avoir près de moi...

— Comment aurais-je pu savoir que le sort de l'infâme Hawke serait réglé si facilement ? répliqua James. Et d'autre part, j'ignorais absolument que ma chère famille déciderait de me réhabiliter, puisque j'avais mis un terme à mon existence de pirate.

— L'arrivée de ton fils Jeremy a attendri nos aînés. Ils sont diablement sentimentaux dès qu'il s'agit des liens du sang.

— Pas toi ?

Anthony eut un petit rire.

— Moi aussi ! Mais tu vas te dépêcher de rentrer, n'est-ce pas ? Durant ton séjour ici, c'était comme au bon vieux temps...

— Nous ne nous sommes pas ennuyés, pendant ces années folles !

— À courtiser les mêmes femmes, dit Anthony.

— À recevoir les mêmes sermons de nos frères, renchérit James.

— C'était pour notre bien. Jason et Eddie ont été chargés de cette responsabilité beaucoup trop jeunes. Ils n'ont pas eu l'occasion de s'amuser eux-mêmes, ils étaient trop occupés à nous faire rentrer dans le rang.

— Inutile de les défendre, vieux. Tu n'imagines tout de même pas que je leur garde rancune ? En fait, à votre place, je me serais déshérité exactement comme vous l'avez fait.

— Je ne t'ai jamais déshérité, protesta Anthony.

— Bois, mon cher, dit James avec humour. Cela te rafraîchira la mémoire.

— Ma mémoire est en parfait état de marche, je t'assure. Certes, j'ai été furieux quand tu as disparu avec Reggie ce fameux été, il y a huit ans – trois mois sur ce satané bateau de pirate, alors que la petite chérie avait seulement douze ans ! Mais je me suis défoulé en t'infligeant la correction que tu méritais lorsque tu l'as ramenée. Et tu ne t'es même pas défendu. D'ailleurs, je me suis toujours demandé pourquoi. Si tu m'expliquais, maintenant ?

— Que voulais-tu que je fasse, seul contre trois ? Je ne suis pas un surhomme, tu sais.

— Allons donc ! Tu n'as même pas essayé de contrer, ce jour-là. Jason et Edward ne l'ont peut-être pas remarqué, mais nous en avons suffisamment décousu sur le ring tous les deux pour que j'en aie été conscient.

James haussa les épaules.

— J'avais l'impression de le mériter. J'avais trouvé que c'était une bonne blague, sur le moment, d'enlever la petite au nez et à la barbe des grands frères. J'étais, disons, énervé contre Jason qui refusait de me laisser voir Regan après que...

— Reggie, corrigea machinalement Anthony.

— Regan ! insista James avec force, reprenant l'antique discussion au sujet du prénom de la jeune fille.

James avait toujours voulu être différent, suivre sa propre voie, n'obéir qu'à ses règles. Ils se rendirent compte en même temps de leur puérilité et se mirent à rire.

— D'accord. Va pour Regan, ce soir.

James se frappa l'oreille de la main.

— Comment ? J'ai dû mal entendre !

— Bon sang ! gémit Anthony. Continue ton histoire avant que je m'endorme. Ah, attends, voici notre seconde bouteille.

— Tu n'as pas l'intention de me soûler de nouveau, j'espère ?

— Pas une seconde ! protesta Anthony en emplissant leurs deux verres à ras bord.

— C'est ce que tu as dit, je crois, la dernière fois. Mais si je me souviens bien, ton ami Amherst a dû nous porter jusqu'à notre voiture... au milieu de l'après-midi ! Tu ne m'as jamais raconté ce qu'a dit ta petite épouse à ce sujet, d'ailleurs.

— Pas mal de choses, mais rien qui ne soit digne d'être répété, répliqua Anthony.

Le bel éclat de rire de James fit tourner quelques têtes vers leur table.

— Franchement, vieux, je me demande ce qu'il est advenu de ton charme légendaire. Tu n'as pas pu la convaincre que la petite servante qui a passé quelques instants sur tes genoux ne t'était pas destinée ? Pas de chance qu'elle ait laissé des cheveux blonds sur ton revers et que ta femme les ait vus... Mais n'as-tu pas dit à Roslynn que tu te trouvais dans cette taverne uniquement pour retrouver son cousin ?

— Bien sûr que si !

— Alors tu ne lui as pas raconté que la petite était pour moi ?

Anthony secoua résolument la tête.

— Et je n'en ai pas l'intention. Je lui ai dit que rien ne s'était passé, que j'avais refusé la proposition. Cela devrait suffire. C'est une question de confiance... Mais nous en avons déjà discuté, toi et moi, ici même. Cesse de t'inquiéter pour ma vie privée, cher frère. Ma petite Écossaise retrouvera de meilleurs sentiments. Je m'en occupe à ma manière. Revenons-en plutôt à tes aveux, d'accord ?

James prit son verre.

— Comme je te l'ai dit, j'étais énervé contre Jason parce qu'il refusait de me laisser voir Regan.

— Estimes-tu qu'il avait tort ? Tu jouais au pirate depuis déjà deux ans !

— Je semais peut-être la panique sur les mers, Tony, mais je n'avais pas changé le moins du monde. Il savait sacrément bien que j'aurais abandonné tout ce qui avait un rapport avec Hawke s'il m'avait permis de voir la petite. Mais il m'a déshérité pour avoir pris la mer et déshonoré la famille, alors que personne, en Angleterre ni ailleurs, ne savait que le capitaine Hawke et James Malory, vicomte de Ryding, étaient une seule et même personne. Jason avait pris sa décision et ne voulait pas en changer ; alors, que devais-je faire ? Ne plus jamais la voir ? Regan est comme ma fille, tu le sais parfaitement. Nous l'avons tous élevée.

— Tu aurais pu renoncer à tes activités, objecta Anthony, raisonnable.

James esquissa un sourire.

— Obéir aux ordres de Jason ? L'ai-je fait une seule fois dans ma vie ? En outre, j'ai adoré jouer au pirate ! Il y avait le défi, le danger... et surtout cela m'a permis de ramener une certaine discipline dans ma vie ; j'ai peut-être même sauvé ma santé, dans cette histoire. Je menais une vie dissipée et éreintante avant de quitter Londres. Nous nous amusions bien, certes, mais le seul défi à relever était de séduire l'une ou l'autre dame. Bon sang, j'avais acquis une telle réputation qu'on ne venait même plus me chercher pour égayer les soirées monotones !

Anthony éclata de rire.

— Tu vas me faire pleurer, vieux !

Cette fois, ce fut James qui remplit les verres.

— Bois, pauvre sot. Tu as le cœur plus tendre quand tu es ivre !

— Je ne suis jamais ivre. J'ai essayé de le dire à mon épouse, mais elle ne m'a pas cru... Ainsi, tu es parti en mer pour mener la vie saine et sportive d'un pirate ?

— D'un gentilhomme pirate, rectifia James.

— Absolument. Il y a une différence. Quelle différence, au fait ?

— Je n'ai jamais coulé un bateau, et je n'en ai jamais pris un sans lui avoir laissé sa chance. De magnifiques trésors m'ont ainsi échappé, tu sais. D'ailleurs, je n'ai jamais prétendu être un pirate qui a réussi, seulement un pirate tenace.

— Le diable t'emporte, James ! Ce n'était qu'un jeu pour toi, et tu as délibérément laissé Jason croire que tu violais, pillais, donnais les hommes en pâture aux requins !

— Pourquoi pas ? Il n'est heureux que lorsqu'il peut condamner l'un d'entre nous. Et mieux vaut moi que toi, puisque je m'en fiche, contrairement à toi.

— Voilà enfin une attitude intelligente, dit Anthony, sarcastique.

— Crois-tu ? demanda James avant de vider son verre, qu'Anthony fut prompt à remplir. C'est celle que j'ai toujours eue.

— Sans doute, concéda Anthony à contrecœur. Je t'ai toujours vu provoquer volontairement Jason, aussi loin que je me souvienne.

James haussa les épaules.

— Que serait la vie sans quelques stimulations, mon cher ?

— Je crois surtout que tu adores le voir bondir au plafond. Avoue-le.

— Il le fait si bien. Non ?

Anthony pouffa.

— D'accord, peu importent les tenants et les aboutissants. Tu as été de nouveau accueilli dans le giron de la famille, et pardonné. Mais tu n'as toujours pas répondu à ma question sur la correction que tu as reçue.

— Vraiment ? Sans doute, parce que je suis sans cesse interrompu.

— Alors, je me tais.

— Impossible.

— James...

— Allons, Tony ! Mets-toi à ma place, et tu auras la réponse. Ce n'est pas si compliqué. Je voulais passer quelque temps en compagnie de notre petite Regan. J'ai pensé qu'elle serait contente de voir un peu le monde – et c'était le cas, d'ailleurs. Mais si j'étais ravi de l'avoir près de moi, je me suis vite rendu compte que c'était une folie. Je n'ai pas joué au pirate lorsqu'elle était là, mais les mers sont dangereuses. Tempêtes, flibustiers, les ennemis que je me suis faits, tout était possible. En réalité, le risque pour elle était minime, mais il existait quand même. Et si quoi que ce soit lui était arrivé...

— Grands dieux ! L'insouciant James Malory torturé de remords ? Comment est-ce possible ?

— J'ai mes bons moments, tout de même ! rétorqua James, feignant l'indignation.

— Qu'ai-je dit ? demanda innocemment Anthony. Peu importe. Buvons ! Tu sais, ajouta-t-il pensivement, entre moi qui la présentais à mes amis noceurs – ils se tenaient fort bien en sa présence – lorsque c'était à mon tour de l'avoir dans l'année, et toi qui l'exposais à un équipage de coupe-jarret...

— Qui l'adoraient et se montraient parfaitement bien élevés quand elle était à bord.

— Oui, bon, elle a tout de même reçu une éducation très éclectique, grâce à nous.

— Vraiment ? Alors comment a-t-elle pu épouser cet arrogant Eden ?

— La petite l'aime, hélas !

— Cela, je l'avais découvert tout seul !

— Voyons, James, tu ne l'apprécies pas parce qu'il nous ressemble trop, et que quelqu'un qui nous ressemble n'est pas assez bon pour notre Reggie.

— Pardonne-moi, mon cher, c'est la raison pour laquelle *tu* ne l'aimes pas. Moi, j'ai mal digéré les horribles insultes qu'il m'a lancées à la figure quand il est parti à la suite de notre affrontement, il y a des années, insultes qui sont venues après qu'il a mis mon navire hors de combat !

— Mais c'est toi qui l'avais attaqué ! précisa Anthony, au courant de tous les détails de la bataille navale.

Jeremy y avait été blessé, ce qui avait persuadé James d'abandonner la piraterie.

— Là n'est pas la question, insista James. Et de toute façon, il a ajouté l'injure à l'insulte quand il m'a fait atterrir en prison l'année dernière.

— Tu l'avais rossé à mort ! Et tu as bien dit que Nicholas a payé pour te faire évader avant de s'embarquer pour les Antilles. Afin de soulager sa conscience, non ?

— Selon lui, c'est parce qu'il lui était impossible d'assister à la pendaison.

Anthony éclata de rire.

— Ça lui ressemble bien ! Mais reconnais au moins une chose, mon frère : si tu n'avais pas été arrêté, tu n'aurais pu organiser le décès de Hawke, qui te lavait de tout soupçon, et brûlait les ponts derrière toi. Tu peux maintenant marcher dans les rues de Londres sans regarder pardessus ton épaule en permanence.

Cela méritait bien un autre verre de porto.

— Depuis quand défends-tu cette canaille ?

— Mon Dieu, c'est ce que je fais ?

Anthony avait l'air horrifié.

— Je te demande pardon, vieux, reprit-il. Ça ne se produira plus, tu peux en être sûr. C'est un sale individu !

— Mais Regan le lui fait payer, dit James avec un sourire réjoui.

— Comment ?

— Il dort sur le sofa chaque fois qu'elle entend parler d'une discussion avec l'un d'entre nous.

— Non !

— C'est la vérité. Il me l'a avoué lui-même. Tu devrais aller les voir plus souvent en mon absence.

— Je lève mon verre à ça ! s'exclama Anthony gaiement. Eden sur le sofa ! Elle est excellente !

— Aussi excellente que la pagaille dans laquelle tu te trouves avec ta femme !

— Ah, ne recommence pas !

— Je n'oserais pas ! Mais j'espère que tu auras arrangé les choses avant mon retour, dans quelques mois. Parce que à ce moment-là, je te reprendrai Jeremy, mon cher, et tu n'auras plus personne pour faire le tampon. Rien que toi et la petite Écossaise… tout seuls.

Anthony esquissa un sourire confiant… et un peu malicieux.

— Tu vas te dépêcher de revenir, j'espère ?

9

Toute la famille s'était déplacée pour accompagner James au port. Il y avait Jason et Derek, Edward avec toute sa progéniture, Anthony et la petite épouse écossaise, un peu réconciliée avec son mari – mais c'était normal puisqu'elle venait d'apprendre qu'elle allait être mère. Ce garnement de Jeremy semblait, lui, d'excellente humeur, bien que ce fût la première fois qu'il quittait son père depuis six ans. Il devait s'imaginer qu'il aurait la belle vie à la garde de son oncle Anthony. Pourtant, il ne tarderait pas à s'apercevoir que Jason et Edward le surveilleraient également. On le tiendrait aussi serré, sinon plus, que lorsque James et son second, Conrad, s'occupaient de lui.

La marée mit un terme aux adieux. L'horrible gueule de bois de James lui avait presque fait oublier le petit mot qu'il avait rédigé à l'intention de sa belle-sœur, lui expliquant que la jolie servante n'avait pas accordé ses faveurs à Anthony. Il appela Jeremy et lui tendit le message.

— Remets ceci à ta tante Roslynn, mais pas en présence d'Anthony.

— Une lettre d'amour ?

— File d'ici, vaurien ! Et veille à...

L'adolescent leva les mains en riant.

— Je sais, je sais... Je ne ferai rien que tu n'aurais fait toi-même !

Il descendit la passerelle en courant avant que son père ne pût le réprimander vertement.

Pourtant, James souriait quand il se tourna vers son second et meilleur ami, Conrad.

— De quoi s'agit-il ? demanda ce dernier, curieux.

— J'ai décidé de m'en mêler. Sinon, Anthony va patauger indéfiniment.

— Tu avais pourtant dit que tu les laisserais se débrouiller, lui rappela Connie.

— Que veux-tu, c'est mon frère ! Bien que je me demande pourquoi je prends soin de lui, après le sale coup qu'il m'a fait hier soir !

Connie haussa un sourcil interrogateur, et James sourit malgré la douleur qui lui martelait les tempes.

— Il s'est assuré que je me sentirais mal au moment du départ, ce vaurien !

— Et tu n'as pas protesté, je suppose ?

— Je ne pouvais tout de même pas le laisser boire seul ! Mais je crois que tu vas devoir nous sortir du port, vieux. Viens me voir dans ma cabine quand nous serons en mer.

Une heure plus tard, Connie se servait une bonne rasade de whisky et venait rejoindre James à son bureau.

— Tu ne t'inquiètes pas pour le garçon, j'espère ?

— Ce gredin ?

James secoua la tête, fit la grimace et but une gorgée du remontant que Connie lui avait fait porter des cuisines.

— Tony veillera à ce que Jeremy ne commette pas trop de bêtises. Si quelqu'un se tracasse, ce sera toi. Tu aurais dû avoir un enfant, Connie.

— J'en ai sans doute. Seulement moi, je n'ai pas eu la chance de le retrouver. Toi-même, tu en as probablement d'autres que tu ignores !

— Grands dieux, un seul me suffit ! s'exclama James, horrifié. Maintenant, raconte-moi. Combien as-tu récupéré d'hommes sur l'ancien équipage ?

— Dix-huit. Et je n'ai eu aucun mal à remplacer les autres, sauf le quartier-maître, comme je te l'ai déjà dit.

— Alors nous n'en avons pas ? C'est une lourde charge pour toi, Connie.

— J'en ai quand même déniché un hier. Ou plus exactement, il y en a un qui est venu proposer ses services. Il voulait embarquer comme passager, avec son frère. Quand je lui ai dit que c'était impossible, il a offert de travailler pendant la traversée. L'Écossais le plus entêté que j'aie jamais rencontré !

— Encore un ? J'en ai soupé, ces derniers temps ! Je suis diablement content que tes ancêtres écossais soient si loin derrière toi que tu ne te les rappelles pas. Encore le cousin de lady Roslynn et cette petite vermine avec son compagnon...

— Je croyais que tu les avais oubliés.

— D'abord, es-tu sûr que cet Écossais s'y connaît en navigation ?

— Je l'ai testé. Il a déjà occupé pratiquement tous les postes sur un navire.

— Dans ce cas, il nous sera utile. Autre chose ?

— Johnny s'est marié.

— Johnny ? Mon mousse ? Par le Ciel, il a quinze ans ! Quelle mouche l'a piqué ?

Connie haussa les épaules.

— Il prétend qu'il est tombé amoureux et a décidé qu'il ne pouvait quitter la petite dame.

— La petite dame ? Cet idiot a besoin d'une mère, pas d'une épouse !

Sa tête menaçait d'exploser, et il vida son verre d'un coup.

— Je t'ai trouvé un autre garçon de cabine. Le frère de MacDonell...

James s'étrangla avec sa boisson.

— Qui ?

— Bon sang, James, qu'y a-t-il ?

— Tu as dit MacDonell ? Son prénom ne serait-il pas Ian, par hasard ?

— Si... Par Dieu, c'est l'Écossais de la taverne ?

James éluda la question d'un geste de la main.

— As-tu vu le frère ?

— Oui, mais je n'ai pas fait très attention. Un garçon petit, plutôt calme, caché derrière son grand frère. De toute façon, je n'avais pas vraiment le choix, puisque Johnny m'a annoncé il y a seulement deux jours son intention de rester en Angleterre. Mais tu crois que...

— Oui.

James éclata d'un grand rire.

— Oh, Connie, c'est magnifique ! Je suis retourné près de la taverne pour essayer de voir cette petite chipie, mais en vain. Et voilà qu'elle me tombe gentiment entre les mains !

— Eh bien, cela te promet une agréable traversée, grommela Connie.

— Sois-en sûr ! rétorqua James avec un sourire carnassier. Mais je n'ai pas l'intention de la démasquer tout de suite. Je vais d'abord m'amuser un peu.

— Et si tu te trompais ? Si c'était bien un garçon ?

— J'en doute. De toute façon, je ne tarderai pas à être fixé.

Connie parti, James s'installa plus confortablement dans son fauteuil de cuir. Il souriait encore, émerveillé par le divin hasard qui avait poussé l'Écossais et cette petite à choisir son bateau, parmi tant d'autres.

Selon Connie, ils avaient d'abord proposé de payer leurs places. Donc ils avaient de l'argent. Pourquoi ne pas chercher un autre navire ? Deux gréements anglais, au moins, s'embarquaient bientôt pour les Antilles, et ils disposaient de cabines pour prendre des passagers. Pourquoi se donner la peine de déguiser la jeune fille, au risque d'être découverts ? Mais était-ce vraiment un déguisement ? Bon sang, la dernière fois qu'il l'avait vue, elle était déjà ainsi accoutrée. Peut-être était-ce sa façon habituelle de se vêtir… Non. Elle avait semblé contrariée lorsque Tony avait déclaré que c'était une femme. Elle se cachait alors, comme elle se cachait maintenant.

Son mousse ! Quel toupet !

Il serait intéressant de voir comment elle s'en tirerait. Dans une taverne mal éclairée, cela passait encore, mais sur un navire, à la franche lumière du jour ? Pourtant, elle avait trompé Connie. Et aurait peut-être trompé James également s'il ne l'avait déjà rencontrée.

Une rencontre qu'il se rappelait parfaitement, en fait. Son ravissant arrière-train et le petit sein qui avait si bien épousé le creux de sa main... Ses traits fins étaient charmants, les pommettes hautes, le nez impertinent, les lèvres sensuelles. Il n'avait pas vu son front, ni ses cheveux, mais à l'instant où elle l'avait regardé devant la porte de la taverne, il s'était perdu dans la profondeur de ses yeux de velours brun.

Il était revenu au moins une douzaine de fois le mois suivant. En vain. On ne les avait jamais vus dans le coin. Vraisemblablement, ils étaient originaires des Antilles, et ils voulaient y retourner, plutôt que l'inverse. Si MacDonell était sans aucun doute écossais, la petite ne l'était pas. Pourtant, il n'avait pu situer son accent. Il savait seulement qu'elle n'était pas anglaise.

C'était un mystère, et il était bien décidé à l'élucider. Auparavant, il allait s'amuser un peu en lui affirmant que son mousse dormait toujours dans la même cabine que lui. Il ferait semblant de ne pas la reconnaître, ou lui laisserait penser qu'il avait oublié leur rencontre. Certes, il était possible qu'elle ne s'en souvînt pas, mais c'était sans importance. Avant la fin du voyage, elle ne partagerait pas seulement sa cabine mais aussi sa couche.

10

La cuisine n'était pas exactement l'endroit idéal pour se cacher. Une fois en pleine mer cela irait mieux, mais pour l'instant, avec les énormes fours qui chauffaient depuis l'aube et la vapeur qui sortait des chaudrons – promesse d'un excellent souper –, il y faisait une chaleur d'enfer.

Le cuisinier et ses deux marmitons s'étaient déjà débarrassés de la plupart de leurs vêtements quand les hommes d'équipage commencèrent à venir se restaurer pour un rapide petit déjeuner : un ou deux à la fois, selon les disponibilités, car les heures précédant le départ débordaient d'une activité fébrile.

Georgina était restée un moment sur le pont à regarder embarquer les marchandises, mais c'était un spectacle familier qui ne l'intéressait pas. En outre, elle avait assez vu l'Angleterre !

Aussi s'était-elle réfugiée dans la cuisine, discrètement perchée sur un tabouret dans le coin opposé à celui où l'on rangeait les provisions, tonneaux, barils, sacs de grain et de farine… À tel point qu'il n'y eut bientôt plus assez de place et qu'on dut entreposer le reste dans la cale.

S'il n'avait pas fait si chaud, Georgina aurait apprécié l'endroit. C'était la cuisine la plus propre qu'elle eût jamais vue. D'ailleurs, tout le navire était reluisant, et Georgina avait entendu dire qu'il venait d'être entièrement remis à neuf.

Entre les fours et le poêle, il y avait une réserve à charbon, pleine à ras bord. Au centre de la pièce trônait une longue table terminée par un billot de boucher avec un récipient destiné à recevoir le sang des animaux vivants qui étaient gardés à fond de cale. Cette cuisine était vraiment bien équipée. Il y avait des épices, des ustensiles, des tiroirs et des buffets, le tout bien amarré au sol, aux murs ou au plafond.

Le maître des lieux était un Irlandais du nom étrange de Shawn O'Shawn, qui ne doutait pas un instant que Georgie fût ce qu'elle prétendait être. O'Shawn était un gentil garçon d'environ vingt-cinq ans, dont les yeux verts pétillants ne cessaient de surveiller son domaine.

Il avait autorisé Georgina à y rester, l'avertissant toutefois qu'on risquerait de la mettre à contribution. Cela ne la dérangeait pas, et elle donnait un coup de main de temps à autre quand les marmitons étaient occupés ailleurs. O'Shawn, d'humeur bavarde, répondait volontiers aux questions mais, comme il était nouveau à bord, Georgina ne put en apprendre beaucoup sur le navire ni sur son capitaine.

Elle n'avait pas encore discuté avec les autres membres de l'équipage, bien que Mac et elle aient dormi à bord la nuit précédente... ou plutôt essayé. Ils avaient sans cesse été réveillés par les matelots qui rentraient de leur dernière soirée à terre, le plus souvent complètement ivres. Pour dormir, il aurait fallu qu'ils le soient eux-mêmes !

Il y avait des hommes de toutes les nationalités, ce qui n'était pas étonnant pour un navire au long cours, qui perdait et engageait de nouveaux matelots à chaque escale. Évidemment, l'équipage comptait aussi quelques Anglais.

Le second, d'abord : Conrad Sharpe, plus connu sous le nom de Connie. Il parlait avec un accent un peu précieux, presque comme ces diables d'aristocrates, mais jamais à tort et à travers. Grand et mince, avec des cheveux aux reflets roux foncé, il portait des taches de rousseur sur les mains et les avant-bras, mais aucune sur son visage bronzé. Son regard était tellement direct que Georgina avait plusieurs fois retenu sa respiration en ayant l'impression qu'il voyait clair à travers son déguisement. Pourtant, il l'avait engagée…

Georgina n'avait certes rien à reprocher à M. Sharpe… pas encore. Si elle ne l'aimait guère, c'était seulement par principe. Ce qui était injuste, mais Georgina ne se souciait pas de justice vis-à-vis des Anglais, qu'elle plaçait dans la catégorie des rats, des serpents et autres charmantes créatures. Cependant, elle ferait mieux de garder cette opinion pour elle, si elle ne voulait pas se faire un ennemi de cet homme. Elle se contenterait de l'éviter dans la mesure du possible. Lui et les autres marins anglais.

Elle n'avait pas encore rencontré le capitaine Malory, qui était arrivé alors qu'elle se trouvait déjà dans la cuisine. Elle aurait dû aller à sa recherche, se présenter à lui, se renseigner sur sa mission. Après tout, chaque capitaine avait ses petites manies. Drew par exemple exigeait un bain chaque jour, d'eau salée éventuellement. Clinton aimait boire un verre de lait chaud le soir avant de se retirer, et son mousse était chargé également de traire la vache qui le lui fournissait. Celui de Warren s'occupait seulement du ménage et du rangement de la cabine, car Warren préférait prendre ses repas dans le carré avec ses hommes.

Pour l'instant, le capitaine devait être occupé, et elle traînassait. Après tout, c'était lui le personnage vraiment inquiétant, parce qu'elle passerait plus de temps avec lui qu'avec les autres. Et la première impression était importante : elle déterminait souvent la suite des événements. Si le capitaine ne trouvait rien de bizarre pendant leur premier entretien, elle pourrait respirer.

Malgré tout, elle ne se mettait pas à sa recherche. Il y avait ces énormes « si » qui l'empêchaient de sortir de cette cuisine où elle cuisait littéralement, les cheveux trempés sous le bas qui les enserrait et la casquette de laine. Si le capitaine ne voyait rien d'étrange en elle, tout irait bien. Mais s'il était du genre perspicace auquel rien n'échappait ? Et s'il la démasquait aussitôt, on pourrait très bien la débarquer au lieu de l'enfermer pour le reste du voyage. Pis encore, elle risquait d'être chassée seule. On avait davantage besoin de Mac que d'un mousse. Si le capitaine refusait de le laisser partir avec elle, ou le retenait jusqu'à ce qu'il fût trop tard…

O'Shawn déposa soudain un lourd plateau chargé de nourriture sur ses genoux. À voir les cloches en argent et la fine porcelaine, elle se douta que ce n'était pas son déjeuner…

— Il est déjà dans sa cabine ?

— Bon sang, tu étais dans les nuages, petit ? On raconte partout qu'il a une gueule de bois pire que celle des matelots. Il n'a pas quitté sa cabine depuis le départ. C'est M. Sharpe qui nous a sortis du port.

— Oh…

Bon sang, pourquoi ne lui avait-on rien dit ? Avait-il eu besoin d'elle, l'avait-on cherchée ? Le capitaine était-il furieux que personne ne fût venu s'occuper de lui ? Pour un premier contact, c'était réussi !

— Je crois que je ferais mieux… Oui, je ferais mieux…

— Ouais, et grouille ! C'est trop lourd pour toi ? Non ? Alors vas-y, mon garçon. Et rappelle-toi, s'il te le lance à la figure, esquive !

Les plats s'entrechoquèrent tandis que Georgina s'arrêtait net.

— Comment… Pour l'amour du Ciel, il ne jetterait tout de même pas le plateau sur moi !

O'Shawn haussa les épaules avec un grand sourire.

— Comment je le saurais ? J'ai pas encore vu ce type moi-même. Mais quand un homme a mal à la tête, on ne sait jamais de quoi il est capable, hein ? Alors, anticipe, garçon. Crois-moi, c'est un bon conseil.

Formidable ! Il avait rendu le « bleu » encore plus nerveux ! Georgina ignorait que M. Shawn O'Shawn avait un sens très particulier de l'humour…

Le trajet fut long jusqu'à la cabine du capitaine. D'autant plus long que la côte était encore en vue. Georgina essayait de ne pas regarder dans cette direction… Elle cherchait Mac, elle avait tellement besoin de ses encouragements ! Hélas, elle ne le voyait nulle part, et le plateau commençait à peser terriblement. De toute façon, elle n'avait plus de temps à perdre. Un repas refroidi n'apaiserait sûrement pas le capitaine !

Pourtant, elle resta plantée devant la porte, le plateau en équilibre précaire sur une main, ne parvenant pas à faire le petit geste qui lui aurait permis d'entrer. Elle était comme paralysée, les plats oscillaient dangereusement, tandis qu'une foule de « Et si… ? » se bousculaient dans sa tête.

Pourquoi était-elle si nerveuse ? Au cas où le pire se produirait, ce ne serait pas la fin du monde ! Elle avait suffisamment de ressources pour trouver un moyen de rentrer chez elle… seule, éventuellement !

Bon sang, pourquoi n'avoir pas obtenu davantage de renseignements sur ce fameux capitaine ? Elle ne connaissait que son nom. Elle ignorait s'il était jeune ou vieux, désagréable ou aimable, aimé, simplement respecté… ou encore détesté. Certains capitaines étaient de véritables tyrans, à qui l'autorité de droit quasiment divin dont ils jouissaient montait à la tête. Elle aurait dû demander à quelqu'un d'autre que M. O'Shawn…

Mais il n'était pas trop tard ! Quelques minutes encore, quelques mots échangés avec le plus proche matelot et elle apprendrait peut-être que Malory était le plus délicieux monsieur avec lequel on pût naviguer. Alors, elle n'aurait plus les mains moites, les « Et si… ? » cesseraient de la torturer.

… Mais la porte s'ouvrit juste au moment où elle faisait volte-face.

11

Georgina eut l'impression que son cœur tombait dans ses talons, et le plateau faillit en faire autant quand elle se retourna vivement pour affronter le capitaine du *Maiden Anne*.

Mais c'était seulement le second qui se tenait là, immense sur le seuil, à l'observer de ses yeux noisette.

— Quel freluquet ! Curieux que je ne m'en sois pas aperçu quand je t'ai engagé.

— Peut-être parce que vous étiez as...

Les mots s'étranglèrent dans sa gorge lorsqu'il lui prit le menton et lui tourna lentement le visage dans tous les sens. Georgina pâlit.

— Pas un poil de moustache, dit-il d'un ton peu flatteur.

Elle reprit sa respiration et tenta d'étouffer l'indignation qui la gagnait.

— J'ai seulement douze ans, monsieur.

— Pas très développé pour ton âge ! Bon sang, ce plateau est plus gros que toi !

Il lui tâta le bras.

— Où sont tes muscles ?

— Je n'ai pas terminé ma croissance, grinça Georgina, les dents serrées. Dans six mois, vous ne me reconnaîtrez pas.

Ce qui était l'entière vérité. Elle aurait abandonné son déguisement, alors...

— C'est de famille, non ?

Elle plissa les yeux, méfiante.

— Quoi ?

— La taille, gamin. De quoi croyais-tu que je parlais ? Certainement pas de ton apparence. Ton frère et toi ne vous ressemblez pas du tout.

Il éclata d'un grand rire sonore.

— Je ne vois pas ce qui vous amuse ainsi. Nous n'avons pas la même mère, c'est tout.

— Oh, je me disais bien qu'il y avait une différence... Alors, ce sont les mères, hein ? Et cela explique que tu n'aies pas l'accent écossais.

— J'ignorais qu'il me fallait raconter l'histoire de ma vie pour obtenir ce poste.

— De quoi te défends-tu, petit ?

— Laisse tomber, Connie ! lança une voix profonde venue de l'intérieur de la cabine. Nous ne voudrions pas faire fuir cet enfant, n'est-ce pas ?

— Fuir pour où ? pouffa le second.

Décidément, Georgina avait eu raison de détester aussitôt cet énergumène !

— Le repas refroidit, monsieur Sharpe ! déclara-t-elle sèchement.

— Alors, entre. Bien qu'à mon avis il n'ait guère besoin de nourriture en ce moment.

Toute la nervosité de Georgina revint, décuplée. C'était la voix du *capitaine* qui les avait interrompus. Comment avait-elle pu oublier une seule seconde qu'il attendait à l'intérieur ? Pis, il avait sûrement entendu leur échange, et remarqué l'impertinence de Georgina... provoquée, certes, mais inexcusable. Elle n'était qu'un petit mousse, or elle avait répondu à Conrad Sharpe comme si elle était son égale... comme si elle était Georgina Anderson et non Georgie MacDonell !

Le second lui fit signe de passer et s'éloigna dans la coursive.

Georgina eut du mal à ordonner à ses jambes d'avancer, mais ensuite elle traversa presque en courant la cabine jusqu'à une table de chêne, au centre de la pièce, suffisamment grande pour accueillir confortablement six officiers.

Elle posa le plateau et resta là, immobile, à fixer ce dernier. Une impressionnante silhouette se profilait au-delà de la table, devant un panneau de fenêtres à meneaux par lesquelles la lumière pénétrait à flots.

Elle avait déjà admiré ces croisées, magnifiquement bordées de verres colorés, la veille quand elle était venue s'assurer que la cabine était en ordre. Elle l'était d'ailleurs, et destinée à accueillir un roi ! Jamais Georgina n'en avait vu de pareille, pas en tout cas sur les navires de la Skylark !

Les meubles étaient splendides. À un bout de la table trônait un fauteuil Empire en acajou orné de bronze doré. Il y en avait deux autres semblables sous les fenêtres, et encore trois autour du bureau. Celui-ci était impressionnant aussi, avec son large pied central ; et le lit, une authentique pièce de la Renaissance italienne, occupait un côté de la pièce, avec ses colonnes sculptées et sa courtepointe de soie.

Un cabinet chinois tenait lieu de coffre. Il ressemblait à celui que le père de Georgina avait rapporté à son épouse lors de son premier voyage en Extrême-Orient, mais celui-ci était incrusté de jade, de nacre et de lapis-lazuli.

À côté d'une haute commode en ronce de noyer, une horloge plus moderne, en ébène et cuivre, égrenait les minutes.

La bibliothèque d'acajou, avec ses portes vitrées, révélait des étagères couvertes de livres, et derrière le paravent de cuir souple décoré d'un paysage de campagne anglaise, se trouvait un immense tub de porcelaine. Pas trop profond, heureusement, car Georgina aurait certainement à le remplir elle-même !

Pour le reste, il y avait surtout des objets de marine répartis sur le bureau ou à côté, un bronze représentant une femme nue posée à même le sol et une bouilloire de cuivre près du lavabo.

Avec ses nombreuses lampes, ses tableaux de toutes tailles et son épais tapis, c'était une pièce qu'on imaginait davantage dans le palais d'un gouverneur que sur un bateau. Et qui n'avait rien indiqué à Georgina sur la personnalité de son occupant, sinon qu'il aimait s'entourer de belles choses, même si c'était un peu en désordre.

Georgina ne savait pas si le capitaine la regardait ou s'il lui tournait le dos. Elle n'avait toujours pas levé les yeux et ne parvenait pas à s'y résoudre, bien que le silence s'éternisât, mettant ses nerfs à rude épreuve. Pourquoi ne parlait-il pas ? Il devait tout de même bien savoir qu'elle était là, à attendre ses ordres.

— Votre repas, capitaine… monsieur.

— Pourquoi chuchotes-tu ?

Sa voix était un murmure, comme celle de la jeune fille.

— On m'a raconté... J'ai entendu dire que vous souffriez d'une gue... d'une migraine, monsieur, se reprit-elle en haussant le ton. Mon frère Drew se plaint toujours des bruits trop forts quand il a... la migraine.

— Je croyais que ton frère s'appelait Ian.

— J'en ai d'autres.

— Nous en avons tous, hélas ! L'un des miens a essayé de me faire rouler sous la table, hier. Il trouvait amusant de me rendre malade au moment de partir.

Georgina faillit sourire. Combien de fois ses frères n'avaient-ils pas joué à ce jeu-là entre eux ! Et elle avait eu sa part de farces : rhum dans son chocolat, draps de lit en portefeuille, ses sous-vêtements accrochés à la girouette ou, pis, au mât du bateau d'un autre frère afin que le coupable ne fût pas puni !

— Je compatis, capitaine, dit-elle gentiment. Ils sont parfois pénibles !

— En effet.

Elle discerna une pointe d'humeur dans sa voix, comme s'il trouvait sa remarque un peu impertinente. Et elle l'était certainement de la part d'un garçon de douze ans. Georgina allait devoir sérieusement surveiller ses paroles. Elle n'avait pas le droit d'oublier une seule minute qu'elle était un gamin. Mais elle avait du mal, surtout qu'elle venait de remarquer que l'accent du capitaine était définitivement britannique. Quelle poisse si lui aussi était anglais ! Les autres, elle pourrait les éviter, mais lui...

Elle envisageait de rentrer au port à la nage quand il déclara brusquement :

— Présente-toi, mon garçon, et laisse-moi te regarder.

D'accord. Chaque chose en son temps. L'accent était peut-être du snobisme. Il venait de passer un certain temps en Angleterre, après tout.

Elle contourna la table et s'approcha de la silhouette en contre-jour jusqu'à ce qu'elle aperçût deux bottes bien cirées, surmontées d'un pantalon gris perle. Sans relever la tête, elle distingua une chemise blanche aux larges manches, et des mains posées sur des hanches minces, mais ne se risqua pas au-delà du triangle de peau bronzée que révélait l'encolure largement ouverte.

— Pas dans mon ombre, ordonna-t-il. À gauche, dans la lumière... C'est mieux. Tu es nerveux, on dirait.

— C'est mon premier emploi.

— Et naturellement, tu veux réussir. Détends-toi, petit. Je n'ai pas l'habitude de dévorer les bébés... seulement les adultes.

Essayait-il d'alléger l'atmosphère ?

— Ravie de l'apprendre !

Oh non... désinvolte, beaucoup trop désinvolte ! « Surveille-toi, Georgie ! »

— Mon tapis est-il tellement fascinant ?

— Monsieur ?

— Tu n'en décolles pas les yeux. Ou alors on t'a dit que je suis si affreux que tu allais partir en courant si tu me regardais ?

Elle réprima un sourire devant sa gentille tentative pour la rassurer. En effet, elle se sentait moins anxieuse. Il la contemplait en pleine lumière, et elle n'avait pas encore été démasquée. Mais l'entretien n'était pas terminé. Et il valait mieux qu'il continuât à la croire paniquée, cela expliquerait ses erreurs si elle en commettait de nouvelles.

Georgina secoua la tête en réponse à la question et – comme on pouvait s'y attendre de la part d'un jeune garçon – elle releva très lentement le menton. Elle allait le regarder rapidement, tout entier cette fois, puis piquer du nez avec timidité.

Cela ne se passa pas tout à fait ainsi. Elle l'observa rapidement en effet, baissa les yeux, puis releva la tête involontairement, plongeant dans ce regard vert qu'elle se rappelait comme s'il avait hanté ses rêves. Ce qui avait d'ailleurs été le cas pendant plusieurs nuits.

Impossible ! Le mur de brique ? Ici ? Cette brute qu'elle ne souhaitait plus jamais croiser sur son chemin ? *Ici ?* Non, pas celui qu'elle devait servir, c'était trop de malchance !

Elle le fixait, pétrifiée, quand il demanda :

— Quelque chose ne va pas, mon garçon ?

— Tout va bien, bégaya-t-elle en s'absorbant de nouveau dans la contemplation du tapis.

— Tu ne pars pas en courant, finalement ?

Elle secoua la tête.

— Tant mieux !

De quoi parlait-il ? Ne l'avait-il pas reconnue ? Après l'avoir bien regardée, il l'avait encore appelée « mon garçon », se souvint-elle. Elle osa l'affronter une nouvelle fois et ne découvrit dans ses yeux ni surprise ni soupçon. Ils étaient toujours aussi intimidants, mais ne montraient que de l'amusement devant sa nervosité. Il ne se rappelait pas. Même le nom de Mac n'avait rien éveillé dans sa mémoire.

Incroyable ! Certes elle était différente. À la taverne, elle portait des vêtements qui ne lui allaient pas. Aujourd'hui, elle était habillée de neuf de la tête aux pieds. Seule la casquette était la même. Avec sa poitrine bandée et quelques épaisseurs supplémentaires à la taille, elle avait la silhouette d'un adolescent. En outre, la lumière était faible l'autre fois. Peut-être l'avait-il mal vue. Et pourquoi se souviendrait-il de l'incident ? À en juger par sa brutalité quand il l'avait maintenue, il devait être soûl.

James Malory sut à quel instant précis elle se détendait et croyait à son jeu. Il y avait le risque qu'elle parlât de leur première rencontre, et il avait retenu son souffle quand elle l'avait reconnu. Il avait craint qu'elle ne renonçât à son rôle sur-le-champ et ne montrât le même tempérament qu'à la sortie de la taverne. Mais finalement, elle ne se doutait de rien, et c'était exactement ce qu'il souhaitait.

Il se serait lui-même relaxé s'il n'avait senti une bouffée de désir monter en lui dès l'instant où elle avait franchi sa porte. Une impression qu'il n'avait pas vécue avec autant d'acuité depuis… Dieu, depuis si longtemps qu'il ne s'en souvenait plus ! Les femmes étaient devenues pour lui trop faciles à conquérir. Même la compétition avec Anthony afin de séduire les plus belles avait perdu de son attrait bien avant qu'il quittât l'Angleterre dix ans plus tôt.

Encore à l'époque, le jeu lui importait-il plus que la récompense.

Là, c'était autre chose. Un véritable défi, une importante conquête. Mais pourquoi si importante ? Il en était déconcerté. Pour une fois, c'était celle-ci qu'il voulait, en particulier, pas n'importe quelle femme. Peut-être parce qu'il l'avait perdue et en avait été fort déçu. La déception n'était pas chez lui un sentiment familier. Ou bien pour le mystère qu'elle représentait. Ou encore tout simplement pour ce ravissant petit derrière qu'il se rappelait si bien.

Quelle qu'en fût la raison, il devenait essentiel pour lui de la posséder. Pourtant, ce n'était pas gagné d'avance. Et du coup il était tendu, lui aussi, de la sentir si proche. Incroyable, alors qu'il ne l'avait même pas effleurée, qu'il ne devait pas la toucher s'il voulait mener son jeu à bien. Or ce jeu lui promettait trop de délicieuses perspectives pour qu'il l'abandonnât déjà !

Afin de se calmer, il soulevait les cloches d'argent sur le plateau quand on frappa à la porte.

— Georgie, c'est ça ?

— Capitaine ?

Il lui lança un coup d'œil par-dessus son épaule.

— Ton nom ?

— Oh... oui, Georgie.

— Eh bien, Georgie, ce doit être Artie qui apporte mes malles. Tu les déferas pendant que je goûte à ce repas froid.

— Désirez-vous que j'aille le réchauffer, capitaine ?

Il y avait une note d'espoir dans sa voix, mais il avait décidé de ne pas la quitter des yeux avant d'avoir laissé loin derrière eux les côtes anglaises. Elle devait bien se douter qu'elle avait des chances d'être découverte. Elle se demandait sûrement s'il n'était pas plus raisonnable d'abandonner tout de suite le navire, quitte à regagner le rivage à la nage... si elle savait nager. Il ne lui en laisserait pas la possibilité.

— Ça ira. Je n'ai pas très faim.

Comme elle restait plantée là, immobile, il ajouta :

— La porte, mon garçon. Elle ne s'ouvrira pas toute seule.

Il la vit pincer les lèvres en traversant la pièce. Elle n'aimait guère les remontrances. Ou n'appréciait-elle pas son humour ? Il remarqua aussi l'autorité avec laquelle elle donna des ordres au matelot sur l'emplacement des malles. Cela lui valut un regard furibond, et elle reprit aussitôt son attitude soumise de petit mousse.

James faillit éclater de rire. Cette jeune personne allait avoir des problèmes si elle ne parvenait pas à maîtriser son sacré tempérament !

Elle était adorable, dans son accoutrement masculin. La casquette de laine dissimulait ses cheveux mais, d'après la couleur de ses sourcils, il les devina d'un beau châtain, comme ses yeux.

Elle portait une tunique à manches longues et col montant qui lui descendait à mi-cuisses, cachant effectivement son arrière-train. Qu'avait-elle fait de ses seins, et de sa taille qu'il avait sentie si fine quand il l'avait chargée sur sa hanche ? Elle semblait vraiment faite comme un garçon sous le court gilet qui couvrait la tunique.

Ce gilet de cuir était fort astucieux : il se tenait tout raide autour d'elle et ne se serait pas ouvert, même par grand vent. Quant à la tunique, elle laissait seulement voir un peu du pantalon fauve qui s'arrêtait aux genoux. D'épais bas de laine dissimulaient la minceur de ses mollets.

Il l'étudia sans mot dire tandis qu'elle rangeait ses affaires méticuleusement, trouvant une place pour chaque chose. Johnny aurait pris des brassées de vêtements pour les fourrer dans le tiroir le plus pratique. James le lui avait assez reproché. Mais la petite Georgie se trahissait par une précision toute féminine. Elle ne s'en rendait sûrement pas compte et, de toute façon, n'aurait su faire autrement. Mais combien de temps sa supercherie pourrait-elle tenir, avec des gaffes de ce genre ?

Il essaya de la voir avec des yeux étrangers. C'était difficile, parce qu'il savait ce qui se cachait sous son accoutrement. Mais s'il n'avait pas su… Dieu, ce n'aurait été pas été si facile à deviner ! C'était sa petite taille qui troublait le plus. Connie avait raison, elle était vraiment minuscule. On lui aurait donné dix ans. Bon sang, pourvu qu'elle ne fût pas trop jeune pour lui !… Non, c'était impossible, après ce qu'il avait ressenti à la taverne. Impossible, avec cette bouche sensuelle et ces yeux qui avaient plongé jusqu'au fond de son âme. Elle était jeune, sans doute, mais pas *trop* jeune.

Elle laissa retomber le couvercle de la seconde malle vide et se tourna vers lui.

— Voulez-vous que je vous en débarrasse, capitaine ?

Il ne put retenir un sourire.

— Je doute que tu y arrives, mon garçon. Alors ne surmène pas tes muscles. Artie viendra les chercher plus tard.

— Je suis plus fort qu'il n'y paraît, insista-t-elle, têtue.

— Vraiment ? Tant mieux, parce que tu devras traîner un de ces énormes fauteuils devant la table chaque jour. Je dîne généralement avec mon second.

— Lui seul ? Pas les autres officiers ?

— Nous ne sommes pas sur un navire de guerre, tu sais. Et j'aime ma tranquillité.

Elle s'épanouit aussitôt.

— Dans ce cas, je vais vous laisser…

— Pas si vite, jeune homme ! Où t'en vas-tu comme ça, alors que tout ton travail est dans cette cabine ?

— Je… eh bien… j'avais cru comprendre… Vous parliez de tranquillité.

— Mon intonation, c'est ça ? Trop sèche ?

— Pardon ?

— Tu bégayais.

Elle baissa la tête.

— Excusez-moi, capitaine.

— Ah non, pas de ça, maintenant ! Tu dois me regarder dans les yeux lorsque tu as quelque chose à te reprocher. Ce qui n'est pas le cas pour le moment. Je ne suis pas ton père, je ne vais pas te tirer les oreilles. Je suis ton capitaine. Alors cesse de courber les épaules chaque fois que je hausse le ton ou que je fronce les sourcils. Fais ce qu'on te dit sans discuter ni poser de questions, et tout ira bien. C'est clair ?

— Parfaitement.

— Splendide ! Alors approche-toi et finis ces plats. Je ne veux pas que M. O'Shawn croie que je n'apprécie pas ses efforts. Sinon, je me demande ce que je trouverai la prochaine fois dans mon assiette.

Georgina s'apprêta à protester, mais il l'en empêcha :

— Tu es aussi maigre qu'un chat sauvage. Mais nous y remédierons avant la Jamaïque, je te le promets !

Georgina eut du mal à éviter de grimacer tandis qu'elle traînait un fauteuil jusqu'à la table.

Il n'avait pratiquement rien avalé. Elle avait faim, certes, mais comment pouvait-elle manger alors qu'il était là à la regarder ? Et il lui fallait parler à Mac, c'était bien plus important que de se nourrir. Elle devait absolument lui dire qui était le capitaine, avant qu'il ne fût trop tard pour réagir.

— Au fait, petit, ma tranquillité ne s'applique pas à toi, reprit-il en poussant le plateau vers elle. Comment cela se pourrait-il, puisque tu dois être en permanence à ma disposition ? En outre, dans quelques jours, je ne remarquerai même plus ta présence dans mes jambes.

C'était réconfortant, mais cela ne pouvait lui faire oublier qu'en ce moment il la regardait, attendant qu'elle mangeât. Heureusement, même froids, le poisson et les légumes étaient appétissants.

Plus vite elle commencerait, plus vite elle aurait fini. Elle se mit à avaler la nourriture à vive allure... pour s'apercevoir au bout de quelques minutes que son estomac n'était pas du tout d'accord avec ce régime. Les yeux agrandis d'horreur, elle courut vers le lavabo. Elle entendit vaguement le capitaine, derrière elle :

— Mon Dieu, tu ne vas pas… Ah si, je vois que…

Elle sentit soudain un linge humide sur son front, tandis qu'une main compatissante lui tapotait l'épaule.

— Désolé, mon garçon. J'aurais dû me rendre compte que tu étais trop nerveux pour manger. Viens t'allonger un moment sur le lit.

— Non, je…

— Ne discute pas. Cette proposition ne se reproduira sans doute plus, et c'est un sacrément bon lit. Profite de mon remords.

— Mais je ne…

— N'étions-nous pas d'accord pour que tu obéisses sans discuter ? Je t'ordonne de te reposer un moment. Tu veux que je te porte, ou tu peux marcher jusque là-bas ?

Il s'impatientait, et Georgina ne répondit pas. Elle courut se jeter sur le grand lit. Il allait se montrer affreusement autoritaire – l'un de ces capitaines qui, une fois en mer, se prennent pour Dieu le Père. Pourtant, elle était si mal qu'elle avait vraiment besoin de s'étendre. Mais pourquoi fallait-il que ce fût sur *son* lit ?

Il se pencha sur elle pour changer la compresse humide.

— Tu devrais ôter ta casquette et ton gilet. Tes souliers aussi. Tu serais plus à ton aise.

Georgina pâlit. Allait-elle devoir commencer à désobéir ?

Elle essaya de répondre poliment mais fermement :

— Contrairement à ce que vous semblez penser, capitaine, je suis tout à fait capable de m'occuper de moi. Je me sens fort bien ainsi.

— Comme tu voudras, dit-il en haussant les épaules avant de se détourner.

Mais un instant plus tard, il déclara à l'autre bout de la pièce :

— Au fait, Georgie, n'oublie pas d'aller chercher ton hamac et tes affaires, un peu plus tard, quand tu iras mieux. Mon garçon de cabine dort là où on a besoin de lui : c'est-à-dire ici.

12

Georgina se redressa dans le grand lit, les yeux plissés. Le capitaine, nonchalamment installé dans son fauteuil, l'observait.

— De quoi auriez-vous besoin au milieu de la nuit ?

— J'ai le sommeil léger, vois-tu. Le bruit du bateau me réveille souvent.

— Que pourrais-je y faire ?

— Écoute, petit Georgie, dit-il du ton patient d'un adulte qui s'adresse à un enfant récalcitrant, s'il me faut quelque chose...

Elle allait répliquer qu'il pouvait s'en occuper tout seul quand il poursuivit :

— C'est ton travail, après tout.

Comme ses tâches n'avaient pas encore été clairement définies, elle ne pouvait guère protester. Allait-elle devoir partager ses insomnies ? Et dire qu'elle avait *désiré* ce poste ! Eh bien, elle n'en voulait plus ! Pas question de servir cet autoritaire mur de brique !

— Par exemple, aller vous chercher un en-cas à la cuisine, c'est cela ?

— Naturellement. En outre, j'ai parfois besoin d'entendre une voix pour me rendormir. Tu sais lire, je suppose ?

— Évidemment ! répliqua-t-elle, vexée.

Elle le regretta aussitôt. Elle aurait pu s'épargner une corvée ! Elle s'imagina, au beau milieu de la nuit, en train de lui faire la lecture à haute voix, assise dans un fauteuil, ou même au bord du lit, tandis qu'il serait allongé, ébouriffé, moins intimidant, plus... Bon sang, il fallait absolument qu'elle se mît à la recherche de Mac.

Elle sortait ses jambes du lit quand elle fut rappelée à l'ordre par un bref :

— Reste couché, Georgie !

Il s'était penché en avant, les sourcils froncés.

« Mon Dieu, cette situation est ridicule », songea-t-elle. Pourtant, elle obéit. Elle se contenta de se tourner sur le côté, afin de lui lancer un regard noir.

Les dents serrées, elle insista enfin :

— C'est inutile, capitaine, je me sens beaucoup mieux.

— C'est moi qui déciderai du moment où tu te sentiras tout à fait bien, mon garçon, déclara-t-il avec autorité. Tu es encore aussi pâle que la courtepointe.

La colère fit monter des couleurs aux joues de la jeune fille. Il était là, tranquille, à la regarder, comme un aristocrate trop gâté. Ce qu'il était sûrement. Trop gâté, mais aussi aristocrate. Il n'avait sans doute jamais levé le petit doigt de toute sa vie. Comment pourrait-elle supporter de servir ce snob durant les prochaines semaines ? Elle détesterait ça ! Mais à moins de le provoquer carrément

– ce qui ne convenait pas à un garçon de douze ans –, elle ne pouvait guère quitter la pièce sur-le-champ.

Elle revint donc au sujet qui la préoccupait :

— J'avais cru comprendre que toutes les cabines étaient occupées, capitaine.

— C'est vrai, petit. Pourquoi ?

— Eh bien, je me demandais où j'allais accrocher mon hamac, si je dois me trouver à portée de voix à tout instant de la nuit.

Il se mit à rire.

— Alors, où vais-je te faire dormir, à ton avis ?

Son amusement était aussi exaspérant que sa sollicitude.

— Dans la coursive, répondit-elle. Ce qui, je dois vous le dire, ne me convient...

— Arrête, Georgie, tu vas me faire pleurer ! Il n'est pas question de ça. Tu dormiras ici, évidemment, comme mon précédent mousse et tous les autres avant lui.

C'était bien ce qu'elle craignait... Elle eut du mal à s'empêcher de pousser un cri de protestation indignée qui aurait risqué de la trahir.

Elle avait entendu parler de capitaines qui partageaient leurs quartiers avec les plus jeunes membres de l'équipage, simplement pour les protéger. Son frère Clinton le faisait depuis que l'un de ses mousses avait été molesté par trois matelots ivres. Elle n'avait pas connu les détails de l'aventure, mais elle savait que Clinton était tellement furieux que les coupables avaient été fouettés jusqu'au sang.

Cependant, en l'occurrence, elle avait un frère aîné à bord, capable de veiller sur elle. Donc, s'il insistait pour qu'elle dormît près de lui, c'était par pure convenance personnelle, rien d'autre. Néanmoins, il était inutile d'argumenter : il ne l'écouterait pas, puisqu'il lui avait interdit de discuter. Et si c'était une habitude chez lui...

— Ici, mais où exactement ? demanda-t-elle.

Il désigna de la tête le seul espace libre, dans un coin à droite de la porte.

— Je suis certain que cela te suffira. Il y a assez de place pour tes affaires, et les pitons sont déjà prêts pour le hamac.

En effet... Curieusement, elle ne les avait pas remarqués la veille quand elle avait visité la cabine. Heureusement, cet endroit était assez éloigné du lit, mais aucun meuble ne les isolerait l'un de l'autre.

De ce côté de la pièce, près de la fenêtre, il y avait le tub protégé par le paravent et une commode basse. La table était au centre, et les autres meubles à gauche de la porte.

— Ça ira, petit ?

Comme si son opinion pouvait changer quelque chose ! Le capitaine ne modifierait certainement pas ses habitudes pour un garçon de cabine !

— Sans doute, mais sera-t-il possible de me servir du paravent ?

— Pourquoi ?

Pour mon intimité, imbécile !

Il avait l'air tellement amusé qu'elle répondit simplement :

— J'avais pensé à ça, c'est tout...

— Eh bien, évite de penser, mon garçon. Contente-toi d'utiliser ton bon sens. Ce paravent est fixé au sol, comme tous les objets de cette pièce, hormis les fauteuils. Que tu devras d'ailleurs arrimer par gros temps.

Georgina rougit de nouveau. Elle le savait bien, pourtant ! Sur un navire, tous les meubles étaient attachés, sinon on ne les retrouverait jamais au même endroit ! Comment avait-elle pu l'oublier un seul instant ?

— Je n'ai jamais dit que j'avais déjà navigué ! se défendit-elle afin d'excuser sa gaffe.

— Alors tu es anglais ?

— Non ! protesta-t-elle un peu trop vivement. Je veux dire... Bien sûr, je suis venue en Angleterre par mer, mais comme passager. Je n'ai pas prêté attention à ces détails.

— Peu importe. Tu apprendras tout ce qu'il y a à savoir, maintenant que tu fais partie d'un équipage. N'hésite pas à poser des questions, petit.

— Alors, puisque vous avez le temps, capitaine, seriez-vous assez aimable pour m'expliquer ce que vous attendez de moi, en plus de ce que vous m'avez déjà...

Elle s'interrompit en le voyant hausser un sourcil amusé. Qu'avait-elle donc encore dit de si drôle ?

— Aimable ? répéta-t-il en riant franchement cette fois. Il est rare qu'on me prête cette qualité, tu sais.

— C'était une façon de parler ! intervint-elle, exaspérée.

— C'est en tout cas une preuve de ton éducation, mon garçon. Tu es trop bien élevé pour un mousse.

— Était-il indispensable d'avoir de mauvaises manières pour obtenir ce poste ? On aurait dû me prévenir !

— Pas d'impertinence avec moi, petit, ou je te frotte les oreilles. C'est-à-dire, si j'arrive à les trouver sous ta casquette !

— Oh, elles y sont bien, capitaine. Pointues et beaucoup trop grandes. Sinon, pourquoi croyez-vous que je les cacherais ?

— Tu me déçois, garçon. J'avais imaginé une calvitie précoce. Il s'agit seulement d'oreilles disgracieuses ?

Elle ne put s'empêcher de sourire. Finalement, elle aimait bien son sens de l'humour. Qui aurait cru ça de la part d'un aristocratique mur de brique ? En plus, elle se demandait où elle trouvait le courage de plaisanter avec lui… Et, de façon surprenante, malgré son air sérieux, elle n'avait pas pensé un seul instant qu'il était capable de la brutaliser.

Il lui sourit en retour.

— Ah, tu as des dents, finalement. Je commençais à me demander. Et bien blanches, ce qui est normal, vu ta jeunesse. Elles ne tarderont pas à devenir noires.

— Les vôtres ne le sont pas.

— Ce qui veut dire qu'à mon grand âge j'aurais déjà dû les perdre ?

— Je ne…

Elle s'interrompit, dépassée.

— Au sujet de mes tâches, capitaine…

— Connie n'a pas été assez précis quand il t'a engagé ?

— Il a seulement dit que je devais vous servir, à l'exclusion de tout autre officier. Et vous obéir.

— Alors, tu sais tout.

Elle serra les dents, le temps de se calmer.

— Écoutez, capitaine, on m'a parlé de mousses à qui on demandait de traire des vaches...

— Mon Dieu, les pauvres ! Je compatis ! s'exclama-t-il avec une horreur feinte. Mais je n'éprouve pas une passion pour le lait, sois rassuré sur ce point. Cela ne fera pas partie de tes corvées.

— Alors, quelles seront-elles ?

— Un mélange de petits emplois nombreux et variés, pourrait-on dire. Serveur à table, maître d'hôtel dans la cabine, domestique en général et, puisque je n'ai pas amené mon valet de chambre pour ce voyage, ce sera aussi ton rôle. Rien d'exténuant, tu vois.

Non. Il s'agissait seulement de s'occuper de lui de la tête aux pieds, comme elle l'avait imaginé. Elle faillit lui demander si elle devrait aussi lui frotter le dos dans son bain, mais n'osa pas. C'était presque comique ! Le mousse de Drew n'avait rien d'autre à faire que lui apporter ses repas. De tous les capitaines du port de Londres, il avait fallu qu'elle tombât sur celui-ci ! Un Anglais, et pas seulement un satané Anglais, mais aussi un aristocrate oisif, inutile. Qu'on lui fît avaler sa casquette si cet homme avait travaillé une fois dans sa vie !

Elle se garda bien de révéler ses pensées à cet arrogant individu. Elle était contrariée, mais pas folle !

Quant à James, il avait un mal fou à s'empêcher de rire. La jeune fille s'efforçait visiblement de ne pas se plaindre du fardeau dont il venait de la charger. Il en avait inventé la moitié, surtout l'histoire du valet de chambre. En fait, il s'en passait depuis une dizaine d'années. Mais plus elle en aurait à accomplir dans la cabine, moins elle fraierait avec l'équipage. Or, il ne voulait pas qu'on découvrît le secret de Georgie avant qu'il le décidât. En outre, plus elle passerait de temps dans la cabine, plus il l'aurait à lui...

Pour l'instant, en revanche, il avait besoin de mettre un peu plus de distance entre eux. La voir ainsi gracieusement lovée sur son lit lui mettait des idées indésirables en tête.

« De la discipline, vieux ! »

C'était une sacrément bonne plaisanterie, en tout cas ! Il y avait trop longtemps qu'il n'avait pas été soumis à une tentation, quelle qu'elle fût. Le contrôle de soi était aisé lorsque les émotions étaient sourdes, teintées de lassitude, mais bien difficile lorsqu'elles tourbillonnaient follement.

Les yeux fermés, Georgina préféra renoncer à converser davantage avec lui. Peut-être le silence le pousserait-il à chercher une autre distraction, comme diriger son navire par exemple. Pour cela, il lui faudrait quitter la cabine, et elle pourrait sortir, elle aussi...

Malheureusement, elle ouvrit les yeux pour le trouver penché sur elle.

— Encore pâlichon, dit-il. Je pensais pourtant t'avoir mis à l'aise.

— Oh, vous y êtes arrivé, capitaine ! assura-t-elle.

— Tu n'es plus nerveux ?

— Pas le moins du monde !

— Merveilleux. Donc tu n'es plus obligé de rester allongé. Mais, à mieux y réfléchir, tu n'as rien à faire jusqu'au prochain repas. Alors pourquoi ne pas t'offrir une petite sieste ?

— Je ne suis pas...

— Tu n'as tout de même pas l'intention de discuter chacune de mes suggestions, Georgie, n'est-ce pas ?

Il avait soudain l'air féroce. Ce bavardage amical avait fait oublier à la jeune fille que c'était un homme dangereux.

— Maintenant que vous le dites... Il est vrai que j'ai fort peu dormi la nuit dernière.

Apparemment, elle avait trouvé la bonne réponse. Il sembla se radoucir, son expression se teinta même d'un certain amusement.

— Tu es trop jeune pour t'être distrait comme les autres membres de mon équipage, hier soir. Alors qu'est-ce qui t'a tenu éveillé ?

— L'équipage, justement. Qui rentrait de se... distraire.

Le capitaine se mit à rire.

— Encore quelques années, gamin, et tu montreras plus de tolérance.

— Je ne suis pas si naïf, capitaine. Je sais ce que font généralement les marins la dernière nuit qu'ils passent dans un port.

— Oh ? Tu connais cet aspect de la vie ?

« Rappelle-toi que tu es un garçon, Géorgie, ne l'oublie surtout pas et, pour l'amour du Ciel, ne rougis pas ! »

— Certainement.

Elle vit ses sourcils blonds se hausser, elle vit la lueur diabolique dans ses yeux si verts. Elle s'attendait au pire, pourtant cela ne l'aida pas quand la question tomba :

— Par ouï-dire... ou par expérience ?

Georgina s'étrangla en avalant sa salive. Elle toussa une dizaine de secondes tandis que le capitaine lui tapait énergiquement dans le dos. Lorsqu'elle reprit enfin son souffle, elle songea qu'elle avait sûrement plusieurs vertèbres brisées.

— Je ne pense pas que mon expérience en ce domaine – ou mon manque d'expérience – ait un quelconque rapport avec mon travail.

Elle en avait encore beaucoup à dire sur l'indiscrétion du capitaine, mais son « Parfaitement exact » lui coupa l'herbe sous le pied. Fort heureusement, car elle ne raisonnait plus du tout comme un enfant de douze ans à cet instant. Et de toute façon, il n'en avait pas terminé :

— Pardonne-moi, Georgie. J'ai la fâcheuse habitude de me montrer ironique, vois-tu. Alors ne le prends pas mal, car pour être tout à fait honnête, tes indignations m'amusent.

Elle n'avait jamais rien entendu d'aussi... absurde ! Et c'était dit sans le moindre remords. Il la mettait en rage délibérément, se moquait d'elle, l'insultait... Le diable l'emporte, il était pire encore qu'elle ne l'avait redouté !

— Ne pourriez-vous vous dispenser de ce genre de provocations, monsieur ? demanda-t-elle, les dents serrées.

Il eut un rire bref.

— Et manquer de telles perles de sagesse ? Non, mon cher enfant, je ne renonce pas volontiers à ce qui m'amuse. J'ai si peu d'occasions de me divertir !

— Impitoyable, n'est-ce pas ? Même envers un garçon malade ? À moins que vous ne me trouviez suffisamment guéri pour me permettre de me lever, capitaine ?

— Tu as raison en ce qui concerne la première question. À moins que tu n'implores ma pitié. Dans ce cas, je réfléchirai. C'est ça ?

— Pardon ?

— Tu implores ma pitié ?

Maudit soit-il ! Il faisait appel à son orgueil. Or, les garçons de douze ans en avaient, de l'orgueil, à revendre ! Une fille fondrait peut-être en larmes confrontée à une telle situation, mais un garçon se ferait couper en morceaux plutôt que d'admettre qu'il ne supportait pas la plaisanterie. Même si celle-ci était cruelle.

De toute façon, où cela la menait-il ? Elle était une femme, et une femme qui mourait d'envie de gifler ce snob arrogant, ce que jamais *un* Georgie n'aurait fait !

Il attendait la réponse, un peu tendu, comme si elle avait une réelle importance pour lui. Vraisemblablement, il préparait une réplique sarcastique au cas où elle répondrait oui.

— J'ai des frères, capitaine, des frères aînés, dit-elle enfin, glaciale. Aussi suis-je habituée à être bousculée, taquinée. Ils adorent ça… mais pas tout à fait autant que vous.

— Bien envoyé, mon garçon !

Au plus grand désarroi de Georgina, il semblait réellement ravi. Oh, si seulement elle pouvait le gifler, rien qu'une fois, avant de quitter le *Maiden Anne* !

Mais ce fut une tout autre émotion qui s'empara d'elle quand il lui prit le visage pour le tourner de tous côtés, à l'instar de M. Sharpe. Le contact de ses doigts sur sa joue était très doux.

— « Tout ce courage, et pas un poil au menton », dirait Connie, murmura-t-il en laissant sa main descendre doucement vers le cou de la jeune fille. Tu feras l'affaire, gamin.

Allait-elle de nouveau être malade ? Une impression étrange lui nouait le ventre. Qui s'apaisa dès que le capitaine se redressa.

Muette, Georgina le regarda sortir enfin de la cabine.

13

Le malaise de Georgina s'était dissipé, mais il lui fallut cinq bonnes minutes pour se calmer et vérifier qu'elle était vraiment seule.

Elle poussa alors un grondement d'exaspération qu'on aurait pu entendre depuis la coursive.

Heureusement, il n'y avait personne dans le couloir : elle s'en aperçut un moment plus tard en ouvrant la porte.

Elle se dirigeait vers l'escalier en maugréant contre les murs de brique et les arrogants lords anglais lorsqu'elle se rappela qu'on lui avait plus ou moins ordonné de faire la sieste. Elle s'arrêta, se mordilla la lèvre, de ces petites dents que le capitaine Malory trouvait si blanches. Que faire ? Eh bien, elle ne retournerait certainement pas au lit ! Ses priorités étaient limpides : trouver Mac et quitter le *Maiden Anne* avant qu'il ne fût trop tard.

Cependant, ce n'était pas une mince affaire que de désobéir au capitaine, quelle que fût l'absurdité de cet ordre. Alors... alors il lui fallait s'assurer que le capitaine ne s'apercevrait pas de son absence. Enfantin.

Et s'il revenait au bout de quelques minutes ? Avec la chance qu'elle avait ces derniers temps... Non ! Elle devait se montrer positive. Si elle l'apercevait, elle se cacherait, le temps qu'il s'en allât ou fût occupé ailleurs. Elle devait à tout prix monter sur le pont. S'il la surprenait, elle prétendrait avoir voulu jeter un dernier regard aux côtes anglaises... même si ce mensonge lui arracherait la langue.

Finalement, elle se reprocha d'avoir perdu tant de temps à tergiverser lorsqu'elle ne vit pas trace de lui une fois en haut des marches. Hélas, elle n'aperçut pas Mac non plus.

Elle se dirigea rapidement vers l'étrave, sans oser se retourner pour regarder qui se tenait sur le gaillard d'arrière, avec une vue plongeante sur les ponts inférieurs. C'était tout juste si elle ne courait pas, tellement elle avait hâte de trouver Mac.

Cependant elle s'arrêta net lorsque, regardant à tribord, elle ne vit que l'océan, immense. Elle se tourna vivement vers la poupe, et là elle vit la terre, loin derrière, toute petite dans le sillage du navire.

Georgina voyait sa chance d'abandonner le bateau disparaître à l'horizon. Comment était-ce possible ? Était-il déjà si tard quand elle avait apporté ce maudit plateau ? Un coup d'œil aux voiles lui confirma que le bâtiment progressait rapidement grâce à un fort vent de tempête, mais tout de même...

Elle fut soudain submergée de colère. Qu'il aille croupir en enfer ! S'il n'avait pas passé tout ce temps à s'amuser à ses dépens, elle aurait trouvé un moyen de lui fausser compagnie.

À présent... elle était prise au piège, prisonnière de ce navire, livrée aux caprices de son capitaine. Et elle pouvait s'attendre au pire après ce qu'elle avait vécu cet après-midi. N'avait-il pas avoué qu'il prenait plaisir à pousser les gens à bout ? Même Georgina, avec son caractère accommodant – et elle se persuadait qu'il l'était –, ne pourrait résister longtemps à de telles provocations ! Elle finirait par le gifler, le griffer, se trahir par une réaction typiquement féminine. Qu'arriverait-il alors ? Avec le sens de l'humour très particulier de cet homme, impossible de le deviner...

Madame la Chance l'avait vraiment abandonnée... sa prudence aussi. Quand elle fut interrompue dans ses sombres pensées par une main qui lui secouait l'épaule, elle fit volte-face avec un « Quoi ? » exaspéré, hautain, et elle reçut la réponse naturelle à son impertinence : une grande claque sur le visage, qui l'envoya rouler contre le plat-bord puis glisser sur le pont.

Elle fut plus surprise qu'étourdie, malgré la douleur à son oreille, et elle n'eut guère à attendre l'explication : un matelot la toisait, l'air mauvais.

— Parle-moi encore une fois sur ce ton, minable, et je te jette par-dessus bord ! T'as pas intérêt à te retrouver en travers de mon chemin. Dégage !

En fait, il n'était pas très corpulent et elle ne pouvait l'empêcher de passer, mais elle ne prit pas la peine de le lui faire remarquer. Elle était bien trop occupée à replier ses jambes pour lui laisser de la place, car il lui aurait marché dessus plutôt que de la contourner.

Pendant ce temps, sur le gaillard d'arrière, Conrad Sharpe avait toutes les peines du monde à empêcher le capitaine de sauter sur le pont inférieur, comme il avait voulu le faire dès que Georgina avait été agressée.

— Laisse tomber, James. C'est fini. Si tu interviens maintenant, tu…

— Intervenir ? Je vais lui casser la tête, à ce sale type !

— Brillante idée ! rétorqua Connie, sarcastique. Quel meilleur moyen de montrer à tout l'équipage que le jeune Georgie n'est pas considéré comme un mousse ordinaire, mais comme ta propriété personnelle ? Tu pourrais aussi bien lui ôter cette fichue casquette et lui enfiler une robe. D'une façon ou d'une autre, tu attirerais l'attention des hommes sur cette jeune personne à laquelle tu tiens au point d'envisager de tuer un de tes matelots. Et inutile de froncer les sourcils. Tu sais très bien que tes coups de poing peuvent être mortels.

— Bon, d'accord. Je le mettrai juste au pain et à l'eau.

Une pointe d'humour dans sa voix indiquait que James était revenu à la raison.

— Non, dit Connie en souriant. Sous quel prétexte ? La petite a été agressive, nous l'avons entendue d'ici. N'importe qui aurait réagi comme Tiddles. En outre, on dirait que le frère vient à la rescousse, ce qui est nettement plus normal vis-à-vis des autres.

En effet, Ian MacDonell avait attrapé Tiddles au col et le soulevait de terre à deux mains. Il ne haussa pas le ton, pourtant sa voix porta jusqu'aux deux officiers, lourde de menace :

— Si tu touches encore au petit, je te tue.

— Il est assez clair, non ? fit remarquer James.

— En tout cas, venant de lui, personne ne s'étonnera.

— D'accord, Connie, tu avais raison. N'en rajoute pas... Maintenant que peut-elle bien raconter à l'Écossais ?

Georgina s'était relevée et parlait vivement mais fermement à Mac, qui n'avait toujours pas lâché le matelot.

— Il semblerait qu'elle tente de désamorcer la querelle. Bravo ! Elle sait qui a tort. Si elle n'était pas restée plantée en travers du chemin à bayer aux corneilles...

— C'est en partie ma faute, intervint James.

— Oh ! Quelque chose m'aurait échappé ? Tu lui as cloué les pieds au pont, par exemple ?

— Tu es décidément en grande forme ! Mais remarque bien, vieux, que cela ne me fait pas rire.

— C'est dommage, moi si ! Cependant, explique-moi en quoi tu penses être responsable de l'impertinence de la petite.

— Je le suis ! affirma James avec un regard noir pour son ami. Dès qu'elle m'a reconnu, elle a décidé de s'échapper du bateau.

— Elle te l'a dit ?

— Inutile. C'était écrit sur son visage.

— Je ne voudrais pas te contrarier, mais il me semble qu'elle est toujours à bord.

— Évidemment ! tonna James. Parce que je l'ai retenue dans ma cabine le temps qu'il fallait pour l'empêcher de faire une folie. Elle ne rêvassait pas sur le pont, elle était en train de regarder sa seule chance de salut disparaître... et sans doute de me maudire pour l'éternité !

— En tout cas, elle ne commettra plus cette erreur... rester en travers du chemin, je veux dire. Une bonne claque sert de leçon, en général.

— Mais Tiddles est en colère contre elle à présent. Artie aussi. Il lui aurait expédié un coup de pied dans le derrière si je n'avais pas été là. Tu n'imagines pas la façon autoritaire dont elle s'est adressée à lui !

— Penses-tu que cette gamine soit une dame ?

— Elle a l'habitude de diriger, en tout cas. Et elle a reçu une bonne éducation... ou alors elle imite parfaitement les gens bien élevés.

Connie perdit un peu de sa belle humeur.

— Bon sang, ça complique toute l'histoire, Hawke !

— Évidemment. Mais ce n'est pas moi qui l'ai obligée à porter ce pantalon. Et pour qui la prenais-tu, d'abord ? Une catin de taverne ?

Le silence de Connie était assez éloquent, et James éclata d'un grand rire.

— Laisse tomber la galanterie, Connie ! Ça ne te va pas mieux qu'à moi. Cette jeune personne peut bien être princesse, elle restera mon mousse jusqu'à ce que j'en décide autrement. C'est le rôle qu'elle s'est choisi, et j'entends qu'elle le joue.

— Combien de temps ?

— Aussi longtemps que je pourrai le supporter.

Il se pencha en voyant l'Écossais lâcher Tiddles.

— Par le Ciel, pas un seul coup de poing ! Je lui aurais...

— Cassé la tête, je sais, soupira Connie. J'ai l'impression que tu prends toute cette histoire un peu trop à cœur.

— Pas du tout ! Mais personne ne frappe impunément une femme sous mes yeux !

— Un sentiment tout nouveau, qui t'est venu pendant que nous hissions les voiles ? Écoute, vieux, ajouta-t-il, apaisant, lorsque son ami le toisa froidement, pourquoi ne réserves-tu pas ce regard meurtrier pour l'équipage, qui aurait bien besoin de... D'accord, se reprit-il de mauvaise grâce. Je retire ce que j'ai dit. Tu es le vaillant défenseur de toute la gent féminine.

— Je n'irais pas jusque-là...

Tout l'humour de Connie réapparut devant l'air épouvanté de son ami.

— Moi non plus. Mais tu te montres tellement susceptible, aujourd'hui !

— Susceptible, moi ? Juste parce que je veux rosser un homme qui a battu une femme ?

— Je me vois obligé de préciser de nouveau quelques détails. Par exemple, Tiddles ne sait même pas qu'il s'agit d'une femme.

— Bon. Un homme qui a battu un enfant, si tu préfères. Je ne supporte pas ça non plus. Et avant que tu l'ouvres une fois encore pour défendre cette canaille, dis-moi donc si tu penses qu'il se serait comporté de la même façon avec MacDonell...

— Il serait sûrement passé à côté de lui, je dois bien le reconnaître.

— Heureux de te l'entendre dire. Maintenant, puisque tu refuses les formes les plus normales de punition pour sa regrettable agressivité, et comme l'Écossais m'a déçu en lui adressant un simple avertissement...

— C'est la petite qui est intervenue.

— Peu importe. Elle n'a rien à voir là-dedans. Donc, la prochaine fois que je croiserai ce M. Tiddles, il ferait mieux d'avoir son missel à la main.

James ne faisait pas allusion à un livre de prières, mais à la pierre tendre que les matelots se fixaient aux mains et aux genoux afin de nettoyer les surfaces trop étroites pour les briques à pont. De préférence après une averse, on répandait du sable sur le pont, et la brique à pont était tirée d'avant en arrière par de longues cordes. Faire la même chose à la main était l'une des tâches les plus pénibles du travail de matelot.

— Tu voudrais qu'il nettoie des ponts qui sont parfaitement propres ? demanda Connie, incrédule.

— Pendant quatre quarts. Quatre quarts consécutifs.

— Bon sang, Hawke ! Seize heures à genoux ? Il sera en sang !

— Sans doute. Mais il aura encore sa tête sur les épaules, et entière !

— Tu sais, je suppose, qu'il détestera encore plus ton mousse.

— Pas du tout. Tu trouveras certainement une autre bonne raison pour infliger à ce type une punition aussi légère. Par exemple l'état de sa tenue. Son col doit être bien froissé, après l'empoignade de l'Écossais, non ? De toute façon, c'est à toi qu'il en voudra, pas à Georgie.

— Merci beaucoup !... Tu pourrais tout de même laisser tomber, il me semble. C'est ce qu'ils ont fait, eux.

James regarda les MacDonell se diriger vers le gaillard d'avant. Georgie pressait une main sur son oreille douloureuse.

— Je ne crois pas. Quant à moi, je n'abandonne pas. Alors cesse de protester sur la façon dont je veux le punir. C'est ça ou le fouet. Et dans ce cas, si tu crains qu'il ne saigne, ce sera encore pire…

14

— Encore en train de déblatérer sur les murs de brique ? Il t'a frappée tellement fort ? Tu aurais dû me laisser le...

— Je parlais du capitaine, souffla Georgina tout en entraînant Mac à la recherche d'un endroit retiré. C'est l'espèce de brute qui m'a sortie de la taverne cette fameuse nuit que j'aimerais tellement oublier.

Mac s'arrêta net.

— Tu veux dire le lord aux cheveux blonds ? C'est *lui,* ton mur de brique ?

— C'est *lui,* notre capitaine.

— Aïe ! Mauvaise nouvelle !

Elle ouvrit de grands yeux devant son flegme.

— Tu n'as pas entendu ? Le capitaine Malory est l'homme qui...

— Ouais, j'ai compris. Pourtant, tu n'es pas jetée à fond de cale. À moins qu'il ne t'ait pas encore vue ?

— Il ne m'a pas reconnue.

Mac haussa les sourcils. Non par surprise, mais parce que Georgina en semblait vexée.

— Tu es sûre qu'il t'a bien regardée ?

— Des pieds à la tête, insista-t-elle. Il ne se souvient pas de moi, voilà tout.

— Oui, eh bien n'en fais pas une affaire personnelle, Georgie. Ils avaient tous deux d'autres préoccupations, ce soir-là. Et puis ils avaient bu. Certains hommes oublient jusqu'à leur nom après des fêtes de ce genre.

— J'y ai songé. Et je n'en fais pas une affaire personnelle, dit-elle en se redressant, indignée à cette seule idée. J'ai été seulement soulagée... dès que je me suis remise du choc. Cependant, la mémoire pourrait bien lui revenir. Par exemple quand il te verra.

— Tu as raison, petite, murmura Mac en se tournant vers le point minuscule qu'était devenue l'Angleterre à l'horizon.

— C'est trop tard.

— Ouais. Viens, ajouta-t-il, les murs ont des oreilles par ici.

Il l'attira vers les ponts inférieurs jusqu'au domaine du bosco, devenu le sien, où on entreposait les gréements de rechange. Georgina se laissa tomber sur un énorme rouleau de cordage. Mac arpentait le sol devant elle, soupirait, secouait la tête, faisait claquer sa langue.

Georgina s'exhorta à la patience – au moins cinq minutes – avant de demander :

— Alors, que faisons-nous maintenant ?

— Je vais essayer d'éviter cet homme autant que possible.

— Et quand ce ne sera plus possible ?

— J'espère que ma barbe aura poussé, répondit-il dans un sourire. Une toison rousse pour cacher ma vieille peau tannée sera un aussi bon déguisement que le tien. Qu'en penses-tu ?

La jeune fille s'épanouit.

— Oh oui, sûrement !

Puis elle se rembrunit.

— Mais cela ne résout qu'un problème.

— Je croyais que c'était le seul...

Elle secoua la tête et s'affala de nouveau sur son rouleau de corde, le dos voûté.

— Il faut aussi imaginer un moyen pour que je l'évite.

— C'est impossible, petite, tu le sais bien. Sauf si tu tombais malade...

Ce fut son tour de rayonner, comme s'il venait de trouver la solution à tout.

— Tu ne te sentirais pas un peu faible, par hasard ?

— Ça ne marchera pas, Mac.

— Si !

— Non. Ce serait possible si je dormais avec les autres matelots, mais les ordres que j'ai reçus sont formels. Le capitaine, ajouta-t-elle, sarcastique, a généreusement proposé de partager sa cabine avec moi.

— Quoi ?

— J'ai réagi comme toi, mais ce monstrueux individu a insisté. Il veut m'avoir sous la main au cas où il aurait besoin de quelque chose au milieu de la nuit, ce paresseux. Voilà bien un caprice d'aristocrate anglais trop gâté !

— Il faut lui dire la vérité !

Elle se leva d'un bond.

— Comment ? Tu plaisantes !

— Crois-le si tu veux, petite, bougonna Mac, l'air têtu. Jamais tu ne dormiras dans la cabine d'un homme que tu ne connais pas.

— Mais il me prend pour un garçon.

— Peu importe. Tes frères...

— Ne le sauront jamais ! coupa-t-elle avec fougue. Pour l'amour du Ciel, Mac, si tu parles à Malory je risque de finir dans sa cabine de toute façon, et d'une manière qui me conviendra beaucoup moins. Y as-tu pensé ?

— Il n'oserait pas ! gronda le rouquin.

— Tu crois ? As-tu déjà oublié qu'il est seul maître à bord après Dieu ? Il peut agir comme bon lui semble, et si tu t'insurges, tu te retrouveras les fers aux pieds !

— Il faudrait être une véritable canaille pour profiter de la situation.

— Certes. Mais qui te dit qu'il ne l'est pas ? Tu risquerais ma vertu sur la supposition – improbable – que cet homme connaisse le sens du mot « honneur » ?

— Enfin, petite...

— J'insiste, Mac. Pas un mot. Au cas où je serais découverte, il sera bien temps d'apprendre si l'Anglais est correct, mais je t'avoue franchement que j'en doute. D'autre part, je me moque de dormir dans sa cabine. C'est le reste du temps qui va mettre mon courage à rude épreuve. Tu n'imagines pas le plaisir qu'il prend à se montrer désagréable. Il a même reconnu que c'est l'une des joies de sa vie.

— Quoi donc ?

— De mettre les gens mal à l'aise, de les pousser à bout. Il les traite comme des papillons que l'on épingle sur une planche.

— Tu n'en rajoutes pas un peu, petite ?

Bien sûr que si, mais elle ne l'aurait pas avoué pour un empire ! Si elle jouait réellement son rôle de garçon, elle ne devait pas se formaliser d'entendre un homme mûr plaisanter sur son inexpérience – c'était chose courante, surtout dans ce milieu. Et parler de sexe était fréquent entre hommes. N'avait-elle pas surpris bien des conversations osées entre ses frères, quand ils ne la savaient pas dans les parages ?

Providentiellement, la porte s'ouvrit, lui évitant d'avoir à répondre. Un jeune matelot fit irruption dans la pièce, soulagé de voir le quartier-maître.

— La drisse de la grand-voile s'effiloche avec ce vent, monsieur. M. Sharpe ne vous trouvait pas, alors il m'a envoyé en chercher une autre.

— Je m'en occupe, répondit Mac.

L'homme disparut, et Georgina soupira. Mac n'avait plus de temps à lui accorder maintenant. Pourtant elle ne voulait pas le laisser sur une mauvaise impression, aussi finit-elle par céder.

— D'accord, Mac. Je me suis laissé emporter par mon antipathie : il n'est pas si mauvais que ça. Il a même dit que dans quelques jours il ne me remarquerait même plus, ce qui signifie qu'il m'a mise à l'épreuve mais qu'ensuite il ne se souciera plus de moi.

— Et tu t'efforceras de rester aussi discrète que possible ?

— Je ne cracherai même pas dans sa soupe avant de la lui servir, promis juré !

Elle esquissa un sourire et reçut en retour un air faussement horrifié de la part de son ami.

Tous deux éclatèrent de rire. Mac se dirigea vers la porte, chargé de la drisse.

— Tu viens ?

— Non, répondit-elle en se frottant l'oreille. Je trouve le pont plutôt dangereux...

— C'était pas une bonne idée, petite, de travailler pour payer notre voyage.

C'était l'idée de Mac, au départ, bien qu'il eût essayé de l'en détourner après. S'il arrivait quelque chose à sa protégée...

Elle sourit de nouveau. Elle ne lui en voulait pas le moins du monde. C'était simplement la malchance qui avait mis ce bateau entre les mains d'un Anglais, et de celui-ci en particulier.

— Ne parlons plus de ça ! Nous sommes en route vers notre pays, c'est tout ce qui compte. Le reste, nous le supporterons bien pendant un mois. J'en suis capable, je t'assure. Rappelle-toi que je pratique la patience, dorénavant.

— Oui, et n'oublie pas de l'exercer avec lui, grommela-t-il.

— Avec lui surtout, renchérit-elle. Maintenant, dépêche-toi d'aller changer la drisse avant que quelqu'un d'autre ne descende. Je compte rester ici jusqu'à ce que le devoir m'appelle.

Une fois Mac sorti, Georgina se laissa glisser à terre et appuya sa tête contre le mur. La journée n'aurait pas pu être pire !

Malory. Non, il avait un prénom. James Malory. Elle n'aimait pas davantage ce nom que l'homme lui-même. « Sois honnête, Georgina : tu ne le supportes pas. Pour l'amour du Ciel, son simple contact te rend malade ! » D'accord, elle le détestait, et pas seulement parce qu'il était anglais.

Cependant il n'y avait rien à faire, sinon feindre au moins l'indifférence.

Elle bâilla et frotta le bandage qui comprimait ses seins. Si seulement elle avait pu l'ôter, même pour quelques heures ! Mais elle n'osait pas. Si on la découvrait maintenant, ce serait pire que ce qu'elle avait imaginé, car ce serait *lui* qui choisirait sa punition.

Comme elle s'assoupissait, un léger sourire joua sur ses lèvres. L'homme était aussi stupide qu'exécrable. Il avait vraiment été facile à berner, il n'avait vu que du feu à sa petite supercherie, et elle en ressentait une délicieuse impression de triomphe !

15

— Georgie !

La tête de la jeune fille était tombée en avant, mais dans son sursaut elle heurta la paroi. Le choc fut heureusement amorti par ses cheveux et la casquette. Elle lança néanmoins un regard mauvais à Mac, qui lui secouait l'épaule. Elle ouvrit la bouche pour lui révéler sa façon de penser, mais il la devança :

— Bon sang, qu'est-ce que tu fais là à cette heure ? Il a envoyé des hommes fouiller tout le bateau à ta recherche !

— Quoi ? Qui ?

Soudain, tout lui revint en mémoire.

— Oh, lui ? Eh bien, il peut...

Non ! Mauvaise attitude.

— Quelle heure est-il ? Je suis en retard pour servir le dîner ?

— De plus d'une heure !

Elle jura de façon fort peu féminine, se leva et se dirigea en trébuchant vers la porte.

— À ton avis, il vaut mieux que j'aille le voir tout de suite, ou que je passe chercher son souper aux cuisines avant ?

— Le repas avant. S'il a faim, ça le calmera.

Elle fit volte-face.

— Le calmer ? Il est en colère ?

— Je ne l'ai pas encore vu, mais réfléchis, petite. C'est ton premier jour de service, et déjà tu négliges...

— Ce n'est pas ma faute si je me suis endormie, protesta-t-elle, sur la défensive. En plus, il m'a lui-même ordonné de faire la sieste !

— Alors dans ce cas, ne t'inquiète pas. Dépêche-toi quand même.

C'est ce qu'elle fit... tout en s'inquiétant. Le capitaine lui avait conseillé de se reposer, mais dans sa cabine, où il pouvait facilement la réveiller s'il avait besoin d'elle. N'avait-il pas insisté pour l'avoir sans cesse sous la main ? Et il avait été obligé de mobiliser des hommes afin de la chercher. Bon sang, triple bon sang !

Elle pénétra en trombe dans la cuisine, et les trois hommes qui s'y trouvaient interrompirent leurs tâches pour la contempler bouche bée.

— Le plateau du capitaine est prêt, monsieur O'Shawn ?

Il pointa un doigt farineux vers la table.

— Est-il encore chaud ?

L'Irlandais se redressa de toute sa taille, blessé dans son amour-propre.

— Évidemment ! Ça fait trois fois que je change la nourriture. J'étais sur le point d'envoyer Hogan...

Il ne continua pas sa phrase. Le mousse avait filé aussi vite qu'il était arrivé, chargé de l'énorme plateau trop lourd pour ses bras de gamin.

En chemin, elle fut hélée par trois matelots qui lui annoncèrent que le capitaine la réclamait, mais elle ne prit pas le temps de leur répondre. Elle était complètement paniquée.

« Il a dit qu'il ne te frotterait pas les oreilles. Il l'a dit. » Elle se le répéta tout le long de la coursive, puis devant la porte quand elle frappa, et de nouveau quand il répondit sèchement d'entrer.

La première chose qu'elle entendit une fois à l'intérieur fut la voix du second :

— Tu devrais lui frotter les oreilles, pour lui apprendre !

Oh, elle le haïssait aussi, celui-là ! Mais au lieu de lui laisser voir la flamme qui brillait dans ses yeux, elle baissa piteusement la tête, attendant le verdict de James Malory.

Il n'y eut que le silence. Un silence sournois, qui ne la renseignait aucunement sur l'état d'esprit du capitaine. Et elle n'osait pas le regarder, de peur d'être pétrifiée sur place.

Elle sursauta lorsqu'il parla enfin :

— Qu'as-tu à dire pour ta défense, petit ?

Raisonnable. Il allait se montrer raisonnable et écouter ses explications. Bien qu'elle ne se fût pas attendue à cette mansuétude, elle leva la tête et croisa son regard vert. Il était assis à table – une table vide – avec Conrad Sharpe, et elle comprit soudain qu'ils attendaient tous deux leur souper.

Néanmoins, elle fut soulagée. Le capitaine ne semblait pas fou de rage. Intimidant, certes, et il le serait toujours à cause de sa carrure, mais il n'y avait aucune trace de colère sur son visage. Elle se rappela cependant qu'elle ignorait de quoi il avait l'air lorsqu'il était en colère...

— Peut-être le fouetter aussi, suggéra Conrad dans le silence qui s'éternisait. Pour lui apprendre à répondre quand on lui pose une question.

Cette fois, Georgina lui lança un coup d'œil meurtrier qui fit simplement rire le géant roux. Malory attendait patiemment, imperturbable.

— Je suis désolée, monsieur, dit-elle en mettant dans sa voix toute la contrition possible. Je dormais… comme vous me l'aviez recommandé.

Un sourcil se haussa, exaspérant d'affectation, décida Georgina.

— Écoute ça, Connie, dit le capitaine sans la quitter des yeux. Il obéissait. Seulement, si je me souviens bien, il s'agissait qu'il dorme ici, dans ce lit.

Georgina frémit.

— Je sais, j'ai essayé, vraiment, mais j'étais trop mal et… je veux dire… Enfin, votre matelas est trop mou !

Voilà ! Mieux valait ce mensonge que d'avouer qu'elle ne pouvait rester dans ce lit parce que c'était le sien.

— Ainsi, tu n'aimes pas mon lit ?

Le second n'en pouvait plus de rire, et Georgina ne comprenait rien à son hilarité. Était-ce une lueur d'amusement qui pétillait aussi dans les yeux du capitaine ? Elle aurait dû en être soulagée. Au lieu de ça, elle se sentait la cible de plaisanteries qui la dépassaient et trouvait cela diablement agaçant.

« Patience, Georgina, indifférence. Tu es la seule Anderson, hormis Thomas, qui n'ait pas mauvais caractère. Tout le monde le dit. »

— Il est certainement parfait, monsieur, si on les aime doux et profonds. Pour ma part, je préfère…

Elle s'interrompit. Le second était parti d'un nouvel éclat de rire, et James Malory avait dû avaler de travers car il toussait, penché en avant dans son fauteuil. Elle faillit cette fois demander à Conrad Sharpe la raison de sa grotesque hilarité, mais le plateau devenait vraiment trop lourd. Et comme ils la laisseraient sans aucun doute plantée là tant qu'elle ne se serait pas expliquée, mieux valait en finir au plus vite.

— Alors, continua-t-elle d'une voix forte pour obtenir leur attention, j'ai voulu aller chercher mon hamac, comme vous me l'aviez aussi ordonné. Or je suis tombée sur mon frère, qui souhaitait me parler. Je l'ai donc suivi en bas pour un moment, puis j'ai eu de nouveau mal au cœur. Je me suis assis, le temps que cela passe… Et ensuite, Mac était en train de me secouer comme un prunier afin de me réveiller, en m'assenant une verte réprimande pour avoir négligé mon service.

— Une verte réprimande ? C'est tout ?

Que voulait-il de plus, par Dieu ?

— En fait, il m'a même tiré les oreilles. Elles ont doublé de volume !

— Vraiment ? Ainsi, il m'a épargné la peine de m'en charger moi-même. Ça fait mal, Georgie ? ajouta-t-il plus doucement.

— Bien sûr ! rétorqua-t-elle. Vous voulez voir les dégâts ?

— Tu me montrerais tes oreilles pointues, mon petit ? J'en suis flatté. Infiniment flatté !

Les yeux de la jeune fille lançaient des éclairs.

— Eh bien ne le soyez pas trop, parce que je ne le ferai pas. Vous devrez me croire sur parole. Et je sais que vous trouvez cela du plus haut comique, capitaine, mais vous ne ririez pas autant s'il s'agissait de vous.

— Oh, cela m'est arrivé, un nombre incalculable de fois... avant que j'apprenne à boxer. Je te donnerai des leçons, si tu veux.

— Pour quoi faire ?

— Pour apprendre à te défendre, mon cher enfant.

— Me défendre... contre mon propre frère ?

Elle avait pris l'intonation scandalisée qui convenait, cette fois !

— Ton frère... ou les autres qui t'importuneraient.

Elle plissa les yeux, méfiante.

— Vous avez vu ce qui s'est passé, n'est-ce pas ?

— Je n'ai pas la moindre idée de ce dont tu sembles m'accuser. Maintenant, as-tu envie d'apprendre à boxer, oui ou non ?

L'absurdité de la situation finit par l'amuser, elle aussi, et elle faillit accepter car cela aurait pu lui servir sur le bateau. Mais cela signifiait plus de temps encore passé avec cet homme.

— Non, merci, monsieur. Je me débrouillerai.

Il haussa les épaules.

— Comme tu voudras, Georgie. En tout cas, la prochaine fois que je te dirai quelque chose, arrange-toi pour obéir au lieu d'agir à ton idée. Et s'il m'arrive de nouveau d'imaginer que tu as pu passer par-dessus bord, je serai parfaitement capable de t'enfermer dans cette cabine.

Elle cligna des yeux. Il n'avait pas haussé le ton, mais c'était une menace, et il la mettrait sans aucun doute à exécution. C'était ridicule ! Elle aurait aimé lui dire qu'elle connaissait mieux les bateaux que la moitié de son équipage, et qu'elle n'avait aucune chance de tomber à la mer... mais ç'aurait été se contredire.

Évidemment, elle ne croyait pas une minute qu'il se fût inquiété pour de bon. C'était sa faim qui le dérangeait, pas le mauvais sang, il n'avait pas l'intention que cela se reproduisît. Sale aristocrate !

Dans le silence s'éleva la réflexion ironique de M. Sharpe :

— Si nous ne faisons pas fouetter ce garçon, James, verrais-tu un inconvénient majeur à ce que nous soupions, à la place ?

— Tu t'es toujours laissé mener par ton estomac, Connie ! rétorqua James.

— Aussi suis-je facile à contenter... Alors, qu'attends-tu, petit ?

Georgina avait une envie folle de lui renverser le plateau sur les genoux. Et si elle faisait semblant de trébucher ? Non... il irait chercher le fouet.

— Nous nous servirons nous-mêmes, Georgie, dit le capitaine lorsqu'elle eut placé le plateau entre eux sur la table, puisque tu es en retard dans tes tâches du soir.

Elle lui lança un coup d'œil interrogateur. Elle ne pouvait se sentir coupable d'avoir oublié quelque chose qu'on ne lui avait pas demandé. Mais il s'était absorbé dans la contemplation des mets comme si elle n'existait pas. Au bout d'un moment, elle n'y tint plus :

— Quelle tâche n'ai-je pas remplie, monsieur ?

— Pardon ? Oh, mon bain. Je l'aime tout de suite après le dîner.

— Avec de l'eau douce ou de l'eau de mer ?

— Toujours douce. Il y en a plus qu'assez. Chaude mais pas brûlante. Il faut généralement environ huit seaux.

— Huit !

Elle baissa vivement la tête.

— Bien, monsieur, huit. Chaque semaine, ou une fois tous les quinze jours ?

— Très drôle, mon garçon ! dit-il en riant. Tous les jours, évidemment.

Elle ne put s'empêcher de gémir, et tant pis s'il avait entendu. Elle aussi aurait adoré prendre un bain tous les jours, mais pas s'il fallait pour cela traîner huit lourds baquets depuis la cuisine !

Elle s'apprêtait à sortir quand le commentaire du second l'arrêta :

— Il y a des seaux jumelés sur la dunette, gamin, mais je doute que tu puisses en porter quatre à la fois. Alors sers-toi du baril qui est en haut de l'escalier pour l'eau froide. Je veillerai à ce qu'il soit rempli chaque soir à ton intention.

Elle remercia d'un signe de tête. C'était tout ce dont elle était capable. Qu'est-ce que cela changeait, s'il se montrait gentil ? Elle ne l'aimait toujours pas, de la même façon qu'elle n'aimait pas ce trop *propre* capitaine !

— Depuis quand prends-tu un bain chaque soir lorsque tu es à bord, Hawke ? interrogea Connie dès qu'elle eut fermé la porte derrière elle.

— Depuis que cette adorable créature s'occupe de moi.

— J'aurais dû m'en douter ! Mais elle ne t'en remerciera pas, tu sais.

— Tu n'imagines tout de même pas que je vais la laisser porter tous ces seaux ! Pas question qu'elle développe des muscles là où elle n'en a pas besoin ! Non, je me suis arrangé pour que Henry montre à quel point il a bon cœur.

— Henry ? Bon cœur ?... Tu ne lui as quand même pas dit...

— Bien sûr que non !

— Et il ne t'a pas demandé d'explications ?

James se mit à rire.

— Connie, mon vieil ami, tu as tellement pris l'habitude de me questionner sur le moindre de mes faits et gestes... Tu en oublies que personne d'autre ne s'y risquerait !

16

Les mains de Georgina tremblaient un peu lorsqu'elle remit les assiettes sur le plateau, et ce n'était pas à cause des seaux d'eau. Non, en réalité, elle n'avait eu à les porter que de la porte de la cabine jusqu'au tub, grâce à un truculent matelot français qui s'était indigné de la voir renverser de l'eau sur le pont. Sans écouter ses protestations, le dénommé Henry avait ordonné à deux moussaillons, pas beaucoup moins jeunes que Georgie n'était censée l'être, de porter les seaux à sa place. Heureusement, les garçons étaient plus costauds qu'elle, et elle s'était insurgée seulement par politesse. Et également parce qu'elle s'attendait à ce qu'ils ronchonnent.

Mais ils avaient obtempéré sans discuter, et Henry avait eu le dernier mot en affirmant qu'elle devait grandir encore un peu avant de tenter de se conduire comme un homme.

Néanmoins, les garçons avaient déposé les seaux devant la porte du capitaine, refusant de franchir le seuil. Elle ne pouvait le leur reprocher ! Elle-même n'y aurait pas pénétré si elle n'y avait été obligée...

Bref, si ses mains tremblaient, c'était parce que James Malory se trouvait derrière le paravent en train de se déshabiller. Et cela la rendait plus nerveuse qu'elle ne l'avait été durant cette éprouvante journée.

Heureusement, il lui fallait rapporter le plateau à la cuisine, aller chercher son hamac dans les quartiers des matelots. Mais pour l'instant, elle était encore dans la cabine, et elle entendait le bruit de l'eau.

Malgré tous ses efforts, elle ne parvenait à effacer l'image qui lui venait à l'esprit. Ce grand corps allongé dans l'eau chaude, environné de vapeur, sa chevelure blonde humide, des gouttelettes parsemant le large torse qui reflétait les lumières. Il devait fermer les yeux, se détendre dans la bienfaisante chaleur… Là s'arrêtait son imagination : elle ne pouvait le voir détendu.

Soudain, elle ouvrit de grands yeux. Pourquoi pensait-elle de telles choses ? Devenait-elle folle ? Non. C'était la fatigue de cette horrible journée… qui n'était pas terminée. Furieuse, elle jeta la dernière assiette sur le plateau qu'elle saisit avant de se diriger à grands pas vers la porte. Elle ne l'avait pas atteinte lorsque la voix du capitaine s'éleva :

— Mon peignoir, Georgie !

Son peignoir ? Où l'avait-elle rangé ? Ah, oui ! Elle l'avait accroché dans le cabinet qui servait de penderie. Il s'agissait d'une courte robe de chambre de soie verte qui devait à peine lui arriver aux genoux. Elle s'était même demandé à quoi cela pouvait bien lui servir. Mais comme il n'y avait pas de chemise de nuit dans les affaires du capitaine, elle avait imaginé qu'il dormait avec.

Elle reposa le plateau sur la table, attrapa le peignoir et le jeta pratiquement par-dessus le paravent. Elle se dirigeait de nouveau vers la table lorsque le capitaine l'appela encore.

— Viens ici, petit.

Oh, non ! Non, et mille fois non ! Elle ne voulait pas le voir détendu. Elle ne voulait pas voir l'image qu'elle avait eue en tête.

— Je dois aller chercher mon hamac, monsieur.

— Il attendra.

— Je ne voudrais pas vous déranger quand je l'installerai.

— Ne t'inquiète pas.

— Mais…

— Viens ici, Georgie ! insista-t-il, impatienté. Il y en a pour une minute.

Elle eut un petit regard désemparé vers la porte, sa seule voie de salut. Si quelqu'un frappait, peut-être… Mais rien.

Elle se secoua et redressa les épaules. De quoi avait-elle peur ? Elle avait vu ses frères prendre des bains, elle était allée leur chercher des serviettes, leur avait lavé les cheveux, elle avait même carrément baigné Boyd la fois où il s'était brûlé les deux mains. Certes, il avait alors dix ans et elle six. Mais ce n'était pas comme si elle n'avait jamais vu un homme nu. Avec cinq frères à la maison…

— Georgie !

— J'arrive, bon s… Je veux dire…

Elle contourna le paravent.

— Que… puis-je… pour vous ?

Mon Dieu ! Ce n'était pas la même chose. Il n'était pas son frère. C'était un grand et bel homme, sans aucun lien de parenté avec elle. Et sa peau dorée luisait, humide, bien lisse sur ses muscles saillants. Quelques mèches de son épaisse chevelure bouclaient sur son front. Parfois, elle le comparait à un bœuf, mais seulement parce qu'il était large, fort. Il n'y avait sûrement rien de tendre ni de doux chez lui. Sauf peut-être... Elle rougit violemment, espérant qu'il ne le remarquerait pas.

— Qu'est-ce qui cloche, petit ?

Visiblement, il était agacé qu'elle ne fût pas venue plus vite. Elle baissa les yeux et prit l'air penaud.

— Excusez-moi, monsieur. J'apprendrai à réagir plus rapidement.

— J'espère bien. Approche.

Elle heurta le porte-savon, et le savon tomba. Elle le ramassa.

— Vous en voulez un autre ? demanda-t-elle, les yeux agrandis d'espoir.

— Ça ira. Frotte-moi le dos.

C'était bien ce qu'elle avait redouté. Elle ne pouvait pas ! S'approcher de lui ? Le toucher ?

« Tu es un garçon, Georgie, et c'est un homme. Il n'y voit aucun mal. Et tu n'en verrais pas non plus si tu étais un garçon. »

— Tu deviens sourd depuis qu'on t'a tiré les oreilles, on dirait !

— Oui... je veux dire, non. La journée a été longue, capitaine, ajouta-t-elle en soupirant.

— Et la tension nerveuse peut épuiser un jeune garçon, je le comprends, petit. Tu pourras te coucher de bonne heure, car je n'ai rien d'autre à te demander pour ce soir... quand tu m'auras savonné le dos.

Elle se raidit. Elle avait cru un moment échapper à la corvée, mais elle aurait dû se douter qu'elle ne s'en tirerait pas ainsi. Parfait ! Elle allait lui récurer ce maudit dos. Avec un peu de chance, elle lui arracherait la peau !

Comme elle s'approchait de lui, il se pencha en avant, lui offrant une vaste surface de peau, si large, si musclée, si… virile. L'eau lui arrivait à peine aux hanches, et elle voyait à travers.

Georgina se rendit compte qu'elle le regardait, immobile… depuis combien de temps ? Pas trop, sinon il l'aurait rappelée à l'ordre, sans doute.

Furieuse contre elle-même, elle trempa le gant de toilette et l'imbiba de savon jusqu'à ce qu'il y en eût assez pour laver dix personnes, puis elle se mit à frotter de toutes ses forces. Il demeurait silencieux. Au bout d'un moment, en remarquant les traces rouges sur sa peau, elle se reprocha sa brutalité.

Elle ralentit le mouvement, et sa colère disparut en même temps. Elle le contemplait de nouveau, fascinée. Le linge était si fin qu'il aurait pu aussi bien ne pas exister tant elle sentait le grain de cette peau sous ses doigts. Ses gestes s'adoucirent encore, elle lavait plusieurs fois le même endroit…

Et soudain… Le repas qu'elle avait rapidement avalé en attendant que l'eau chauffât dans la cuisine s'agitait curieusement à l'intérieur de son ventre. C'était une sensation étrange, et elle ne douta pas un instant qu'il s'agissait d'une nausée. Qu'allait-elle dire ? « Est-ce ma faute si je suis malade dès que je m'approche de vous, capitaine ? » Bravo !

— J'ai terminé, monsieur, déclara-t-elle en lui tendant le gant de toilette par-dessus son épaule.

Il ne le prit pas.

— Pas tout à fait, petit. Plus bas sur les reins.

Elle ne se souvenait pas si elle l'avait déjà ou non frotté là, mais elle le fit, heureuse que l'eau fût suffisamment savonneuse pour qu'elle ne le vît pas. Elle descendit encore, jusqu'à la base de sa colonne vertébrale afin qu'il ne pût lui reprocher son manque de bonne volonté. En se penchant, elle respira l'odeur de ses cheveux, l'odeur propre de son corps... Et elle l'entendit gémir.

Elle recula si vivement qu'elle heurta le mur derrière elle. Il s'était retourné aussi vite, et la crucifiait de son regard ardent.

— Excusez-moi, murmura-t-elle. Je ne voulais pas vous faire mal, je vous le jure.

— Calme-toi, Georgie.

Il lui tourna de nouveau le dos et posa la tête sur ses genoux.

— C'est une simple... raideur. Tu ne pouvais pas savoir. Ça suffit, je vais terminer moi-même.

Elle se mordit la lèvre. Il semblait vraiment souffrir. Cela aurait dû lui faire plaisir, et pourtant elle avait envie de... de quoi ? D'apaiser sa douleur ? Avait-elle perdu l'esprit ?

Elle sortit de la pièce aussi vite qu'elle put.

17

James en était à son second verre de cognac lorsque Georgie revint dans la cabine. Il s'était ressaisi, mais il s'étonnait encore de la facilité avec laquelle les doigts innocents de la jeune fille l'avaient ému. Au temps pour ses plans si bien conçus ! Il avait imaginé qu'elle le rincerait, lui tendrait la serviette, l'aiderait à enfiler sa robe de chambre. Il avait eu envie de voir ses ravissantes joues se teinter de rose. Au lieu de cela, c'est lui qui aurait rougi s'il avait dû se lever à ce moment-là. Jamais de sa vie il n'avait eu honte d'une honnête réaction de son corps... mais cette fois, la jeune fille aurait pensé que cette réaction était provoquée par un garçon !

Bon sang, tout devenait compliqué, alors que le jeu aurait dû se dérouler si simplement ! Il pensait avoir l'avantage pendant qu'elle se trouvait entre ciel et terre, à sa merci. Il avait un instant rêvé qu'elle serait tellement séduite par sa virilité qu'elle jetterait toute prudence au vent et l'implorerait de la prendre. Un rêve magnifique, où il feindrait l'indignation du naïf capitaine sexuellement agressé par son garçon de cabine.

Il protesterait, mais elle insisterait doucement, et il céderait enfin... comme il convient à un galant homme.

Or, comment cela serait-il possible s'il avait une réaction immédiate dès qu'elle s'approchait de lui ? Si elle s'en rendait compte, l'adorable tricheuse s'imaginerait qu'il avait un faible pour les jeunes garçons, ce qui était tout bonnement dégoûtant. Bon sang, il fallait absolument qu'il lui fît avouer sa petite supercherie !

Il la suivit des yeux tandis qu'elle se dirigeait vers le coin qu'il lui avait assigné, un gros sac de toile sous un bras, le hamac jeté sur l'épaule. Le sac était gros : il contenait sûrement une ou deux robes. Et peut-être quelques éléments susceptibles d'éclaircir le mystère qui l'entourait.

Il avait déjà découvert de nouveaux indices, au cours de la soirée. Connie avait insisté sur le fait qu'elle utilisait le plus naturellement du monde les termes de marine. Aussi, malgré ce qu'elle prétendait, était-elle sans doute familière avec la navigation.

Et elle avait appelé son « frère » Mac, ce qui donnait à penser qu'ils n'étaient pas du tout parents. Sinon, elle aurait utilisé son prénom, voire un surnom, puisqu'elle était censée s'appeler aussi MacDonell. Cependant, elle avait des frères, elle en avait parlé. Alors, qui était l'Écossais pour elle ? Un ami, un amant... un mari ? Dieu, surtout pas d'amant ! Un mari si elle voulait, des douzaines de maris, même. Mais un amant, c'était important, et c'était le rôle que se réservait James.

Georgina sentait son regard fixé sur elle tandis qu'elle arrimait son hamac. Il était assis à son bureau mais ne parlait pas, et elle non plus. Depuis qu'elle était entrée, elle ne l'avait regardé qu'une seule fois. Et ce rapide coup d'œil…

Il portait le peignoir de soie émeraude. Jamais Georgina n'avait trouvé couleur si belle. Celle-ci approfondissait le vert de ses yeux, rehaussait sa blondeur, accentuait le hâle de sa peau. Or, sa peau, on en voyait beaucoup, car la robe de chambre dénudait presque tout son torse couvert d'une toison dorée qui brillait sous la lampe.

Georgina passa un doigt dans l'encolure montante de sa chemise. Il faisait tellement chaud dans cette cabine ! Ses vêtements pesaient des tonnes, le bandage l'étouffait. Pourtant, elle ne retirerait que ses bottes pour dormir. D'ailleurs c'est ce qu'elle fit, assise par terre, avant de les ranger correctement contre le mur.

James Malory ne la quittait pas des yeux, observait chacun de ses gestes.

Mais non, elle devait se faire des idées. Pourquoi se serait-il intéressé ainsi à elle ? À moins que… Elle sourit. Le capitaine attendait probablement de la voir grimper dans le hamac… et se retrouver aussitôt les quatre fers en l'air. Il aurait sans doute un commentaire ironique tout prêt sur sa maladresse et son inexpérience – une plaisanterie bien désagréable, destinée à la mettre mal à l'aise… Eh bien, il en serait pour ses frais ! Elle connaissait les hamacs depuis qu'elle était toute petite, elle avait joué dedans, y avait fait des siestes lorsque, plus grande, elle passait des journées entières sur les vaisseaux de la Skylark qui mouillaient au port. Elle avait moins de chances d'en tomber que d'un lit normal. Le capitaine pouvait ravaler ses méchancetés, et qu'il s'étrangle donc avec !

Elle s'installa dans le hamac avec l'aisance d'un vieux loup de mer, puis jeta un rapide coup d'œil vers le bureau. Le capitaine la regardait toujours, mais son visage ne trahissait aucune surprise.

— Tu ne vas tout de même pas dormir tout habillé, petit ?

— Si, capitaine.

Elle aurait dû penser à ça, il fronçait les sourcils.

— Je n'ai jamais dit que tu devais passer la nuit à te lever pour t'occuper de moi. C'est ce que tu as compris ?

— Non.

C'était un mensonge, mais un de plus ou un de moins...

— Je dors toujours habillée. Je ne me rappelle même plus pourquoi j'ai commencé, c'était il y a bien longtemps, mais à présent c'est devenu une habitude.

Et, pour faire bonne mesure, au cas où il aurait l'audace de lui suggérer d'en changer, elle conclut :

— Je crois que je n'arriverais pas à fermer l'œil si je n'avais tous mes vêtements sur moi.

— Comme tu voudras. J'ai mes manies pour dormir, moi aussi, bien qu'elles soient à l'opposé des tiennes.

Que voulait-il dire ? Georgina ne fut pas longue à le découvrir. L'homme se leva et se dirigea vers le lit en se débarrassant de son peignoir.

« Mon Dieu, ce n'est pas possible ! Il ne peut pas être en train de traverser la pièce tout nu ! »

Mais si ! Et elle ne ferma pas les yeux, enfin pas tout de suite. Après tout, ce n'était pas un spectacle si fréquent. Elle n'avait même jamais vu un si beau spécimen de mâle, splendide de la tête aux pieds. Elle aurait aimé lui trouver des défauts, un gros ventre, ou alors un petit...

« Ne rougis pas, idiote ! Personne ne t'a entendue penser, et tu n'es même pas allée jusqu'au bout. Bon, il est parfait sur tous les points. Et après ? »

Elle ferma enfin les paupières, mais trop tard : elle n'oublierait pas de sitôt la vision de cet homme magnifique. Que le diable l'emporte, cet impudique capitaine ! Non, c'était injuste. Qu'importait la nudité entre hommes ?

— Tu veux bien éteindre les lampes, Georgie ?

Elle poussa un petit gémissement contrarié, et il soupira.

— Ça va. Ne bouge pas. Tu es déjà couché, et ne tentons pas le sort en te faisant grimper une deuxième fois dans ce hamac sans catastrophe.

Elle grinça des dents. Elle l'avait eue, sa pique ! Cet homme était décidément diabolique. Elle faillit dire qu'elle allait s'occuper des lampes, afin de lui montrer qu'elle était capable de recommencer son « exploit ». Mais il aurait fallu pour cela qu'elle ouvrît les yeux, or il n'était pas encore dans son lit. Non, il valait mieux rester tranquille.

Pourtant, elle ne put s'empêcher de le regarder de nouveau. La tentation était trop forte. En outre, si cet exhibitionniste se donnait en spectacle, autant qu'il eût un public pour l'apprécier. Non qu'elle l'appréciât ! Certes non. C'était simplement une sorte de curiosité, doublée de son instinct de conservation. Après tout, si elle avait eu un serpent près d'elle, elle l'aurait surveillé aussi !

Mais, pour intéressante que fût l'expérience, elle souhaitait qu'il en finît rapidement. Cette étrange nausée remontait en elle. Dieu, qu'il avait les hanches minces ! Faisait-il de plus en plus chaud dans la pièce ? Et ses jambes longues, musclées... Sa virilité était bouleversante, intimidante.

O mon Dieu, il venait vers elle ! Pour quoi faire ? Ah, la lanterne près de la baignoire. Qu'il fût maudit, à lui causer des frayeurs pareilles !

Le coin où dormait Georgina se trouvait maintenant dans la pénombre. Il ne restait que la lumière de la table de chevet et, cette fois, Georgie ferma bien fort les yeux. Elle ne voulait pas le voir se coucher sur ce matelas si doux. Et s'il ne se servait pas de la couverture ? La lune n'allait pas tarder à inonder la cabine de sa lueur argentée. Elle n'ouvrirait plus les yeux, même pour sauver son âme. Allons, c'était un peu excessif. Pour sauver son âme, si, peut-être.

Où était-il, à présent ? Elle ne l'avait pas entendu marcher jusqu'au lit.

— Au fait, petit, est-ce que Georgie est ton nom de baptême, ou un surnom dont t'a affublé ta famille ?

« Il n'est pas à côté de moi, nu comme un ver. Non ! Je me fais des idées. J'ai tout imaginé. Il n'a jamais enlevé son peignoir. Nous sommes déjà tous les deux endormis... »

— Comment ? Je ne t'ai pas bien entendu, petit.

Entendu quoi ? Elle n'avait pas prononcé un mot. Et elle n'en avait aucune intention. Qu'il la crût donc endormie. Mais s'il la secouait pour la réveiller, juste afin d'obtenir une réponse à sa stupide question ? Elle était si tendue qu'elle hurlerait sans doute... « Réponds-lui, idiote, et il te laissera tranquille. »

— C'est mon vrai prénom... monsieur.

— C'est bien ce que je craignais. Ça ne va pas, tu sais. J'ai connu des femmes qui s'appelaient ainsi, comme diminutif de Georgette, ou de Georgina, ou d'un autre nom aussi affreux. Tu ne voudrais pas qu'on te prenne pour une fille, n'est-ce pas ?

— Je n'y ai jamais pensé, répliqua-t-elle d'une voix mal assurée.

— Eh bien, ne te tourmente pas. J'ai décidé de t'appeler George. Ça fait plus viril, tu ne trouves pas ?

Il se moquait sûrement de ce qu'elle en pensait, et elle le lui rendait bien. Pourtant elle n'avait pas l'intention de poursuivre cette discussion avec un homme nu près de son hamac.

— Comme il vous plaira, capitaine.

— Comme il vous plaira ? Décidément, j'aime beaucoup ton attitude, George. Vraiment.

Elle soupira en l'entendant enfin s'éloigner. Elle ne se demanda même pas pourquoi il riait doucement. Mais, malgré ses fermes résolutions, elle finit par ouvrir de nouveau les yeux. Cette fois, elle avait attendu trop longtemps. Il était couché et décemment couvert. Cependant sous les rayons de la lune, elle le vit, les bras croisés derrière la tête... souriant. Il souriait ? Non, ce devait être une illusion d'optique. Et de toute façon, quelle importance ?

Furieuse contre elle-même, elle se tourna vers le mur, afin de ne plus être tentée. Et elle soupira encore, mais cette fois cela fit le bruit d'un ballon qui se dégonfle...

18

Georgina eut un mal fou à s'endormir ce soir-là, mais tout à coup elle sursauta en entendant :

— Montre ta jambe, George !

Cette expression vieille comme le monde voulait dire « dépêche-toi de te lever ». Elle cligna des yeux. Il faisait grand jour.

Dieu merci, le capitaine était décemment vêtu, au moins en partie. Il portait un pantalon, ce qui n'était déjà pas mal. Et il enfilait une chemise de soie noire semblable à la blanche de la veille, sauf qu'il ne la boutonna pas. Le pantalon était noir aussi, et avec un anneau dans l'oreille pour couronner le tout, ce maudit individu aurait eu l'air d'un pirate ! Elle retint tout à coup son souffle : il portait effectivement un petit anneau d'or, à peine visible sous la masse de ses cheveux blonds encore ébouriffés de la nuit.

— Vous avez un anneau !

Cela lui valut un regard paresseux et, ce qu'elle trouvait particulièrement irritant et arrogant, son fameux haussement de sourcils.

— Tu l'as remarqué ? Qu'en penses-tu ?

Elle n'était pas assez réveillée pour réfléchir, aussi répondit-elle franchement :

— Vous avez l'air d'un flibustier.

— Vraiment ? J'aurais plutôt dit un libertin.

— Pourquoi portez-vous cela ? demanda-t-elle, curieuse.

— Pourquoi pas ?

Il n'était pas très coopératif, ce matin ! Et que lui importait qu'il eût l'air d'un pirate, puisqu'il n'en était pas un ?

— Allons debout, George. La matinée est déjà bien avancée.

Les dents serrées, elle s'assit, balança le hamac et sauta légèrement à terre. Il l'appelait George avec une sorte de délectation, comme s'il devinait combien ça l'ennuyait. « Plus viril... » Elle connaissait bien des hommes surnommés Georgie, mais pas une autre femme qui possédât ce diminutif.

— Pas l'habitude de dormir dans un hamac, hein ?

Nom d'un chien, elle en avait assez de ses commentaires !

— À dire vrai...

— Je t'ai entendu te retourner toute la nuit. Et cette corde qui grince m'a réveillé, je dois l'avouer. J'espère que cela ne se reproduira plus, George. Sinon je serais obligé de t'offrir de partager mon lit, juste pour ne pas être dérangé.

Elle pâlit. Il en était bien capable !

— Je ferai attention, capitaine.

— Tant mieux. Maintenant, j'espère que tu as la main sûre.

— Pourquoi ?

— Parce que tu vas devoir me raser.

Quoi ? Comment le pourrait-elle ? Elle serait de nouveau malade ! Et obligée de lui avouer qu'elle avait la nausée chaque fois qu'elle le touchait...

Elle réprima un gémissement désespéré. C'était impossible à dire, il en serait gravement insulté. Et il lui rendrait la vie bien plus terrible encore.

— Je n'ai jamais fait ça, capitaine. J'aurais peur de vous lacérer la peau.

— Je souhaite sincèrement que non, mon garçon, car cela fait partie de tes tâches. Et j'aimerais que tu perfectionnes ton service en tant que valet de chambre. Tu as sans doute remarqué que j'ai dû m'habiller seul, ce matin.

Elle eut envie de hurler. Elle ne pourrait éviter de l'approcher, et il remarquerait sans doute la profonde aversion qu'elle ressentait pour lui...

À moins que ce ne fût pas à cause de lui ? Que ces nausées soient provoquées par le mal de mer ? Mais non. Jamais elle n'avait souffert du moindre trouble sur un bateau. C'était bien lui. Néanmoins, elle pourrait toujours dire que c'était le mal de mer.

Elle se sentit soudain plus légère, et promit en souriant :

— Je ferai mieux demain, capitaine.

Il la regarda longuement avant de déclarer, brusque :

— Parfait. Je dois m'entretenir avec Connie, maintenant. Tu as dix minutes pour aller chercher de l'eau chaude et préparer mes rasoirs. Ne me fais pas attendre, George.

Il était sans doute furieux d'avoir dû s'habiller lui-même, pensa-t-elle alors qu'il sortait en claquant la porte. Il n'avait même pas pris la peine d'enfiler ses bottes. Qu'il attrape donc des échardes dans les pieds ! Mais non, il l'obligerait à les lui retirer...

Soudain, elle se rendit compte qu'elle avait la cabine à elle toute seule pour quelques instants, et elle se dirigea vers la commode afin de récupérer le pot de chambre qu'elle y avait dissimulé.

James rentra avec autant de fracas qu'il était sorti. Cette fois, la porte heurta le mur. Il avait eu l'intention de la surprendre, cette petite dont le sourire l'avait bouleversé. Et pour la surprendre, il la surprenait ! Lui aussi, d'ailleurs. Quel imbécile, de n'avoir pas imaginé qu'une femme déguisée en garçon devait répondre à certains appels de la nature, et aussi se changer, se laver...

En l'obligeant à vivre dans sa cabine, il lui avait offert un peu plus d'intimité qu'elle n'en aurait eu autrement, mais c'était pour lui qu'il l'avait fait, afin de mener plus commodément son jeu.

Il aurait tout de même pu y penser ! Il l'avait plus ou moins forcée à prendre ce risque en la tirant du sommeil pour l'obliger à se mettre au travail aussitôt. C'était sa faute si elle était en train de cacher son visage dans ses jolis genoux nus. Et, bon sang, il ne pouvait rien faire pour soulager son embarras ! Devant un garçon, il ne sortirait pas de la pièce en s'excusant, bien sûr ! Il considérerait la situation tout à fait banale – ce qu'elle serait, d'ailleurs.

Mais elle n'était pas George et, par le Ciel, la situation n'avait rien de banal ! La chère petite avait le pantalon baissé, et James restait planté sur le seuil comme un idiot.

Il leva les yeux au plafond et se précipita vers le pied du lit pour chercher ses bottes.

— Ne t'occupe pas de moi, George, dit-il plus sèchement qu'il ne l'aurait souhaité. J'ai oublié de me chausser.

— Capitaine, je vous en prie...

— Pas de simagrées. Tout le monde se sert de cet instrument.

Elle eut un petit gémissement et il sortit en claquant une fois de plus la porte. Il craignait que l'incident ne lui retombât sur le nez. Les femmes étaient parfois tellement pudiques sur ces problèmes ! Elles étaient capables de refuser d'adresser la parole à un homme qui avait été témoin de leur gêne, ou qui l'avait causée. Alors quand c'étaient les deux !...

Par le diable, il n'avait aucune idée de la façon dont réagirait la jeune fille. Elle pourrait en rire, rougir pendant quelques jours, ou se fourrer sous le premier lit venu et ne plus en sortir de toute la traversée. Il l'espérait plus robuste. Pour se lancer dans une telle aventure, il fallait du courage, et de l'audace. Néanmoins, il ne pouvait savoir. Et son humeur s'en ressentit.

Georgina n'envisageait pas du tout de se cacher sous un lit. Ses choix étaient clairs : sauter du bateau, passer le reste de la traversée avec les rats à fond de cale, ou tuer James Malory. C'était la dernière solution qui la séduisait le plus. Mais quand elle monta sur le pont, elle apprit qu'il distribuait des punitions sans raison – ou plutôt, comme l'exprima un matelot, parce qu'il avait « une bernacle dans le pantalon ». Cela signifiait qu'il était contrarié au point de s'en prendre aux intrépides qui avaient le malheur de se trouver sur son passage.

Elle se sentit un peu mieux. Lorsqu'elle revint dans la cabine avec l'eau chaude de Sa Seigneurie, elle avait décidé qu'il devait être plus gêné qu'elle... Non, pas plus, personne au monde ne pouvait l'être. Mais s'il en était juste un petit peu contrarié, elle survivrait, surtout si cela suffisait à le mettre de méchante humeur.

Quelques minutes plus tard, la porte s'ouvrit doucement et Georgina faillit pouffer en voyant le capitaine du *Maiden Anne* glisser la tête par l'entrebâillement pour vérifier qu'il ne dérangeait pas.

— Alors, petit, tu es prêt à me trancher la gorge ?

— J'espère ne pas être à ce point maladroit.

— Je partage ce souhait, vois-tu.

Il se secoua de son embarras, qui était vraiment comique chez un personnage comme lui, et se dirigea vers la table où elle avait posé la cuvette d'eau chaude. Les rasoirs étaient étalés sur une serviette, et le blaireau était plein de mousse à raser. Comme il s'était absenté bien plus de dix minutes, elle avait également rangé la chambre, fait le lit, plié son hamac. Elle n'était pas encore allée chercher le petit déjeuner, mais Shawn O'Shawn était en train de le préparer.

— Tu as déjà fait ça, finalement ? demanda-t-il en désignant les objets si bien alignés.

— Non, mais j'ai regardé mes frères.

— C'est mieux que rien. Bon, allons-y.

Il ôta sa chemise qu'il jeta sur la table avant de se tourner vers elle. Georgina ouvrit de grands yeux. Il n'avait tout de même pas besoin de se déshabiller, elle avait toutes les serviettes nécessaires pour protéger sa chemise. Sapristi, elle allait les utiliser malgré tout !

Mais il les refusa.

— Si je veux que tu m'étouffes, George, je te le ferai savoir.

Elle avait une souveraine envie de lui trancher la gorge ! Et elle y aurait cédé sans l'idée qu'il lui faudrait nettoyer le sang après. Avec toute cette peau dorée pour la perturber, toutefois, cela risquait bien d'arriver... accidentellement.

Il fallait agir vite, avant que cette fichue nausée ne s'emparât d'elle. « Ne regarde pas en haut, Georgina, ni en bas, ne fixe que ces satanés poils de barbe. »

Elle le badigeonna de crème à raser à bout de bras mais dut s'approcher ensuite. Elle se concentrait sur sa tâche, ou du moins elle essayait. Il fixait ses yeux, et quand leurs regards se croisèrent, elle sentit son cœur s'accélérer follement. Elle se détourna aussitôt, mais pas lui.

— Cesse de rougir, petit, la gronda-t-il. Quelle importance, entre hommes, de se voir dans cette posture ?

Maudit fût-il ! Elle ne pensait plus à *ça !* Elle rougit de plus belle.

— J'ignore pourquoi j'en prends la peine puisque je suis ici chez moi, mais je te demande pardon, George, pour ce qui s'est passé tout à l'heure. À te voir, on aurait cru une timide jouvencelle.

— Je suis désolé, monsieur.

— Peu importe. La prochaine fois que tu auras besoin d'être seul, mets un panneau sur la porte.

Je le respecterai, et personne d'autre n'entre ici sans y être invité.

Un verrou aurait mieux fait l'affaire, mais elle n'osa le suggérer. Elle ne s'était pas attendue à tant de considération, de générosité de la part de cet homme. Peut-être même pourrait-elle prendre un bain à présent, au lieu de se contenter d'une toilette de chat devant le lavabo.

— Écoute, George, j'aime assez mon visage. Tu veux bien lui laisser un peu de peau ?

Elle sursauta et, impulsivement, jeta le rasoir sur la table.

— Alors, faites-le vous-même !

Elle lui tourna le dos, et il déclara, amusé :

— Par ma foi, le gamin a du tempérament !

Elle gémit à haute voix en réalisant ce qu'elle venait de faire. Elle l'affronta, terrifiée.

— Navrée, capitaine. Je ne sais pas ce qui m'a pris. Franchement, je n'ai pas mauvais caractère. Vous pouvez demander à Mac.

— Mais c'est à toi que je parle. Tu n'as pas peur de me dire la vérité, n'est-ce pas, George ?

— Pas du tout. Je le devrais ?

— Certes non. Ta stature t'avantage, vois-tu. Tu es trop petit pour que je te fasse fouetter, et je ne voudrais pas me faire de tort en t'infligeant du travail supplémentaire que tu ne supporterais pas. Donc tu peux te sentir tout à fait libre de m'ouvrir ton cœur. Après tout, nous sommes assez intimes, maintenant.

— Et si je franchissais la frontière, si je devenais irrespectueux ?

— Tu recevrais une bonne fessée. C'est le seul recours possible contre un garçon de ton âge. Mais je crois que ce ne sera pas nécessaire.

— Non, monsieur. Certainement pas, dit-elle, les dents serrées, horrifiée et scandalisée à la fois.

— Alors finis de me raser. Et tâche de faire un peu plus attention, cette fois.

— Si vous Vouliez bien... ne plus parler, je me concentrerais mieux, suggéra-t-elle avec autant de respect que possible.

Il haussa un sourcil.

— Vous avez dit que je pouvais parler librement, marmonna-t-elle en s'emparant du rasoir. Alors tant que j'y suis : je déteste ça.

— Quoi ?

— Ce haussement de sourcil dédaigneux.

— Bon sang, petit, ta façon de t'exprimer me sidère. Vraiment.

— Vous me trouvez drôle à présent ?

— Je trouve surtout, mon cher enfant, que tu m'as pris beaucoup trop au pied de la lettre. Quand je t'ai dit de me parler en toute franchise, je ne pensais pas que tu aurais l'aplomb d'en profiter pour critiquer ton capitaine. Là, tu passes les bornes, tu sais ?

Elle le savait. Elle avait juste voulu voir jusqu'où elle pouvait aller. Pas très loin, à la vérité.

— Excusez-moi, capitaine.

— Je t'ai prié hier de me regarder dans les yeux quand tu avais quelque chose à te faire pardonner... C'est mieux. Ainsi, tu détestes ça ?

Le diable l'emporte ! Il semblait s'amuser énormément. Et elle détestait cette idée plus encore, d'autant qu'elle ne comprenait pas pourquoi.

— J'estime ne pas avoir intérêt à répondre à cette question, capitaine.

Il éclata de rire.

— Bien joué, George ! Tu commences à apprendre, bravo !

Il lui assena sur l'épaule une petite claque amicale qui la fit trébucher contre sa cuisse. Il tendit les bras pour la rattraper, et elle s'accrocha du même geste à lui. Quand ils s'en rendirent compte tous les deux, le bateau aurait pu chavirer, ils ne l'auraient pas senti. Un courant passa, l'espace de quelques secondes, puis ils se lâchèrent comme s'ils venaient de se brûler.

— Mes favoris ont dû pousser d'un centimètre depuis que tu as commencé à me raser, George, dit enfin le capitaine d'une voix mal assurée. J'espère que tu t'amélioreras avant la Jamaïque.

Georgina était encore trop bouleversée pour répondre, aussi se remit-elle au travail en silence. Son cœur battait la chamade, et c'était normal : elle avait cru basculer par-dessus sa jambe la tête la première…

Mais quand elle lui tourna le visage afin de terminer l'autre côté, elle remarqua quelques gouttes de sang là où elle l'avait coupé. Machinalement, elle les essuya doucement du bout des doigts.

— Je ne voulais pas vous faire mal.

Si sa voix était chargée de douceur, la sienne le fut plus encore lorsqu'il murmura :

— Je sais.

O mon Dieu, ça y était ! La nausée !

19

— Ça ne va pas, Georgie, mon garçon ?

— « Georgie » suffit, Mac.

— Non, dit l'Écossais en regardant autour de lui pour s'assurer qu'ils étaient seuls. J'ai failli t'appeler « petite » plusieurs fois. Je dois faire attention.

— Comme tu voudras.

Georgina prit distraitement une corde dans le panier qui se trouvait entre eux, afin de l'épisser à celle qu'elle tenait sur ses genoux. Elle avait offert à Mac de l'aider pour passer le temps mais ne se concentrait guère sur sa tâche. Il avait déjà dû défaire l'une de ses épissures pour la recommencer lui-même. Elle ne l'avait même pas remarqué. Il secoua la tête.

— Non. Quelque chose ne va pas. Tu es beaucoup trop conciliante.

— Je suis toujours conciliante, protesta-t-elle sans toutefois faire de scène.

— Non. Pas depuis que tu t'es fourré dans la tête de venir en Angleterre. Tu t'es même montrée particulièrement pénible, tout ce temps.

Cette fois-ci, il obtint toute son attention.

— Tu as du toupet ! Tu n'étais pas obligé de venir ! J'aurais parfaitement pu partir sans toi !

— Tu sais fort bien que je ne t'aurais pas laissée t'embarquer seule. Et, à moins de t'enfermer, je n'avais pas le choix. D'ailleurs c'est bien ce que j'aurais dû faire !

— Peut-être... soupira-t-elle.

— Tu vois, tu es encore de mon avis : ça ne te ressemble pas. Et tu t'es comportée bizarrement toute la semaine. Cet homme te fait travailler trop dur ?

— Dur ?

Certes non. En fait, elle n'accomplissait pas la moitié des tâches qu'il lui avait annoncées.

Il était généralement debout et à demi vêtu avant son réveil. La seule fois où elle s'était levée avant lui, cela n'avait pas eu l'air de lui plaire. Elle avait appris à connaître ses humeurs, de son ironie coutumière aux réflexions plus mauvaises quand il était vraiment contrarié. Ce qui avait été le cas ce fameux matin. Georgina s'était bien promis de faire la grasse matinée jusqu'à la fin de la traversée.

Il était déjà difficile de s'approcher de lui, mais lorsqu'il était en colère... Enfin, cela ne s'était pas reproduit. Et il ne lui avait jamais demandé non plus de l'aider à se déshabiller pour son bain. D'ailleurs, finalement, il n'en prenait pas tous les soirs.

Il lui avait même proposé de se servir du tub, si elle le souhaitait. Elle avait refusé, évidemment. Elle ne pouvait prendre le risque de se dévêtir dans la cabine, même s'il respectait le panneau qu'elle plaçait sur la porte plusieurs fois par jour.

Et puis il y avait eu les séances de rasage. La première fois, elle ne savait pas comment elle s'en était sortie. Les feux de l'enfer se déchaînaient dans son ventre, et elle avait fini par lui lancer une serviette avant de se précipiter sur la porte en criant qu'elle allait chercher le petit déjeuner.

Il ne le lui avait redemandé qu'une seule fois, et elle l'avait tellement coupé qu'il avait déclaré en riant qu'il avait intérêt à se laisser pousser la barbe. Beaucoup de marins le faisaient, y compris Conrad, mais James continuait à se raser lui-même chaque jour, soit le matin soit l'après-midi.

Jamais elle n'avait eu à le servir à table. Il mangeait directement sur le plateau qu'elle lui apportait. Et jamais non plus il ne l'avait réveillée au milieu de la nuit, comme il l'en avait menacée.

Tout compte fait, elle avait peu de travail, et beaucoup de loisirs. Elle les passait dans la cabine en l'absence du capitaine, ou sur le pont avec Mac. Pourtant, si l'Écossais la trouvait bizarre, c'était entièrement la faute de James Malory.

Cette semaine lui avait paru une éternité. Elle était tendue en permanence, elle avait perdu l'appétit, le sommeil aussi. Et elle avait toujours cette étrange impression lorsqu'il s'approchait d'elle, quand il la regardait d'une certaine façon, même lorsqu'elle-même le fixait trop longtemps, et chaque fois qu'elle apercevait son corps nu... c'est-à-dire tous les soirs. Pas étonnant dans ces conditions qu'elle dormît mal et se sentît un vrai paquet de nerfs. Pas étonnant non plus que Mac l'eût remarqué.

Elle aurait préféré ne pas en parler, mais il attendait une réponse. Peut-être avait-elle besoin du bon sens de son ami pour mettre un peu d'ordre dans ses idées.

— Le travail n'est pas dur physiquement, dit-elle enfin. Ce qui est dur, c'est de servir un Anglais. Si c'était quelqu'un d'autre...

— Je vois ce que tu veux dire. Tu avais tellement hâte de quitter l'Angleterre et les Anglais... Et voilà que cette impatience t'oblige à vivre avec ce à quoi tu voulais échapper. Qu'il soit aristocrate aggrave encore les choses, je suppose...

— Il se conduit comme tel, concéda-t-elle, dédaigneuse, mais je doute qu'il en soit un. N'ont-ils pas une règle qui leur interdit de faire du commerce ?

— Quelque chose de ce genre, mais ils ne la suivent pas tous. D'autre part, nous ne sommes pas sur un navire marchand, donc il n'est pas dans le commerce, en tout cas pour cette traversée. Et j'ai entendu dire qu'il était vicomte.

— Formidable ! soupira-t-elle. Tu as raison, c'est encore pire. Un sale aristocrate ! Je me demande comment j'ai pu en douter.

— Espérons que cette expérience rachètera un peu ta folie et que tes frères la prendront en considération avant de t'infliger la correction de ta vie.

Elle sourit.

— Merci, Mac. Je savais que tu me remonterais le moral !

Il haussa les épaules et se remit à ses épissures. Georgina aussi, mais elle ne tarda pas à se replonger dans ce qui la tracassait vraiment. Elle décida de s'en ouvrir à Mac :

— As-tu entendu parler de gens qui sont malades quand ils s'approchent de quelque chose, Mac ?

Il leva les yeux, attentif.

— Malade comment ?

— Malade. Tu sais, la nausée.

— Oh, oui ! La nourriture produit souvent cet effet, sur un homme qui a trop bu, ou sur une femme enceinte.

— Non, pas dans ces cas-là. Je veux dire quand on se sent parfaitement bien jusqu'au moment où on approche cette chose.

De nouveau, il fronçait les sourcils.

— Une chose en particulier, c'est ça ? Et c'est cette chose qui te rend malade ?

— Je n'ai pas dit qu'il s'agissait de moi.

— Georgie...

— Bon, d'accord ! C'est le capitaine. La moitié du temps, quand je m'approche de lui, mon estomac réagit affreusement.

— La moitié seulement ?

— Oui. Ça ne se passe pas à chaque fois.

— Et tu es effectivement malade ?

— Je l'ai été une fois, mais... c'était le premier jour, je venais de découvrir qui il était. Depuis, c'est simplement une nausée, plus ou moins violente.

Mac se grattait la barbe, pensif. Il repoussa une idée absurde qui lui traversait l'esprit. Non, elle détestait beaucoup trop le capitaine pour pouvoir être séduite par lui, expérimenter une attirance sensuelle qu'elle confondrait avec une nausée... Il ne lui en parla même pas.

— C'est peut-être son eau de toilette, l'odeur de son savon ? Ou encore une lotion pour les cheveux ?

Elle ouvrit de grands yeux avant d'éclater de rire.

— Comment n'y ai-je pas pensé toute seule ?

Elle bondit sur ses pieds, faisant tomber le rouleau de corde.

— Où cours-tu comme ça ?

— Ce n'est pas son savon, je m'en sers aussi. Et il ne se met rien sur les cheveux. Mais il a un flacon de je-ne-sais-quoi dont il se sert après s'être rasé. Je vais le sentir tout de suite.

Il fut heureux de la voir sourire de nouveau, pourtant il crut de son devoir de la mettre en garde :

— Il s'en apercevra sûrement si tu le jettes pardessus bord.

— Alors je lui dirai la vérité. C'est une brute arrogante, mais... il n'est pas insensible au point de continuer à utiliser un produit qui me rend malade. Je te verrai plus tard, Mac, ou en tout cas demain, rectifia-t-elle en constatant que le soleil était bas sur l'horizon.

— Tu promets de ne rien faire qui mérite une punition ?

— Promis !

Elle était sincère. C'était certainement cette lotion, et elle s'en ouvrirait au capitaine. Elle aurait même dû lui en parler plus tôt, songeait-elle... juste au moment où elle le heurta de plein fouet sur le pont inférieur.

Elle ne put s'empêcher de plisser le nez en sentant son estomac se contracter.

— Ah ! s'exclama James Malory. Tu as dû lire dans mes pensées, George.

— Capitaine ?

— Ton expression. Tu as deviné que j'ai un reproche à te faire concernant tes habitudes d'hygiène... ou plutôt de manque d'hygiène.

Elle devint cramoisie d'indignation.

— Comment osez-vous... ?

— Oh, ça va, George. Je connais les garçons de ton âge ! Le bain leur semble la plus affreuse des tortures. J'ai été jeune, moi aussi. Mais tu partages ma cabine...

— Je ne l'ai pas demandé ! coupa-t-elle.

— J'ai un certain nombre de principes, et la propreté en fait partie, au minimum l'odeur de propreté.

Il plissa le nez lui aussi, pour ponctuer ses paroles. Si elle n'avait été absolument hors d'elle, elle aurait éclaté de rire en repensant à sa discussion avec Mac. Il trouvait qu'elle sentait mauvais ? Quelle ironie, et quelle revanche du sort si *elle* le rendait malade !

— Et comme tu ne t'efforces pas de respecter ce principe...

— Je vous ferai remarquer...

— Ne m'interromps pas, George ! ordonna-t-il sèchement. Ma décision est prise. Dorénavant, tu te baigneras au moins une fois par semaine, à dater d'aujourd'hui. Et c'est un ordre, mon garçon. Alors je te conseille de te dépêcher si tu es toujours aussi pudique. Tu as jusqu'à l'heure du dîner.

Elle ouvrit la bouche pour protester devant ce nouvel abus d'autorité, mais il haussa un sourcil, lui rappelant qu'elle n'avait pas intérêt à discuter ses satanés ordres.

— Oui, *monsieur*, lança-t-elle d'un ton aussi méprisant que possible.

James la suivit des yeux en se demandant s'il ne venait pas de commettre une colossale erreur. Il avait cru lui accorder une faveur en lui ordonnant de prendre un bain. Il savait qu'elle n'avait pas osé faire une toilette convenable depuis son arrivée à bord. Donc il avait décidé de prendre les choses en main et de l'obliger à faire ce dont elle mourait certainement d'envie. Il ne s'attendait pas à la vexer ainsi. Et pourtant, s'il avait un peu réfléchi – ce qu'il semblait incapable de faire, ces derniers temps –, cela ne l'aurait pas surpris.

« On ne dit pas à une dame qu'elle sent mauvais, sinistre imbécile ! » se gronda-t-il.

Il avait envie de s'envoyer des gifles.

20

La colère de Georgina fondit dans l'eau chaude à l'instant même où elle s'y allongea. C'était divin, presque autant que chez elle. Certes, à la maison, la baignoire était mieux adaptée à sa taille, mais c'était bon aussi d'avoir trop de place. Il lui manquait simplement ses sels parfumés et la femme de chambre qui l'aidait à rincer sa longue chevelure... ainsi que la certitude de ne pas être dérangée.

Elle pouvait s'immerger complètement dans le tub, et la peau fragile de ses seins brûla un peu quand elle le fit. Néanmoins, c'était une merveille ! Si seulement le capitaine n'avait pas insisté sur...

Oh, elle était heureuse qu'il l'eût fait. Sinon il lui aurait fallu encore au moins une semaine pour avoir le courage de se décider à prendre ce bain. Or, elle commençait à se sentir vraiment poisseuse, avec l'air marin, la chaleur qui régnait dans les cuisines... et même dans la cabine lorsque le capitaine se déshabillait. Cela ne lui suffisait plus de se passer rapidement une éponge humide sur le corps.

Cependant, malgré toute l'envie qu'elle en avait, elle ne pouvait s'attarder dans la bienfaisante eau chaude. Elle devait avoir réintégré son déguisement à l'heure du souper, cheveux séchés et enfermés, seins bandés. En outre, il était toujours possible que le capitaine eût un besoin urgent de quelque chose dans la cabine et qu'il ne respectât pas le panneau apposé sur la porte. Certes, le paravent la protégeait, mais l'idée d'être nue dans la même pièce que cet homme l'épouvantait.

Fidèle à sa promesse, il descendit bien plus tard. Elle avait eu le temps de dîner elle-même, et le repas du capitaine attendit, assez copieux pour deux personnes bien que Conrad ne dût pas le rejoindre ce soir-là.

Ce fut seulement plus tard qu'elle se rappela la bouteille de lotion après-rasage. Elle allait se décider à la sentir lorsqu'il l'appela de derrière le paravent et l'envoya chercher davantage d'eau pour ses cheveux. Et quand elle revint, il était temps de lui savonner le dos.

Elle s'en voulut d'avoir raté l'occasion. Peut-être disposerait-elle d'un peu de temps pendant qu'il se sécherait ? Absorbée par cette pensée, elle n'eut pas de nausée cette fois, et elle ne le remarqua même pas.

Comme elle lui laissait toujours ses serviettes à portée de main, elle s'éloigna du paravent dès qu'elle eut renversé le dernier seau d'eau tiède sur son dos pour le rincer, et se dirigea vers l'endroit où était rangé le flacon.

Mais, décidément, la chance n'était pas avec elle, car le capitaine surgit alors qu'elle avait encore la bouteille ouverte à la main. Pour une simple raison : elle avait été si déçue en la sentant qu'elle n'avait pas songé à la reposer tout de suite. Elle dégageait une odeur épicée, légèrement musquée, qui n'avait éveillé aucun malaise en elle. Non. C'était le capitaine lui-même qui la rendait malade. Pas son parfum.

— J'espère que tu n'as pas désobéi à mon ordre formel, George, dit-il sèchement.

— Pardon ?

— Que fabriques-tu avec ce flacon ?

Elle se hâta de le refermer.

— Ce n'est pas ce que vous croyez, capitaine. Je n'avais pas l'intention de m'en servir. D'ailleurs j'ai pris un bain, comme je vous l'avais promis, alors je n'en ai pas besoin. Je ne suis pas assez stupide pour imaginer que je pourrais masquer une mauvaise odeur par quelques gouttes de parfum. Je sais que certaines personnes le font... mais ce n'est pas mon genre.

— Ravi de l'apprendre, mon garçon. Pourtant cela ne répond pas à ma question.

— Oh... je voulais seulement...

« Le humer, alors qu'il le porte tout le temps ? Jamais il ne gobera ça, Georgie. Et pourquoi ne pas dire la vérité ? Après tout, il n'a pas hésité à déclarer que tu sentais mauvais ! »

— En fait, capitaine...

— Approche-toi, George. Je vérifierai par moi-même.

Quel sale type ! Il allait la sentir, et inutile de protester ! C'était un ordre. Seulement, il portait cet indécent peignoir de soie... Elle en transpirait déjà.

Elle approcha lentement de lui en se tordant les mains, nerveuse. Il se pencha sur son cou et renifla. L'incident n'aurait pas eu d'importance s'il n'avait effleuré sa joue.

— Par le Ciel, qu'est-ce qui te fait gémir ?

Il avait prononcé ces mots comme si c'était lui-même qui gémissait. La nausée était plus forte que jamais et Georgina dut bondir en arrière afin de pouvoir respirer librement de nouveau. Les yeux baissés, elle murmura :

— Je suis désolée, capitaine... Je n'y peux rien, vous... vous me rendez malade.

Elle n'aurait pas été étonnée de recevoir une solide correction, mais il ne bougea pas. Il se contenta de déclarer d'un ton indigné :

— Je te demande pardon ?

Elle aurait préféré une gifle que d'avoir à s'expliquer davantage. Comment avait-elle imaginé pouvoir lui dire la vérité, alors qu'elle était si gênante – pas pour lui, mais pour elle ? Apparemment, c'était le problème de Georgina, puisque personne d'autre n'était malade au contact du capitaine. Et il risquait bien de ne pas la croire, d'imaginer qu'elle se vengeait seulement de sa remarque désagréable de l'après-midi. Il en serait furieux. Par le diable, pourquoi ne pas avoir gardé ses réflexions pour elle ? Trop tard !

— Ce n'est pas pour vous insulter, capitaine, reprit-elle vivement, je vous le jure. J'ignore ce qui m'arrive. J'ai demandé à Mac, et il a pensé qu'il s'agissait peut-être de votre parfum. C'est pourquoi je respirais ce flacon... Mais ce n'est pas ça. C'est sans doute une simple coïncidence.

Elle se rasséréna avec cette idée et se risqua à lever les yeux sur lui tandis qu'elle insistait :

— Oui, une coïncidence.

— De quoi parles-tu, enfin ?

Dieu merci, il semblait garder son calme.

— Du fait que je suis malade lorsque je m'approche trop près de vous.

Inutile de préciser que cela arrivait même quand elle le regardait, ou quand il la regardait. Mieux valait en finir au plus vite sur ce sujet.

— Mais c'est mon problème, monsieur, et il ne m'empêchera pas de faire mon travail. Je vous en prie, oubliez tout cela.

— Oublier… ?

Il s'en étranglait ! En fait, il n'était pas si calme ! Il devait être simplement sous le choc provoqué par l'audace de son mousse, ou tellement en colère que les mots lui manquaient.

— De quelle… maladie s'agit-il ?

De pire en pire ! Il exigeait des détails. Si elle tentait de minimiser l'incident, il penserait qu'elle avait seulement voulu se venger et qu'elle le regrettait.

D'ailleurs, elle regrettait d'avoir parlé, mais à présent elle était obligée d'aller jusqu'au bout.

Elle rassembla tout son courage :

— Je suis navrée, capitaine, mais la seule comparaison qui me vienne à l'esprit est… une nausée.

— Et tu… ?

— Non ! C'est une sorte d'étrange malaise qui me coupe la respiration, me fait transpirer… Mais il ne s'agit pas de fièvre, j'en suis sûre. Et puis une sorte de faiblesse, comme si mes forces m'abandonnaient.

James la fixait, incrédule. La petite ignorait-elle ce qu'elle était en train de décrire ? Elle ne pouvait être naïve à ce point ! Soudain il eut une véritable révélation. *Elle le désirait*. Sa méthode de séduction peu orthodoxe avait marché, et il ne s'en était même pas rendu compte. Et cela parce qu'*elle* n'avait rien compris. Bon sang ! L'innocence était un cadeau du Ciel, mais dans ce cas précis, quelle catastrophe !

Il lui fallait revoir toute sa stratégie. Si elle ne connaissait pas la signification de ce qu'elle ressentait, jamais elle ne le supplierait de lui faire l'amour, n'est-ce pas ? Et alors, adieu son beau rêve !

— Ces symptômes sont-ils terriblement pénibles ? demanda-t-il prudemment.

Georgina fronça les sourcils. Pénibles ? Ils étaient terrifiants, parce qu'elle n'avait jamais connu rien de tel. Mais pénibles ?

— Terriblement… non, avoua-t-elle.

— Alors si j'étais toi, je me m'inquiéterais pas trop, mon garçon. J'ai déjà entendu parler de ce genre de problème.

Elle ouvrit de grands yeux.

— Vraiment ?

— Oui. Et je connais le remède.

— Vous êtes sûr ?

— Absolument ! Alors tu ferais mieux d'aller te coucher, mon cher enfant, et de t'en remettre à moi. Je m'en occupe… personnellement. Fais-moi confiance.

Il affichait un sourire tellement malicieux qu'elle songea qu'il se moquait d'elle. Peut-être ne l'avait-il pas crue, après tout.

21

— Tu dors, George ?

Elle aurait dû. Elle était couchée depuis plus d'une heure, pourtant elle était bel et bien éveillée. Et ce n'était pas la faute du capitaine, ce soir, car elle avait hermétiquement fermé les yeux à partir du moment où elle avait grimpé dans son hamac. Non, c'était la curiosité qui l'empêchait de s'endormir. Le capitaine connaissait-il vraiment la raison de son malaise, et était-il capable de le soigner ? De quelle façon ? Sans doute une potion au goût infâme !

— George !

Elle renonça à faire semblant de dormir. Après tout, une promenade jusqu'à la cuisine ne lui ferait pas de mal s'il avait faim.

— Oui ?

— Je n'arrive pas à dormir.

Elle leva les yeux au ciel. Elle s'en serait doutée !

— Avez-vous besoin de quelque chose ?

— Non. De quelqu'un pour m'apaiser. Peut-être que si tu me faisais la lecture… Oui, c'est ça. Allume une lampe, s'il te plaît.

« S'il te plaît ! Et s'il ne me plaît pas ? » se dit-elle tout en se levant. Oh, après tout, il l'avait prévenue qu'il exigerait sans doute cela d'elle. Et comme elle ne dormait pas, quelle importance ? Cependant, elle se demandait ce qui l'empêchait, lui, de dormir.

Elle alluma la lanterne près de son lit et l'emporta jusqu'à la bibliothèque.

— Qu'aimeriez-vous écouter, capitaine ?

— Il y a un petit livre sur l'étagère du bas, à droite... Et approche un fauteuil, je ne veux pas t'entendre crier de l'autre bout de la pièce.

Elle s'interrompit un instant. Elle détestait l'idée de se tenir près de son lit pendant qu'il y était. Puis elle se rappela qu'il était décemment couvert. D'ailleurs, elle n'aurait pas à le regarder. Elle lirait, et elle espérait que le texte serait assez ennuyeux pour l'endormir rapidement.

Elle tira donc un siège au pied du lit et posa la lanterne sur la table, derrière elle.

— Il doit y avoir une page marquée, dit-il. Tu peux commencer là.

Après s'être éclairci la gorge, elle commença sa lecture :

— « Sans aucun doute, jamais je n'en avais vu d'aussi ronds, d'aussi appétissants. Je mourais d'envie d'y mordre à belles dents. »

Dieu, quel ennui ! Ils ne tarderaient pas à somnoler tous les deux !

— « J'en pinçai un, lui arrachant un petit cri de plaisir. Les autres réclamaient ma bouche, qui se prêtait bien volontiers à ce jeu charmant. O joie ! O bénédiction ! Le goût de ces... délicieux... tétons... »

Georgina ferma brutalement le livre.

— C'est... c'est...

— Je sais. On appelle ça de l'érotisme, mon cher garçon. Ne me dis pas que tu n'as jamais lu de ces saletés. Tous les gamins de ton âge le font. Ceux qui savent lire, en tout cas.

— Eh bien pas moi ! répondit-elle sans réfléchir, tant elle était indignée.

— Encore des simagrées, George ? Continue à lire, cela t'instruira, au moins.

Dans des moments comme celui-ci, elle regrettait son déguisement. Georgina avait vraiment envie de gifler le capitaine, mais un jeune garçon aurait sûrement accueilli cette... corruption avec plaisir.

— Et vous aimez véritablement ces... saletés, comme vous dites ?

— Grands dieux non ! Si je les aimais, cela ne m'endormirait pas !

Il semblait sincère et elle en fut quelque peu rassérénée. Mais pour tout l'or du monde, elle n'aurait pas rouvert cet horrible ouvrage... du moins devant lui.

— Si cela ne vous dérange pas, capitaine, je préférerais trouver un autre livre ennuyeux, quelque chose de moins... moins...

— Et pudibond, en plus ! soupira-t-il. Jamais je ne ferai de toi un homme. Bon, tant pis, George. C'est une horrible migraine qui me tient éveillé, mais tu peux sans doute y remédier. Viens me masser les tempes.

Masser ? Toucher et se tenir toute proche ? Elle était rivée à son siège.

— Je ne sais pas...

— Je te montrerai. Approche.

— Capitaine...

— Bon sang, George ! coupa-t-il avec force. On ne discute pas avec un homme qui souffre.

Elle ne faisait toujours pas mine d'obéir, et il se radoucit un peu :

— Si tu t'inquiètes pour ton fameux malaise, petit, essaie de ne plus y penser, ça t'aidera. Mais que cela te prenne ou non, mon mal est plus important que le tien, pour l'instant.

Il avait raison, bien sûr. Le capitaine était plus important qu'un simple mousse...

Elle se leva très lentement et vint s'asseoir de travers au bord du lit.

« Ne pense plus à rien et, surtout, évite de le regarder... »

Elle fixait résolument les colonnes sculptées de la tête de lit. Aussi sursauta-t-elle lorsqu'il lui prit les mains pour les porter à son visage.

« Fais comme s'il s'agissait de Mac. Tu le soignerais volontiers, tes frères aussi... »

Il pressait le bout de ses doigts sur ses tempes, puis leur imprima un léger mouvement de rotation.

— Détends-toi, George. Ça ne va pas te tuer.

C'était exactement ce qu'elle était en train de se dire. Que devait-il penser ? Qu'elle avait peur de lui ? Et c'était vrai, bien qu'elle fût à présent incapable de savoir pourquoi.

Après une semaine passée près de lui, elle ne croyait plus qu'il risquait de lui faire du mal. Alors ?

— Vas-y tout seul maintenant, George. Garde le même rythme.

Il avait lâché ses mains, mais elle sentait à présent la douceur de sa peau sous ses doigts. Elle le touchait... et cela ne se passait pas trop mal. Jusqu'à ce qu'un léger geste fît tomber une mèche de cheveux sur le dos de sa main. Comme ils étaient doux, et frais ! Quel contraste avec la chaleur qui se dégageait de son corps... Elle percevait celle-ci contre sa hanche, et se rendit compte qu'il n'avait pas tiré le couvre-lit sur lui. Il était seulement couvert du drap de soie, du *mince* drap de soie qui le moulait.

Elle n'avait aucune raison de regarder, absolument aucune. Mais s'il s'endormait ? Était-elle censée continuer de le masser ? Impossible. Il ronflerait, elle s'en apercevrait. Quoiqu'elle ne l'eût jamais entendu ronfler.

« Regarde-le ! Une bonne fois pour toutes ! »

C'est ce qu'elle fit... à ses risques et périls. L'homme paraissait aux anges. Il avait les yeux clos, un sourire sensuel jouait sur ses lèvres, et il était diaboliquement beau. Il ne dormait pas. Il goûtait seulement son massage... O mon Dieu, quelque chose l'envahissait par vagues, une chaleur, une faiblesse, une tempête en elle... Elle laissa retomber ses mains, mais il les attrapa avec une vivacité qui la surprit et, lentement, il les porta cette fois à ses joues.

Elle plongea dans ce regard vert qui l'hypnotisait. Et puis cela arriva. Ses lèvres sur les siennes, ardentes, exigeantes... Elle se trouva emportée dans un tourbillon de sensations bouleversantes.

Elle ne sut combien de temps s'écoula avant qu'elle prît conscience de ce qui se passait. James Malory l'embrassait avec toute la passion dont un homme est capable, elle lui rendait ses baisers comme si sa vie en dépendait. Et c'était bien. La nausée était revenue, plus forte encore, mais c'était un merveilleux malaise et... Merveilleux ? Non, quelque chose n'allait pas. Il embrassait George !

Elle se glaça soudain et tenta de le repousser, mais il la tenait fermement, et elle parvint tout juste à se dégager de ses lèvres.

— Capitaine ! Arrêtez ! Êtes-vous devenu fou ?

— Tais-toi, petite fille. Je ne peux plus jouer à ce jeu.

— Quel jeu ? Vous êtes complètement fou ! Non, attendez !

Il avait roulé sur elle, l'écrasant de tout son poids, et elle fut un moment incapable de parler. Le délicieux malaise la submergeait. Soudain, elle se reprit. *Petite fille ?*

— Vous savez ! l'accusa-t-elle en le repoussant aux épaules afin de mieux le voir. Vous avez toujours su, n'est-ce pas ?

James était au bord de la plus grande jouissance de sa vie, mais il n'allait pas commettre l'erreur de tout avouer à cette ravissante jeune fille dont il sentait la colère monter, irrépressible.

— J'aurais fichtrement aimé le savoir ! grommela-t-il à voix basse en la débarrassant de son gilet. Et tu me raconteras tout cela plus tard, j'y compte bien.

— Alors, comment... Oh !

Elle s'accrocha à lui en sentant une langue courir le long de son cou, un frisson de plaisir pur la parcourut lorsqu'il lui mordilla l'oreille.

— Elles ne sont pas du tout pointues, petite menteuse.

Il eut un rire rauque, et elle sourit en retour. Elle n'était plus terrifiée par les conséquences de cette découverte, pas quand elle était dans ses bras. Elle aurait dû l'arrêter, mais ne le pouvait pas : elle n'avait plus en elle une once de force ni de volonté.

Elle retint son souffle quand il lui enleva d'un seul geste la casquette et le bas, libérant sa chevelure châtaine. Cette fois, l'appréhension qu'elle éprouvait était purement féminine. La trouvait-il jolie ? Il l'observait et lorsqu'elle croisa ses yeux de nouveau, ils semblaient brûler de fièvre.

— Je devrais t'administrer une bonne raclée pour m'avoir privé de tout cela.

Elle n'eut pas peur. Il n'avait pas l'intention de la battre, au contraire. Et le baiser qui suivit la fit frémir de la tête aux pieds.

Elle mit du temps à reprendre son souffle. D'ailleurs, qui avait besoin de respirer ? Pas elle. Elle n'y arrivait pas, elle avait plutôt l'impression de haleter. Elle s'aperçut à peine qu'il lui avait ôté sa chemise et qu'il tirait à l'aide de ses dents sur le bandage qui écrasait sa poitrine.

Elle ne s'y était pas attendue, mais tout ce qui lui arrivait était si nouveau qu'il était impossible de prévoir quoi que ce fût. Quelque part, au fond de sa tête, elle se disait que peut-être d'autres surprises se préparaient. Agréables ou désagréables ?

— C'est un crime, mon amour, ce que tu as fait subir à ces seins superbes...

L'homme pouvait la faire rougir d'un regard, mais ses paroles... Et ses gestes... ! De la langue, il suivait les traces rouges laissées par le bandage, puis il prit ses seins entre les mains, les caressa doucement, comme s'il les consolait de leur long emprisonnement. Et cela semblait normal à la jeune fille. Néanmoins, lorsqu'il en prit un dans sa bouche, elle cessa tout à fait de penser...

Contrairement au sien, le cerveau de James fonctionnait parfaitement. Et il n'avait guère à se concentrer tant elle se montrait coopérative. En fait, il se demandait à présent qui séduisait qui. Cela n'avait d'ailleurs pas la moindre importance.

Dieu, elle était exquise ! Plus encore qu'il ne l'avait espéré. Les traits délicats qu'il connaissait si bien étaient rehaussés par la masse de ses cheveux brillants. Même dans ses rêves les plus fous, il n'avait pas imaginé son corps aussi sensuel. Il n'avait pas deviné que ses seins seraient si généreux, sa taille si fine. Quant à ce ravissant petit derrière qu'il avait aperçu à la taverne, il tenait bien ses promesses.

Georgina avait surpris des conversations entre ses frères, en termes crus, qui lui avaient donné une idée générale de ce qu'était l'amour physique. Mais elle n'avait pas encore fait le rapprochement avec ce qui lui arrivait... jusqu'au moment où elle se retrouva entièrement nue contre James.

Elle ignorait comment il l'avait déshabillée, mais elle était trop émerveillée pour ressentir le moindre embarras. Il était au-dessus d'elle, il la dominait tout entière, l'envahissait de sa présence.

Elle aurait dû être écrasée par ce mur de brique, mais pas du tout. Il tenait son visage entre ses mains et l'embrassait, doucement, tendrement, puis avec une intensité bouleversante.

Elle voulait que ça ne s'arrêtât jamais. Et pourtant... ne fallait-il pas l'empêcher de continuer ? Elle savait où tout cela allait la mener ; le souhaitait-elle vraiment, profondément ?

Elle n'en savait rien. Elle était tout simplement incapable de raisonner clairement. À dix pas, non, vingt pas de là, peut-être aurait-elle pu réfléchir. Mais ici... O mon Dieu, elle avait peut-être déjà succombé ! Elle l'ignorait. Il fallait qu'elle fît un effort, qu'elle sût où elle en était, car sa conscience ne manquerait pas de lui demander le lendemain : « Que s'est-il passé ? »

— Capitaine... souffla-t-elle entre deux baisers.

— Hmmm ?

— Vous êtes en train de me faire l'amour ?

— Oh oui, ma chérie !

— Croyez-vous que ce soit bien ?

— Très bien. C'est le traitement contre tes malaises, vois-tu.

— Vous n'êtes pas sérieux !

— Mais si. Tes nausées, ma douce, n'étaient que la manifestation d'un violent désir... pour moi.

Elle le désirait ? Mais elle ne l'aimait même pas ! Cependant, voilà qui expliquait le plaisir qu'elle ressentait. On n'était sûrement pas obligé d'aimer pour désirer. Même en parlant, en se concentrant sur autre chose, elle trouvait toujours cela aussi délicieux. Oui, elle le désirait, au moins pour l'instant.

« Je vous permets de continuer, capitaine. »

Elle se garda bien de prononcer cette phrase à haute voix, car cela l'aurait amusé, or ce n'était pas ce qu'elle souhaitait. Mais sa conscience était apaisée. Elle le lui expliqua à sa manière, en nouant les bras autour de son cou. Et il comprit bien vite...

Il se glissa entre ses jambes, sans cesser de l'embrasser, puis se redressa un peu. Dommage, elle aimait sentir son poids sur elle. Mon Dieu, la chaleur, plus bas, tandis qu'il s'insinuait en elle... Elle connaissait le corps de l'homme, savait ce qu'il faisait. Et elle n'avait pas peur... pourtant personne ne lui avait dit qu'elle aurait mal.

Elle poussa un petit cri, de surprise surtout. De douleur aussi.

— Capitaine, vous ai-je dit que c'est la première fois ?

Il s'était laissé retomber sur elle, les lèvres dans son cou.

— Je viens juste de m'en rendre compte, murmura-t-il. Et je crois que c'est le moment de m'appeler James.

— J'y songerai. Mais seriez-vous terriblement contrarié si je vous demandais d'arrêter, maintenant ?

— Oui.

Riait-il ? En tout cas, son buste était secoué de convulsions.

— Suis-je trop polie ?

Mais oui, il riait, d'un rire clair et franc cette fois.

— Je suis désolé, mon amour, je t'assure. Mais... bon sang, le choc ! Je n'imaginais pas... Tu es si... O grands dieux !

— Vous bafouillez, capitaine !

— On dirait !

Il se souleva pour lui baiser doucement le front et sourit.

— Il n'y a aucune raison de s'interrompre maintenant, ma chérie, même si j'en étais capable. Le mal est fait, la douleur est passée.

Il bougea en elle pour le lui prouver, et ses yeux s'agrandirent de plaisir.

— Tu veux toujours que je m'arrête ?

— Non.

— Dieu merci !

Elle sourit à son tour et reçut un baiser qui lui arracha un gémissement. Le lent mouvement de ses hanches faisait monter en elle une sensation divine qui s'intensifiait, s'intensifiait, jusqu'à l'explosion sublime qui la laissa émerveillée, épuisée. Elle avait crié, mais le son avait été absorbé par les lèvres de James qui ne tarda pas à la rejoindre dans la jouissance.

Encore tout étourdie, Georgina ne parvenait pas à croire ce qui venait de lui arriver. Comment pouvait-on vivre un tel bonheur ? Elle s'accrochait de toutes ses forces à l'homme qui le lui avait révélé. La gratitude, mêlée à une sorte de tendresse, et autre chose encore d'indéfinissable, lui donnaient envie de le remercier, de l'embrasser, de lui dire à quel point elle se sentait bien. Elle n'en fit rien. Elle se contenta de le caresser, puis de lui baiser l'épaule si légèrement qu'il ne s'en rendit peut-être pas compte.

Mais si. James Malory, grand amateur de femmes devant l'Éternel, aristocrate et viveur, était dans un tel état d'éveil qu'il sentait le moindre geste de la jeune fille. Et il était plus touché par sa tendresse qu'il n'aurait voulu se l'avouer. Jamais il n'avait rien vécu de tel, et c'était diablement effrayant !

22

— Je comprends maintenant pourquoi les gens font ce genre de chose.

James soupira, soulagé. C'était exactement ce qu'il avait besoin d'entendre, une réflexion un peu sotte, pour se remettre les idées en place. Elle était toute jeune, et fort belle, mais pas différente des autres femmes qu'il avait séduites. Une fois le défi relevé, et gagné, cela ne l'intéressait plus. Alors, pourquoi ne la renvoyait-il pas dans son lit ? Parce qu'il n'en avait fichtrement pas envie !

Il se dressa sur les coudes afin de la contempler. Elle était encore rose de leur plaisir, les lèvres gonflées, et dans ses yeux brillait une douceur qui le ravit. Elle ne l'avait pas habitué à cette expression ! En général son regard de velours brun trahissait la nervosité, la frustration, voire une franche irritation si drôle sous son habit de garçon…

— Ce genre de chose, George ?

Le sourcil haussé prouvait son amusement, mais elle n'en prit pas ombrage.

— Ce n'est pas une façon très romantique d'en parler, n'est-ce pas ? demanda-t-elle, soudain incroyablement intimidée.

— Pas très amoureuse non plus, mais j'ai compris ce que tu voulais dire, ma douce. Tu as bien aimé, c'est cela ?

Pour toute réponse, elle hocha la tête, ravie de le voir sourire.

— Et vous ?

« Georgie ! Tu es folle de lui poser cette question ! »

— Je veux dire…

Il renversa la tête en arrière et éclata de rire, puis roula sur le côté, l'entraînant avec lui. Elle était sur lui à présent, et elle se sentait un peu plus en état de supériorité… jusqu'à ce qu'il glissât entre ses jambes.

— Que vais-je faire de toi, George ?

Il riait toujours et la serrait très fort. Pour une fois elle ne se vexa pas de son hilarité, bien qu'elle n'en comprît pas la raison, comme d'habitude.

— D'abord, vous pourriez cesser de m'appeler George !

Elle faillit se mordre la langue de dépit ! « Idiote, pourquoi lui rappeler ta supercherie ? » Elle s'immobilisa, lui aussi. Il souriait toujours, mais l'homme autoritaire et sarcastique était de retour.

— Et comment devrais-je t'appeler, je te prie ? Par ton vrai nom ?

— Georgie est mon vrai nom.

— Essaie encore, ma douce. Et cette fois, montre-toi convaincante.

Pas de réponse. Elle arborait son air buté.

— Ah, il va falloir que je te l'arrache, c'est ça ? Dois-je faire apporter les instruments de torture, fouet, chevalet et tout ça ?

— Ce n'est pas drôle ! protesta-t-elle, boudeuse.

— Je trouve que si ! Non, ne t'agite pas, petite. C'est délicieux, mais j'ai plutôt envie de parler pour l'instant. Pourquoi ne pas commencer par la raison de cette mascarade... ?

Elle soupira et posa la tête contre sa poitrine.

— Il fallait que je quitte l'Angleterre.

— Tu avais des ennuis ?

— Non, mais je ne supportais pas l'idée d'y rester un jour de plus.

— Alors pourquoi n'as-tu pas choisi la manière la plus simple, qui était de payer ta place ?

— Parce que les seuls bateaux en partance pour l'autre côté de l'Atlantique étaient anglais.

— Y a-t-il une sorte de logique là-dedans ? Laisse-moi chercher... Par le Ciel, que reproches-tu aux navires anglais ?

Elle fronça les sourcils.

— Vous n'auriez rien à y redire, vous, mais il se trouve que je déteste tout ce qui est anglais.

— Vraiment ? Même moi ?

— Vous aussi, au début. Je n'arrive pas à décider si c'est encore le cas maintenant.

Il se mit à rire.

— Je commence à comprendre, George. Tu ne serais pas l'un de ces Américains chauvins, par hasard ? Cela expliquerait ton accent, que je ne parvenais pas à situer...

— Et quand bien même je le serais ? interrogea-t-elle, sur la défensive.

— Dans ce cas, j'envisagerais de t'enfermer, évidemment. C'est le moyen le plus sûr pour les gens qui adorent déclencher des guerres.

— Ce n'est pas *nous* qui...

Il la fit taire d'un baiser qui la laissa pantelante.

— Je n'ai pas l'intention de discuter indéfiniment de ce sujet, petite fille. Donc, tu es américaine. Je te pardonne.

— Oh, vous... !

« Quand une méthode marche, autant l'utiliser », songea James ; il l'embrassa donc de nouveau avec passion.

— Je me moque complètement de ta nationalité, dit-il ensuite contre ses lèvres, regrettant de l'avoir provoquée. Je ne me suis pas mêlé de cette guerre absurde, je ne l'ai pas défendue. En fait, je vivais aux Antilles à cette époque.

— Vous êtes quand même anglais, insista-t-elle plus faiblement.

— C'est vrai. Pourtant, nous n'allons pas laisser ce petit problème nous troubler, n'est-ce pas, mon amour ?

Elle murmura un vague « non » et lui rendit ses baisers. Elle avait senti la virilité de James contre elle et savait dorénavant ce que cela voulait dire. S'ils faisaient encore une fois l'amour, sans doute arrêterait-il de la questionner... Et bien sûr, cette merveilleuse sensation de chaleur qui montait en elle n'était pour rien dans cette idée...

Un peu plus tard, alors que les draps étaient encore plus froissés et qu'elle reposait à moitié sur lui, il reprit :

— Maintenant, si nous parlions de ma réaction quand je me suis aperçu que tu étais une fille, et non le jeune garçon que j'avais cru prendre sous mon aile ? Pense aux nombreuses fois où tu m'as frotté le dos dans le bain, où je me suis... déshabillé devant toi...

Georgina se sentait horriblement mal à l'aise. Effectivement, le capitaine s'était trouvé dans des situations qui l'embarrassaient, à retardement. Elle aurait dû lui avouer la vérité le premier jour où il lui avait demandé de l'aide pour son bain. Et elle s'était sottement crue capable de jouer le jeu durant toute la traversée !

Il avait de bonnes raisons d'être furieux, et elle demanda, un peu hésitante :

— Êtes-vous très en colère ?

— Pas très. En fait, tu viens de me payer ton voyage.

Georgina sursauta, incrédule. Comment pouvait-il dire une chose pareille, après ce qu'ils venaient de partager ?

« Sans problème, petite idiote ! C'est un Anglais, un satané arrogant aristocrate d'Anglais ! Et comment t'a-t-il appelée ? Une *fille*, ce qui montre bien en quelle piètre estime il te tient ! »

Elle se redressa lentement. Remarquant son petit visage courroucé, James devina aussitôt qu'il l'avait blessée.

— Vous auriez pu attendre le matin avant de vous montrer de nouveau méchant, sale type !

— Pardon ?

— Vous avez parfaitement entendu !

Il voulut l'attraper, mais elle bondit hors du lit.

— Ce n'est pas ce que j'ai voulu dire, George...

— Ne m'appelez pas comme ça ! trancha-t-elle.

Toute cette histoire était absurde, et il s'efforça de garder son calme.

— Mais tu ne m'as pas dit ton véritable nom, tu sais.

— Georgina.

— Grands dieux ! Toutes mes condoléances. Je m'en tiendrai à George.

Était-ce destiné à lui arracher un sourire ? Il y arriva presque avec son expression horrifiée. Mais pas tout à fait. Cette histoire de traversée payée était encore douloureuse.

— Je vais me coucher, capitaine, annonça-t-elle, hautaine. Dans *mon* lit. Et je vous serais reconnaissante de m'attribuer d'autres quartiers à partir de demain.

— Voici donc enfin le véritable George, n'est-ce pas ? Avec son mauvais caractère ?

— Allez au diable ! marmonna-t-elle en ramassant ses vêtements épars.

— Quelle susceptibilité ! Je souhaitais simplement te faire un compliment... à ma manière.

— Eh bien, je n'aime pas cette manière, déclara-t-elle avant d'ajouter, avec tout le mépris possible : *monsieur*.

James soupira, mais un moment plus tard, en la voyant traverser la pièce, ses cheveux dansant sur ses hanches délicieusement rondes, il sourit. Quelle merveille !

— Comment as-tu pu te montrer soumise toute une semaine, George ?

— En me mordant la langue jusqu'au sang, voilà comment ! cria-t-elle.

Cette fois, il s'arrangea pour qu'elle ne l'entendît pas rire. Il l'observa tandis qu'elle jetait ses vêtements par terre avec rage. Bien vite, elle s'aperçut de ce qu'elle avait fait et ramassa sa chemise pour s'en couvrir. Puis elle se dirigea dignement vers son coin, hésita, enfila son pantalon. Enfin satisfaite, elle grimpa aisément dans son hamac ; et

James se rappela qu'elle n'avait jamais eu aucun problème avec ce mode de couchage pourtant précaire.

— Tu as déjà navigué, n'est-ce pas, George, et plus que pour venir en Angleterre ?

— Je croyais avoir prouvé que je n'étais pas George.

— Fais-moi plaisir, ma chère petite. J'aime bien George. Et tu as navigué...

— Évidemment ! coupa-t-elle en se tournant résolument vers le mur.

Elle ne put résister au plaisir d'ajouter :

— Après tout, je possède mon propre navire.

— J'en suis certain, mon enfant.

— C'est vrai, capitaine.

— Oh, je te crois, bien sûr ! Alors raconte-moi ce qui t'a amenée vers cette Angleterre que tu hais tant ?

Son humour la faisait grincer des dents.

— Cela ne vous regarde pas !

— J'arriverai à te faire parler, George. Alors, tu ferais mieux de tout me dire.

— Bonne nuit, capitaine. Finalement, j'espère que votre migraine va revenir... si vous en avez jamais eu, ce dont je commence à douter.

Cette fois-ci, elle l'entendit éclater de rire. Il n'avait pas pu s'en empêcher, songeant à ce qu'aurait été sa mauvaise humeur si elle avait su qu'il l'avait démasquée dès le début. La prochaine fois qu'il s'ennuierait, il le lui révélerait, juste pour voir sa réaction...

23

James resta un long moment debout près du hamac, le lendemain matin, à regarder la jeune fille assoupie. Dès son réveil, il avait regretté de ne pas l'avoir reprise dans son lit la veille. Il était toujours fort amoureux le matin, et il aurait bien aimé la trouver contre lui...

C'était pour cette raison qu'il s'était montré si cassant envers Georgina le matin où elle s'était levée avant lui. Elle avait été obligée de l'aider à s'habiller, et il avait eu toutes les peines du monde à dissimuler son désir matinal...

Il sourit. Ce problème n'en serait plus un, dorénavant.

Oui, décidément, il regrettait vivement d'avoir renoncé à dormir toute la nuit près de ce petit corps si doux, de lui avoir permis de bouder loin de lui. Cela ne se reproduirait plus. Ce soir, elle partagerait son lit et elle y resterait.

— Montre ta jambe, George, dit-il en donnant un coup de genou dans le hamac qui se balança doucement. J'ai décidé de ne pas annoncer à l'équipage qui tu étais réellement. Alors dépêche-toi de bander ces jolis seins et va chercher mon petit déjeuner.

Elle le regarda vaguement entre ses paupières mi-closes, bâilla, cligna des yeux, se réveilla enfin tout à fait.

— Je dois vraiment continuer à jouer le mousse ? demanda-t-elle, incrédule.

— Excellente déduction, George !

— Mais...

Elle s'arrêta. Ce n'était pas une mauvaise idée. Elle n'aurait pas à expliquer à Mac qu'elle avait été découverte... ni les circonstances dans lesquelles cela s'était produit. D'ailleurs elle en aurait été incapable ! Elle ne savait plus très bien elle-même ce qui s'était passé, et elle était absolument décidée à ce que personne n'en apprît rien !

— Parfait, capitaine. Cependant je veux mes propres quartiers.

— Hors de question !

Elle ouvrit la bouche pour protester, mais il l'interrompit d'un geste.

— Tu dors ici depuis une semaine, petite. Si tu changeais, cela provoquerait des commentaires embarrassants. En outre, il n'y a pas d'autre cabine disponible, tu le sais bien. Et ne me parle pas du gaillard d'avant, où dort l'équipage, parce que je préférerais t'enfermer à double tour plutôt que de t'y voir.

Elle fronça les sourcils.

— Quelle importance, si on me croit toujours un garçon ?

— J'ai découvert la vérité sans trop de mal, lui rappela-t-il.

— À cause de ma confession d'une naïveté stupide ! s'indigna-t-elle, furieuse contre elle-même.

Il lui adressa un sourire d'une tendresse insensée, à couper le souffle.

— Cette confession était plutôt charmante, ma douce, dit-il en lui caressant légèrement la joue. Tu n'as pas... euh, une petite nausée en ce moment, j'espère ?

Son contact avait sur elle un effet dévastateur. Son sourire aussi, d'ailleurs. Mais elle n'allait pas recommencer ses erreurs de la veille au soir. En outre, ce qui s'était passé ne devait plus se produire. Cet homme n'était pas pour elle, même s'il lui mettait la tête à l'envers. C'était un Anglais ; pis : un sale aristocrate ! Son pays n'avait-il pas fait connaître l'enfer au sien pendant quatre années ? Et bien avant la guerre, ses frères s'insurgeaient déjà contre la tyrannie des Anglais. Ces choses-là ne pouvaient s'oublier. Ses frères ne laisseraient même pas le capitaine poser un pied dans leur maison ! Non, James Malory, pair du royaume, n'était définitivement pas pour elle. Elle devait s'en souvenir, bon sang, et bien le lui faire comprendre, même s'il lui fallait pour cela mentir.

— Non, capitaine, je n'ai pas la moindre nausée. Vous m'aviez promis de me soigner, apparemment le traitement a réussi, et je vous en remercie. Je n'en ai plus besoin.

Il souriait toujours.

— Dommage, dit-il simplement.

— Au sujet de mes quartiers... ? insista-t-elle, troublée, en se levant précipitamment.

— Il n'en est pas question, George, répéta-t-il avec fermeté. Tu restes ici. Un point, c'est tout.

Elle s'abstint de protester davantage. Elle pouvait céder là-dessus, tant qu'il comprenait bien qu'elle n'était pas à sa disposition pour *tout*. D'ailleurs, cette cabine était plus agréable qu'un autre endroit. Au moins, elle pourrait enlever son bandage et dormir plus confortablement.

— D'accord, à condition que notre arrangement demeure le même. Et je ne crois pas que je vous frotterai encore le dos... monsieur.

James faillit éclater de rire. Comme elle était insolente, ce matin, et tellement exigeante ! Il se demanda une fois de plus quel genre de vie elle menait quand elle ne portait pas ces vêtements de garçon.

— Dois-je te rappeler, George, que tu es le seul mousse dont je dispose ? C'est toi qui t'es fourrée dans cette situation et tu y resteras jusqu'à nouvel ordre. À moins que tu n'aies aussi oublié que je suis le seul maître à bord après Dieu sur ce navire ?

— Et que vous n'avez pas l'intention de vous montrer conciliant...

— Il ne s'agit pas de ça. Je suis obligé d'insister, car tu ne me laisses pas le choix. Mais tu n'imagines tout de même pas que je vais abuser de toi simplement parce que tu t'es montrée accommodante la nuit dernière ?

Elle l'observa attentivement, mais il demeurait indéchiffrable. Elle soupira. Après tout, peut-être n'avait-il pas l'intention de l'importuner si elle ne le provoquait pas...

— Très bien. Nous continuerons comme avant... avant la nuit dernière, je veux dire.

Elle alla jusqu'à lui offrir un petit sourire hésitant.

— Maintenant, je vais m'habiller plus décemment et, comme vous l'avez suggéré, monsieur, j'irai chercher votre petit déjeuner.

Il la vit ramasser le reste de ses affaires et se diriger vers le paravent. Il dut se mordre la langue pour retenir un commentaire sur sa soudaine pudeur alors qu'elle avait traversé la pièce divinement nue la veille.

— Inutile de me donner du « monsieur », tu sais, se contenta-t-il de faire remarquer.

Elle se retourna à demi, le regarda.

— Désolée. Cela m'a paru correct. Après tout, vous pourriez être mon père, or j'ai toujours respecté mes aînés.

Un léger sourire et une lueur de triomphe dans ses yeux indiquaient qu'elle l'avait insulté délibérément. Et le coup avait porté ! Il était non seulement indigné, mais aussi profondément blessé dans sa vanité et dans son orgueil. Pourtant elle gardait une expression innocente, comme si la remarque avait été machinale, normale, sans aucune arrière-pensée.

Il serra les dents. Pas de haussement de sourcils ironique, cette fois.

— Ton père ? Je te signale, ma petite, que c'est impossible. J'ai certes un fils de dix-sept ans, cependant...

Elle se retourna tout à fait vers lui.

— Un fils ? Et une femme, aussi ?

Il hésita un instant. Elle avait l'air tellement atterrée tout à coup ! La déception ? Elle se reprit bien vite.

— Dix-sept ans ? s'exclama-t-elle, incrédule, avant d'ajouter, triomphante : Eh bien voilà qui me donne raison !

Et elle disparut derrière le paravent.

James, exceptionnellement à court de repartie, quitta la cabine avant de céder à son désir d'étrangler cette petite impertinente. Il se sentait en pleine forme. Comment cette chipie osait-elle prétendre qu'il était vieux ?

Derrière son paravent, Georgina souriait… Cela dura cinq bonnes minutes, puis sa conscience commença à la tarauder :

« Tu n'aurais pas dû l'attaquer dans son amour-propre, Georgie. Il doit être fou de rage. »

— Et alors ? répondit-elle tout haut. Il l'a bien mérité, non ? Il était beaucoup trop content de lui !

« À juste titre. Tu as toi-même pensé un moment hier soir que c'était l'être le plus magnifique de la Création. »

— J'en étais sûre ! Tu ne peux pas t'empêcher de faire des gorges chaudes parce que tu estimes que j'ai commis une colossale erreur. Et quand bien même ce serait le cas ? C'est ma vie, je peux en faire ce que je veux. Et je lui ai donné la permission.

« Il n'en avait pas besoin. Il t'aurait prise, avec ou sans ta permission. »

— Dans ce cas, qu'y pouvais-je ?

« Tu t'es montrée trop complaisante. »

— Tu ne t'en plaignais guère, cette nuit… O mon Dieu, voilà que je parle toute seule, maintenant !

24

— Cognac, George ?

La jeune fille sursauta. James était si calme, assis à son bureau, qu'elle avait presque oublié sa présence. *Presque* seulement. Par sa stature, par sa nature même, ce n'était certes pas un homme qu'on ignorait !

— Non, merci, capitaine, dit-elle avec un sourire effronté. Je n'y touche jamais.

— Trop jeune pour boire, c'est ça ?

Elle se raidit. C'était la première fois qu'il faisait allusion à son âge, alors qu'il était bien placé pour savoir qu'elle était une femme à part entière. Et c'était évidemment pour se venger de sa réflexion désagréable. Mais elle avait décidé de garder son calme, quoi qu'il arrivât. D'ailleurs, il s'était comporté de façon tout à fait courtoise ces derniers temps. Froidement courtoise, à vrai dire, lui montrant ainsi à quel point il avait été blessé par l'allusion à son « grand âge ».

Trois jours avaient passé depuis la nuit fatale et, bien qu'il eût affirmé que tout continuerait comme par le passé, jamais il ne lui avait demandé de l'aider à prendre son bain ; il ne lui avait pas non plus imposé sa nudité, et il portait même son pantalon sous son peignoir de soie avant d'aller se coucher, comme c'était le cas ce soir-là.

Il ne l'avait pas touchée depuis le matin où il avait tendrement caressé sa joue. Tout au fond, si elle était honnête, Georgina devait avouer qu'elle regrettait qu'il n'essayât même pas de lui faire l'amour de nouveau. De toute façon, elle ne l'y autoriserait pas, mais il aurait pu au moins le tenter !

Elle avait terminé ses tâches de bonne heure, et se balançait doucement dans son hamac en se rongeant les ongles pour qu'ils ressemblent à ceux d'un garçon, prête pour la nuit, seulement vêtue de sa chemise et d'un pantalon. Mais elle n'avait absolument pas sommeil.

Elle lança un petit coup d'œil oblique vers le bureau. Si seulement l'orage avait pu éclater, afin d'assainir l'atmosphère ! Il fallait qu'il se débarrassât de ce qu'il avait sur le cœur. D'un autre côté, elle n'était pas sûre de souhaiter le retour de l'autre James, celui qui la liquéfiait d'un seul regard. Après tout, mieux valait qu'il remâchât son amertume jusqu'à la Jamaïque.

— À vrai dire, capitaine, répondit-elle enfin, c'est une question de goût. Je n'ai jamais beaucoup aimé le cognac. En revanche, le porto…

— Quel âge as-tu au juste, petite ?

Il l'avait enfin demandé ! Et sur quel ton !

— Vingt-deux ans.

Il eut un petit reniflement méprisant.

— Je pensais que tu en avais au moins vingt-six, avec une langue si bien pendue !

Bon sang ! C'est lui qui cherchait la dispute ! Elle sourit, bien décidée à ne pas lui donner satisfaction.

— Vraiment, James ? dit-elle, mielleuse. Je le prends comme un compliment. J'ai toujours regretté de paraître plus jeune que mon âge !

— La langue sacrement trop bien pendue, comme je le disais !

— Vous êtes grognon ce soir, insista-t-elle, au bord du fou rire. Qu'avez-vous ?

— Rien du tout ! grommela-t-il en ouvrant un tiroir de sa table. Et tu as de la chance, il se trouve que j'ai ta boisson préférée, justement. Alors prends un siège et viens près de moi.

Elle ne s'attendait pas à ça ! Elle se leva lentement, cherchant un moyen de se dérober tandis qu'il remplissait un verre pour elle. Puis elle haussa les épaules. L'alcool l'aiderait peut-être à s'endormir. Elle traîna un lourd fauteuil près du bureau et accepta le verre qu'il lui offrait, prenant bien soin de ne pas croiser son regard et surtout de ne pas effleurer ses doigts.

Elle leva son verre en souriant avant d'en boire une gorgée.

— C'est très aimable à vous, James… minauda-t-elle.

Le fait qu'elle l'appelât par son prénom – ce qu'elle n'avait jamais fait auparavant – l'irritait, elle en était consciente.

— Surtout, poursuivit-elle, mondaine, alors que vous semblez en colère contre moi, pour une raison qui m'échappe.

— En colère ? Contre une si charmante gamine ? D'où te vient cette étrange idée ?

Elle faillit s'étrangler avec son porto.

— Une flamme dans vos yeux, peut-être... suggéra-t-elle, insolente.

— La passion, mon petit. La passion pure et simple.

Son cœur fit un bond et, stupidement, elle leva les yeux vers lui. Et ce fut bien la passion qu'elle lut dans son regard, chaude, fascinante, si sensuelle qu'elle la troubla au plus profond d'elle-même. Elle eut l'impression de fondre...

Elle termina son verre d'un coup, et cette fois s'étrangla pour de bon, ce qui brisa heureusement le charme de l'instant. Elle en profita pour reprendre ses esprits.

— J'avais raison. Une colère passionnée, ou je ne m'y connais pas.

Il esquissa l'ombre d'un sourire.

— Tu es en pleine forme, ce soir, petite ! Non, non, ne te sauve pas ! ajouta-t-il fermement comme elle faisait mine de se lever. Nous n'avons pas encore discuté des raisons de ma... colère passionnée. J'aime bien cette expression, vraiment. Je m'en servirai avec Jason la prochaine fois qu'il sautera au plafond.

— Jason ?

— Un de mes frères. Un parmi tant d'autres, dit-il en haussant les épaules. Mais revenons à nos moutons.

— Je suis épuisée, se plaignit-elle tandis qu'il remplissait de nouveau son verre.

— Lâche ! répliqua-t-il, une pointe d'amusement dans la voix.

Elle se redressa sous le défi.

— Très bien !

Elle saisit le verre, en but une gorgée et s'adossa à son fauteuil.

— De quoi voulez-vous parler exactement ?

— De ma colère passionnée, évidemment. Pourquoi penses-tu « colère » alors que j'ai dit « passion » ?

— Parce que... parce que... Oh, la barbe, Malory ! Vous savez parfaitement que vous êtes fâché contre moi !

— Absolument pas ! s'exclama-t-il, de l'air rusé du chat qui joue avec une souris. Tu pourrais me dire pourquoi je devrais être en colère après toi ?

Répondre qu'elle avait heurté son amour-propre, c'était avouer qu'elle l'avait fait délibérément.

— Je n'en ai pas la moindre idée, ronronna-t-elle en ouvrant de grands yeux innocents.

— Tu en es sûre ?

Son sourcil blond se haussa, et elle se rendit compte que ce tic lui avait manqué, ces derniers jours.

— Viens ici, George.

— Oh, non ! protesta-t-elle en secouant énergiquement la tête.

— Je veux seulement te montrer que je ne suis pas le moins du monde en colère.

— Je vous crois sur parole.

— George...

— Non !

— Alors, c'est moi qui viens.

Elle bondit sur ses pieds, le verre levé comme si cela pouvait l'empêcher d'approcher.

— Capitaine, je proteste !

— Moi aussi, dit-il en contournant le bureau, tandis qu'elle passait de l'autre côté. Tu n'as pas confiance en moi, George ?

Le temps de la diplomatie était bien terminé.

— Non !

— Tu as raison ! On me traite souvent de coureur, mais je préfère l'expression de Regan : amateur de femmes. Cela sonne mieux, tu ne trouves pas ?

— Vous êtes soûl !

— Mon frère déteste ce mot.

— Que votre frère aille au diable, et vous avec ! Tout cela est absurde, capitaine…

Elle s'immobilisa en même temps que lui, posa son verre et lui lança un regard noir.

— Je suis bien de ton avis, George. Tu ne vas pas m'obliger à te courir après autour de cette table, n'est-ce pas ? C'est bon pour les vieillards gâteux et les soubrettes.

— Justement ! rétorqua-t-elle machinalement avant de s'apercevoir de son erreur.

James ne trouvait pas ça drôle du tout.

— Je te ferai ravaler tes paroles, gronda-t-il avant de sauter par-dessus le bureau.

Georgina était trop stupéfaite pour s'enfuir, et de toute façon, elle n'en aurait pas eu le temps. Déjà les grands bras musclés l'enserraient avec une force prodigieuse. Elle aurait dû se raidir, protester, se débattre… Au lieu de cela, son corps se moula délicieusement à celui de James dans un soupir de bien-être.

Un peu trop tard, son esprit réagit, mais déjà un baiser passionné la retenait prisonnière d'un univers sensuel dont elle était incapable de s'échapper.

Lorsqu'il sentit son abandon, il joua doucement avec ses lèvres, tandis que, les mains enfouies dans les cheveux blonds, elle se pressait davantage contre lui. Elle murmura son nom et reçut en récompense ce merveilleux sourire qui lui faisait battre le cœur.

— Notre petit George collet monté se serait-il retiré pour la nuit ? demanda-t-il d'une voix rauque.

— Il dort à poings fermés.

— Et je pensais que j'avais perdu tout talent… à mon grand âge, dit-il en la pinçant légèrement.

— Aïe !

— Désolé, mon amour, déclara-t-il sans le moindre repentir dans la voix.

— Ça va. Je suis habituée aux hommes incapables de résister à une réflexion ironique.

— Et ça a bon goût ?

— Quoi donc ?

— L'ironie…

Le diable d'homme ! Il savait la faire rire quand elle avait envie de se perdre en lui.

— Pas spécialement. Mais vous oui.

— Moi quoi ?

Elle lui caressa la lèvre du bout de la langue.

— Vous avez bon goût.

Il la serra si fort qu'elle en eut le souffle coupé.

— Avec des remarques comme celle-ci, tu peux tout obtenir. Des excuses, et ce que tu désires d'autre.

— Et si c'est vous seulement que je désire ?

— Dans ce cas, ma chérie, pas de problème ! assura-t-il en l'enlevant dans ses bras pour la porter sur le lit.

Elle s'accrocha bien fort à lui, pour le simple plaisir de le sentir contre elle. Elle n'avait pas envie de rompre le contact, même le temps qu'ils se déshabillent. Avait-elle vraiment cru pouvoir oublier ce que cet homme lui avait fait vivre, ce qu'elle ressentait à présent ? Elle avait essayé de tout son cœur, pendant trois jours, et la colère de James l'y avait aidée. Mais il était calmé maintenant, et elle en avait assez de résister à une telle attirance. Dieu, cette sensation...

Elle tressaillit quand il saisit un sein dans sa bouche, et elle ondula sous lui, folle de désir. Mais il prenait son temps, il l'embrassait partout, l'enflammait, exacerbait douloureusement son désir. Quand il la pénétra enfin de son doigt, elle cria et il vint cueillir ce cri sur ses lèvres. Et lorsqu'il entra en elle, elle eut un nouvel aperçu de son talent... Chaque poussée était différente des autres, meilleure que les autres... Amateur de femmes ? Dieu merci...

Un peu plus tard, Georgina se retrouva allongée sur le côté dans un coin du lit, James à l'autre bout, un échiquier entre eux. Que lui avait-il pris de répondre oui lorsqu'il lui avait demandé si elle savait jouer ?... Maintenant que c'était commencé, toutefois, elle était bien réveillée, et la perspective de passer toute la matinée au lit leur laissait le temps de jouer sans se presser. D'autre part, l'idée de battre James Malory était bien trop tentante pour qu'elle pût y résister, d'autant plus qu'elle le soupçonnait de tenter de briser sa concentration en lui parlant sans cesse. Il s'apercevrait bien vite que cette tactique ne marchait pas avec elle. Elle avait appris les échecs en présence de toute la famille et, quand sa famille était réunie dans la même pièce, c'était tout sauf calme !

— Très bien, George ! dit-il alors qu'elle venait de lui prendre un pion, ouvrant ainsi le chemin vers son fou.

— Vous ne pensiez pas que ce serait facile, j'espère !

— Je souhaitais que non. Merci de ne pas m'avoir déçu.

Il fit avancer sa reine pour protéger son fou, ce qui ne servait à rien, ils le savaient tous les deux.

— Au fait, tu m'as dit que ce MacDonell était qui pour toi ?

Elle faillit éclater de rire devant la façon dont il avait abordé le sujet, espérant probablement qu'elle répondrait machinalement.

— Je n'ai rien dit du tout. Vous me le demandez ?

— Bon. Nous avons déjà établi qu'il n'est pas ton frère.

— Ah bon ? Et quand donc ?

— Bon sang, George, il ne l'est pas, hein ?

Elle attendit pour répondre d'avoir mis sa reine en péril.

— Non, en effet. C'est seulement un excellent ami de la famille. Une sorte d'oncle bien-aimé, en fait. Il a toujours été proche de nous et me considère comme la fille qu'il n'a pas eue. À vous de jouer, James.

Au lieu de protéger sa reine, il prit un pion à Georgina, mettant ainsi la reine de la jeune fille en danger. Comme elle ne souhaitait pas perdre sa reine, Georgina battit en retraite, lui laissant l'avantage de l'attaque. Il ne s'y attendait pas et considéra longuement l'échiquier.

Elle en profita pour tenter de le déconcentrer, elle aussi :

— Pourquoi ce soudain intérêt pour Mac ? Lui avez-vous parlé ?

— Évidemment, mon amour. C'est mon quartier-maître, après tout.

Georgina se raidit. Peu importait qu'il sût que Mac n'était pas son frère, mais elle ne voulait pas qu'il le reconnût comme l'homme de la taverne. Cela provoquerait toute une série de questions auxquelles elle ne tenait guère à répondre... en particulier ce qu'elle faisait dans un endroit pareil. De plus, James pourrait fort bien s'offenser de cette double trahison : le déguisement et le fait qu'ils se soient déjà rencontrés.

— Et ? demanda-t-elle prudemment.

— Et quoi, George ?

— Bon sang, James, l'avez-vous rec... Euh, lui avez-vous dit quelque chose sur nous ?

— Nous ?

— Vous savez parfaitement ce que je veux dire, James Malory. Et si vous ne me répondez pas sur-le-champ, je vous assomme avec cet échiquier !

Il éclata de rire.

— Dieu, j'adore quand tu te mets en colère, ma douce. Franchement ! Tant d'ardeur et de flamme dans un si petit corps !... Bien sûr que non, je n'ai pas parlé de nous à ton ami, ajouta-t-il en soulevant doucement ses cheveux. Nous avons parlé du bateau, rien de personnel.

Georgina se détendit enfin.

— Vous auriez dû me laisser vous écraser la tête avec l'échiquier, déclara-t-elle, sa bonne humeur revenue. Vous perdez.

— Du diable si je perds ! gronda-t-il. Je te prends ton roi en trois coups.

Quatre coups plus tard, James se trouvait de nouveau sans défense, et il eut encore recours à la diversion, ce qui apaisait en même temps sa curiosité :

— Pourquoi vas-tu en Jamaïque ?

Elle esquissa un petit sourire impertinent.

— Parce que vous y allez.

Il haussa un sourcil, comme elle s'y attendait.

— Dois-je m'en sentir flatté ?

— Non. Votre bateau était le seul à partir dans cette direction, le seul qui ne fût pas britannique, je veux dire. Et j'étais trop impatiente pour en attendre un autre. Si j'avais su que vous étiez anglais… !

— Nous n'allons pas recommencer là-dessus

— Non, admit-elle en riant. Et vous ? Vous rentrez en Jamaïque, ou c'est une simple visite ?

— Les deux. J'y ai vécu longtemps, mais j'ai décidé de retourner en Angleterre pour de bon, aussi suis-je obligé de régler toutes mes affaires là-bas.

— Oh…

Elle était déçue. Pourvu qu'il ne l'eût pas remarqué ! Elle s'était figuré qu'il demeurait à la Jamaïque, un endroit où elle pouvait envisager de se rendre. Car l'Angleterre, jamais elle n'y remettrait les pieds ! Évidemment, le voyage n'était pas terminé, et pourtant… Georgina se secoua. À quoi pensait-elle ? Qu'elle pouvait avoir un avenir avec cet homme ? C'était purement impossible. Jamais sa famille ne l'accepterait. Et elle ne savait même pas très bien ce qu'elle ressentait pour lui.

— Alors vous ne resterez pas très longtemps dans les îles, conclut-elle.

— Pas du tout, même. Le type qui possède la plantation voisine de la mienne me harcèle depuis un moment pour que je lui vende ma propriété. J'aurais sans doute pu régler l'affaire par simple courrier.

Donc, ils ne se verraient plus jamais...

— Je suis heureuse que vous ayez décidé de vous en occuper personnellement.

— Moi aussi, ma chérie. Et toi, où vas-tu ?

— Chez moi. En Nouvelle-Angleterre.

— Pas tout de suite, j'espère.

Elle haussa les épaules, le laissant tirer ses propres conclusions. Cela dépendait de lui, mais elle n'était pas assez hardie pour oser le lui dire. Cela dépendait aussi du moment où un navire de la Skylark se trouverait au port, mais elle n'avait aucune raison de le lui avouer non plus. Chassant ce problème de son esprit, elle mit le roi de James mat.

— Bon sang ! s'exclama-t-il. Très malin, George, de me distraire afin que je perde...

— Moi ? Avec toutes les questions que *vous* posez ? C'est un comble ! Bien masculin de se trouver des excuses quand on est battu par une femme !

En riant, il l'attira de son côté du lit.

— Je ne parlais pas de questions, ma chérie. C'est ce ravissant petit corps qui me distrait, et cela m'est complètement égal de perdre...

— Je porte une chemise, protesta-t-elle.

— Mais rien en dessous.

— Vous pouvez parler, avec cette indécente chose de soie ! dit-elle en effleurant son peignoir.

— Était-ce perturbant aussi ?

— Je refuse de répondre.

Il feignit l'étonnement.

— Par Dieu, ne me dis pas que tu es à court de repartie ! Je croyais avoir perdu la main !

— Pour rendre les gens muets avec vos piques ironiques ?

— Exactement. Mais si je parviens à te clouer le bec, mon amour…

Elle avait envie de lui dire qu'il n'était pas aussi redoutable qu'il le proclamait, en tout cas pas tout le temps, mais elle fut de nouveau distraite…

25

Georgina avait bien du mal à continuer de jouer le rôle du mousse Georgie MacDonell quand elle quittait la cabine du capitaine. Or, plus ils s'approchaient des Antilles, plus il insistait pour qu'elle fût à son côté sur le pont, ou tout près, là où il pouvait la voir. Le plus difficile, se disait-elle, était de dissimuler ses sentiments, et particulièrement la lueur qui s'allumait dans ses yeux chaque fois qu'ils se posaient sur James.

Oui, c'était difficile, mais elle y parvenait, du moins s'en persuadait-elle. Parfois cependant, elle se posait des questions, lorsque les hommes d'équipage lui souriaient, la saluaient ou lui souhaitaient une bonne journée, alors qu'ils ne la regardaient même pas auparavant. Même l'ombrageux Artie et Henry, le Français bourru, se montraient davantage courtois. Certes, ils avaient eu le temps de s'habituer à elle, depuis un mois qu'ils avaient appareillé. D'ailleurs, si elle souhaitait que son stratagème ne fût pas dévoilé, c'était uniquement pour Mac... enfin, plutôt pour elle, car elle savait exactement quelle serait sa réaction s'il apprenait que James Malory était son amant... Il sauterait au plafond, comme disait James. Et à juste titre. Parfois, elle doutait elle-même que ce fût vrai.

Et pourtant… James était bien son amant, dans tous les sens du terme… sauf un : il ne l'aimait pas. Cela, elle en était sûre, autant qu'elle était sûre de le désirer. Elle n'avait même plus essayé de se refuser à lui depuis ce fameux deuxième soir. Après tout, un homme comme lui, on n'en rencontrait qu'une fois dans sa vie, et encore… Alors pourquoi s'en priver ? Bientôt ils se sépareraient, lui pour s'occuper de ses affaires dans les îles, elle pour rentrer chez elle par le premier bateau de la Skylark en partance. Mais rentrer chez elle pourquoi ? Pour exister, simplement, comme elle le faisait depuis six ans, vivre au jour le jour, sans enthousiasme, sans personne dans son existence, juste le souvenir d'un homme. Mais cette fois au moins, elle aurait matière à nourrir ses rêves et ses fantasmes…

Tout cela, elle se le répétait, pourtant elle refusait de penser au moment où ils se quitteraient, ce qui n'allait pas tarder. Elle tenait à profiter de l'instant présent, à savourer chaque minute qu'elle passait avec ce « coureur invétéré ».

Et c'est justement ce qu'elle faisait, appuyée à la rambarde du gaillard d'arrière, occupée à le contempler. Penché sur les cartes, il discutait de leur itinéraire avec Connie. Elle était censée se charger des messages qu'il avait à transmettre, mais en réalité, il les confiait généralement à Connie qui se chargeait de pousser des hurlements tonitruants sur le pont afin que le destinataire entendît.

James l'ignorait, et elle ne s'en plaignait pas. Cela lui donnait le temps de se remettre de son dernier coup d'œil, si riche de promesses qu'il lui avait fait monter le rouge aux joues. Matin, midi, soir, leur amour ne connaissait pas les horaires. Quand James avait envie d'elle, il le lui faisait clairement comprendre et, quelle que fût l'heure du jour ou de la nuit, elle était plus que consentante.

« Georgina Anderson, tu es devenue une véritable effrontée ! »

Elle sourit à la petite voix de sa conscience. Je sais, et j'adore ça, merci !

Oh oui, elle aimait ça, elle aimait le regarder tandis que montait la « nausée », sachant qu'il allait bientôt la soigner à sa manière.

À l'approche des Caraïbes, une brise s'était levée, qui jouait avec sa chemise de pirate lacée sur le devant, caressait ses membres puissants comme elle avait envie de le faire.

Afin de s'empêcher de le traîner dans leur cabine, elle se tourna vers le large. Elle vit le navire au moment précis où l'information était lancée depuis la hune de la vigie. Rien d'exceptionnel. Ils en avaient croisé d'autres depuis le début de la traversée. Il y en avait eu aussi un qui les suivait, comme celui-ci, et dont ils avaient perdu la trace après une brève tempête. Mais là, c'était différent... Des pirates !

Georgina s'agrippa à la rambarde. Ses frères avaient tous un jour ou l'autre été confrontés à des pirates, au cours de leur vie de marin, mais elle ne trouvait pas indispensable d'en faire une coutume familiale. Et, par Dieu, James ne transportait pas de marchandises ! Or rien n'exaspérait plus les pirates que de se casser le nez sur un navire à la cale vide !

— Ils sont gentils de nous offrir une petite distraction, hein ? faisait remarquer Connie à James. Tu veux t'amuser tout de suite avec eux, ou tu les laisses venir ?

— Si nous attendons, cela va les troubler, tu ne crois pas ?

— Ce qui présente certains avantages.

— Tout à fait d'accord.

Georgina se retourna lentement. Ce n'étaient pas seulement leurs paroles qui la choquaient, mais surtout la nonchalance avec laquelle ils les prononçaient. Tous deux observaient le navire à la longue-vue, mais ils ne semblaient pas le moins du monde alarmés. C'était pousser leur satané flegme britannique un peu loin ! Ils ne comprenaient pas qu'ils étaient en danger ?

James abaissa sa lunette et, durant une fraction de seconde, avant qu'il remarquât combien elle était angoissée, elle discerna sur son visage une excitation - mieux, une véritable jubilation ! - à l'idée qu'un vaisseau pirate fît voile dans leur direction. Et elle réalisa que le défi l'amusait, qu'il appréciait l'occasion de mesurer ses talents de marin à ceux d'un adversaire... qui le tuerait peut-être s'il perdait.

— À vrai dire, Connie, reprit-il cependant sans quitter Georgina des yeux, je crois que nous allons suivre l'exemple du jeune Eden : leur faire un pied de nez et nous éloigner.

— Prendre le large, sans même tirer un seul coup de feu ?

Le second semblait tout à fait incrédule. Georgina ne prit pas la peine de vérifier s'il l'était vraiment, ses yeux étaient retenus par un regard vert qui ne la lâchait pas.

— Puis-je te rappeler, ajouta Connie, que tu as failli étriper le malheureux Eden parce qu'il avait osé te faire un pied de nez ?

James haussa les épaules, les yeux toujours fixés sur la jeune fille :

— Je ne suis pas d'humeur à jouer... avec eux.

Connie suivit enfin la direction de son regard, et il renifla, mécontent.

— Tu pourrais penser à nous autres. Nous n'avons pas nos distractions personnelles à bord, tu sais.

Il était tellement déconfit que James éclata de rire, mais cela ne l'empêcha pas de saisir Georgina par la main et de l'entraîner vers l'escalier.

— Sème-les, Connie. Et si tu peux te passer de moi, c'est mieux encore.

Il n'attendit même pas la réponse. En un instant ils furent dans la cabine, dont il claqua la porte derrière eux. Il avait trouvé comment assouvir la soudaine excitation qui s'était emparée de lui à l'idée de la bataille. Et il entendait s'y livrer avec la fougue qu'il aurait mise au combat.

Le combat ? Pour l'amour du Ciel, ils avaient des pirates aux trousses ! Comment pouvait-il penser à faire l'amour en ce moment ?

— James !

Elle tenta de se dégager, mais il continua à l'embrasser, sur le cou, plus bas...

— Tu aurais défié des pirates ! l'accusa-t-elle tandis que son lourd gilet tombait à terre. C'est complètement déraisonnable ! Non, attends, ma chemise...

Il l'en avait débarrassée, ainsi que de ses bandages, en un tour de main. Jamais elle ne l'avait vu si... passionné, si impatient.

— James, c'est sérieux !

— Pardonne-moi de ne pas être de ton avis, mon amour, dit-il avant de l'allonger sur le lit. C'est d'un ennui... *Voilà* ce qui est sérieux, ajouta-t-il, prenant un mamelon rose entre ses lèvres tout en continuant à la déshabiller.

Dieu, il avait une bouche merveilleuse ! Personne n'aurait pu dire que James Malory n'était pas un amant fabuleux. Enfin, tout le monde ne pouvait le savoir, mais elle était en position de l'affirmer, en ce moment, une position tout à fait délicieuse, même !

— Mais, James... risqua-t-elle, plus faiblement toutefois.

— Plus un mot, George, si ce ne sont pas des mots d'amour !

— Quel genre de mots d'amour ?

— « J'aime ce que tu me fais, James. Encore, James. Plus bas, James... »

Elle cria légèrement lorsque sa bouche descendit le long de son ventre.

— Ceci n'est pas mal non plus, apprécia-t-il. Oh chérie, tu es prête pour moi, n'est-ce pas ?

— Ce sont ça... tes mots... d'amour ?

Elle pouvait à peine parler, perdue dans un plaisir trop intense.

— Te donnent-ils envie de m'avoir en toi ?

— Oui !

— Alors, ça suffira...

Il s'enfonça profondément en elle, agrippant ses hanches.

— ... pour l'instant.

Heureusement, les pirates avaient été distancés. Mais de toute façon, Georgina s'en moquait éperdument.

26

— Ta voiture vient d'arriver, James, annonça Connie depuis le seuil.

— Rien ne presse. Avec l'embouteillage sur le quai… Je préfère attendre que les chariots qui chargent le navire américain aient terminé. Viens prendre un verre avec moi, vieux.

Ils avaient accosté plusieurs heures plus tôt. Georgina avait bouclé les malles de James le matin, mais il ne lui avait pas encore annoncé qu'elle séjournerait dans sa plantation. Il se réjouissait de la surprendre par la dimension et la splendeur de sa résidence. Ce soir, devant une table éclairée aux chandelles, il lui proposerait d'être sa maîtresse attitrée.

Connie se dirigea vers la fenêtre, d'où il voyait parfaitement le navire américain qui se préparait à larguer les amarres.

— Il me semble connaître ce bâtiment, dit James.

— Peut-être l'une des anciennes victimes de Hawke ? rétorqua Connie en souriant.

— Alors il vaut mieux qu'il lève l'ancre au plus vite.

— Pourquoi ? Le *Maiden Anne* n'a jamais navigué sous ce nom. Et depuis quand refuserais-tu une petite diversion, comme d'être accusé de piraterie sans preuve ? Tu as déjà renoncé à une distraction en mer...

— Avec de bonnes raisons, lui rappela James.

Jamais on n'aurait mis l'existence de sa petite Georgie en péril pour quelques heures d'aventure !

— Et, à vrai dire, ajouta-t-il, j'aimerais autant que l'on ne m'ennuie pas maintenant.

Connie accepta le verre qu'il lui offrait.

— Tu as l'air plutôt content de toi. Pour une raison particulière ?

— Tu as devant toi un homme prêt à s'engager, Connie. J'ai décidé de garder George près de moi un certain temps. Et ne prends pas cet air étonné !

— Crénom, si, je suis surpris ! La dernière femme avec qui tu as navigué... comment s'appelait-elle, déjà ?

James fronça les sourcils.

— Estelle, ou Stella. Mais quelle importance ?

— Tu avais décidé de vivre avec elle, tu l'as même autorisée à redécorer ta cabine avec ces meubles bizarres.

— Je les aime bien, maintenant, je m'y suis habitué.

— Ne détourne pas la conversation. Tu t'es entiché de la dame, tu t'es montré scandaleusement généreux vis-à-vis d'elle, mais au bout d'à peine une semaine en mer tu as fait faire demi-tour au bateau pour la ramener là où tu l'avais prise. J'étais certain qu'après ces quelques semaines avec la petite, tu aurais hâte d'en être débarrassé !

— Eh bien, George est beaucoup plus charmante.

— Charmante ? Cette gamine effrontée ?

— Attention, Connie ! Tu parles de celle qui va bientôt devenir ma maîtresse officielle !

Conrad haussa les sourcils.

— Tu irais jusque-là ? Pourquoi ?

— Question stupide ! grommela James. À ton avis ? Je me suis attaché à la petite Yankee. Elle s'est montrée adorable avec moi depuis que j'ai mis un terme à sa supercherie.

— Reprends-moi si je me trompe, mais n'avais-tu pas juré que tu n'aurais jamais de maîtresse en titre ? Sous prétexte qu'elles ont toutes le mariage en tête, malgré ce qu'elles prétendent ? Tu t'es tenu à l'écart de toute liaison sérieuse depuis un paquet d'années, Hawke, pourtant tu n'as jamais manqué de compagnie féminine quand l'envie t'en prenait. Ça coûte diablement moins cher, en plus !

James balaya ces arguments d'un geste.

— Eh bien, j'ai décidé de changer mes habitudes. D'autre part, le mariage n'intéresse pas George le moins du monde. J'ai abordé le sujet directement avec elle, et elle n'a pas pipé mot.

— *Toutes* les femmes pensent au mariage. Tu l'as dit toi-même.

— Bon sang, Connie, si tu essaies de m'empêcher de la garder, tu ferais mieux de renoncer. J'y ai beaucoup réfléchi cette semaine, et je n'ai tout simplement pas envie de la quitter.

— Et qu'en pense-t-elle ?

— Elle sera ravie, évidemment. La petite est plutôt amoureuse, elle aussi, précisa-t-il d'un air suffisant.

— Heureux de l'entendre, répliqua Connie, ironique. Alors selon toi, que fait-elle sur ce navire à côté ?

James bondit sur ses pieds, renversant son fauteuil. Il se précipita à la fenêtre et, au bout de quelques secondes, aperçut Georgina sur le pont du navire voisin, l'Écossais derrière elle. Apparemment, elle s'entretenait avec l'un des officiers, peut-être le capitaine. James eut l'impression qu'elle le connaissait, impression confirmée quand il vit l'homme la saisir par le bras et la secouer comme un prunier avant de la serrer fougueusement contre lui.

James se jeta vers la porte en jurant entre ses dents.

— Si tu as l'intention d'aller la récupérer... commença Connie.

— Je vais d'abord casser la figure à ce type, *ensuite* je la récupérerai, répondit James sans s'arrêter.

— Ça m'étonnerait, vieux ! cria Conrad derrière lui. Le bateau a levé l'ancre !

— Quoi ! tonna James dans la coursive, avant de rentrer en trombe dans la cabine pour voir le vaisseau s'éloigner lentement. Bon sang !

— Regarde le côté positif des choses, Hawke, déclara Connie sans la moindre compassion. Tu aurais simplement passé quelques semaines de plus avec elle, avant notre retour en Angleterre. Même si tu avais eu l'intention de la ramener avec toi, d'après ce que tu m'as raconté, elle déteste tellement l'Angleterre qu'elle aurait refusé.

— Cette petite traînée m'a laissé tomber, sans même un au revoir ! Alors ne me parle pas des problèmes que j'aurais eu à affronter, quand ce coup vient de m'assommer !

Les yeux fixés sur l'emplacement désert du navire voisin du *Maiden Anne*, il ne parvenait pas à croire que Georgie fût partie. Le matin encore, elle l'avait réveillé de ses baisers, elle avait pris son visage entre ses petites mains et lui avait offert son sourire sensuel, qu'elle gardait pour leurs moments d'intimité, celui qui éveillait son désir avec une force qu'il n'avait jamais soupçonnée. Partie ?

— Pas question !

Il adressa à Conrad un regard déterminé qui fit gémir le second.

— Combien d'hommes sont descendus à terre ?

— Pour l'amour du Ciel, James, tu n'as pas l'intention de...

— Si ! coupa James d'une voix qui trahissait sa rage. Retrouve-les, pendant que je me renseigne sur ce bateau. Je veux lever l'ancre dans moins d'une heure.

Georgina passa outre l'ordre de son frère Drew de rester dans sa cabine dès qu'il eut le dos tourné. Il lui avait déjà promis une correction qui lui ôterait l'envie de s'asseoir pendant toute la traversée. L'avait-il dit sous le coup de la colère, ou le ferait-il vraiment ? Elle ne s'en souciait guère, pour le moment.

Oh, il était absolument furieux ! Il avait d'abord été surpris quand elle était apparue, souriante, devant lui. Puis il s'était inquiété. Quelle catastrophe l'avait amenée à le chercher jusqu'à la Jamaïque ? Enfin, rassuré, il s'était mis en colère, l'avait secouée pour la punir de lui avoir fait peur. Tout de suite après, il l'avait serrée contre lui, heureux que rien de dramatique ne se fût passé. Mais lorsqu'elle avait expliqué qu'elle rentrait tout juste d'Angleterre, il avait commencé à hurler. Et c'était l'un de ses frères les plus calmes, celui qui avait le meilleur caractère juste après Thomas !

Contrairement à Warren – qui avait un tempérament explosif et à qui personne n'osait s'opposer –, ou à Boyd et Clinton – qui étaient beaucoup trop sérieux –, Drew était la tête brûlée de la famille, que les hommes pourchassaient par hordes. Alors lui, entre tous, aurait dû comprendre pourquoi elle était partie à la recherche de Malcolm. Au lieu de cela, il s'était mis dans une colère telle que Georgina avait cru apercevoir un peu de couleur dans le noir intégral de ses yeux. S'il lui infligeait une raclée, que recevrait-elle de la part de Clinton ou Warren ?

Mais, pour l'instant, ce n'était pas sa préoccupation principale.

Elle ne s'était pas rendu compte, lorsqu'elle s'était précipitée tout excitée sur le navire de Drew, que le *Triton* s'apprêtait à prendre la mer. En fait, il avait largué les amarres pendant que Drew était en train de déverser sa colère sur Georgina. Et à présent, elle se tenait à l'arrière, à regarder le *Maiden Anne* devenir plus petit sur la mer scintillante des Caraïbes… Elle cherchait en vain à apercevoir James une dernière fois.

Lorsque enfin il apparut sur le pont, sa chevelure blonde ébouriffée par le vent, avec ces larges épaules qui ne pouvaient appartenir qu'à lui, un sanglot lui monta à la gorge. Pourvu qu'il regardât dans sa direction ! Ils étaient trop loin pour qu'elle pût crier, mais elle lui ferait des signes. Hélas, il ne se tournait pas vers la mer. Elle le vit quitter le bateau à grands pas et disparaître dans la foule sur le quai.

O mon Dieu, il ignorait qu'elle était partie ! Il s'attendrait à la retrouver sur le bateau à son retour. D'ailleurs elle avait laissé toutes ses affaires sur le *Maiden Anne,* y compris la bague, cadeau de son père, qu'elle aimait tant. Mais le plus grave pour elle était de n'avoir pas eu le temps de faire ses adieux à James, de lui dire... Lui dire quoi ? Qu'elle était tombée amoureuse de lui.

Elle faillit en rire. C'était drôle, vraiment drôle ! Amoureuse de son ennemi ! Un affreux Anglais, un sale aristocrate, qui avait su trouver le chemin de son cœur, de son corps. C'était ridicule, et cela l'aurait été plus encore de le lui avouer.

Une nuit où elle entendait son cœur battre régulièrement sous son oreille, elle lui avait demandé s'il était marié.

— Grands dieux non ! s'était-il écrié, horrifié. Jamais tu ne me verras commettre une telle ânerie !

— Pourquoi pas ?

— Parce que toutes les femmes deviennent des coureuses sans scrupules dès qu'elles ont la bague au doigt. Ne le prends pas mal, mon amour, mais c'est la vérité.

Cette attitude lui rappelait tellement celle de son frère Warren qu'elle en avait tiré ses conclusions :

— Je suis désolée. J'aurais dû me douter que tu avais vécu un grand amour qui s'est mal terminé. Mais il ne faut pas condamner toutes les femmes à cause d'une seule. C'est ce que fait mon frère Warren, et il a tort.

— Désolé de te décevoir, George, mais je n'ai pas eu de grand amour de ma vie. Je parlais de l'infidélité des femmes en connaissance de cause, parce que je suis celui avec lequel elles trompent leurs époux. Le mariage est fait pour les imbéciles et les naïfs...

Elle s'était attendue à une réponse de ce genre. Sur ce point, il ressemblait tellement à Warren que c'en était inquiétant. Mais au moins Warren avait-il une excuse pour la façon abominable dont il traitait les femmes, se servant d'elles sans jamais se laisser émouvoir. Il avait été cruellement blessé par celle qu'il voulait épouser. James, lui, n'avait aucune excuse. C'était tout simplement un libertin. Et il n'en avait même pas honte.

— Allons, petite, ne t'inquiète pas, Drew ne va pas te taper dessus, dit Mac qui s'était approché d'elle. Alors ne pleure plus. Mais tu ferais mieux de rester en bas. Donne-lui une chance de se calmer avant qu'il te voie de nouveau et qu'il apprenne le pire.

— Le pire ? répéta-t-elle en s'essuyant les joues.

— Que nous avons dû travailler pour payer notre voyage.

— Oh, ça ! dit-elle en reniflant, heureuse de se changer les idées. En effet, je ne pense pas que cela lui ferait grand plaisir. Sommes-nous absolument obligés de le lui dire ?

— Tu mentirais à ton propre frère ?

— Il a menacé de me battre, Mac, lui rappela-t-elle, dégoûtée. Et il s'agit de Drew. Drew, pour l'amour du Ciel ! Je ne tiens pas à voir sa réaction s'il apprend que j'ai dormi dans la cabine d'un Anglais pendant un mois !

— Ouais... Peut-être qu'un petit mensonge ne serait pas trop grave, après tout. Juste un mensonge par omission : inutile de lui avouer qu'on nous a volé notre argent. Il nous reste les autres à affronter, et ça va être encore pire, à mon avis.

— Merci, Mac. Tu es le plus adorable...

— Georgina !

C'était la voix de Drew, nettement menaçante.

— Je vais sortir ma ceinture !

Elle fit volte-face. Il ne faisait pas mine de déboucler sa ceinture, mais sans aucun doute il s'en servirait si elle ne disparaissait pas, et vite ! Pourtant, elle s'avança vers le superbe capitaine du *Triton* et lui lança un regard mauvais.

— Tu n'es qu'une brute insensible, Drew. Malcolm a épousé une autre femme, et tout ce que tu trouves à faire, c'est de crier après moi.

Sur ce, elle éclata en sanglots.

Mac eut un petit reniflement écœuré. Jamais il n'avait vu un homme aussi facilement désarmé que Drew Anderson en ce moment.

27

Georgina se sentait un peu mieux. En tout cas beaucoup plus optimiste quant à la réaction de ses autres frères, après la façon dont Drew avait compati à ses malheurs. Évidemment, il avait cru qu'elle pleurait uniquement sur Malcolm. Et elle ne voyait aucune raison de lui avouer qu'elle ne pensait plus à lui. C'était un autre homme qui occupait tout son esprit, toutes ses émotions, un homme dont elle avait parlé seulement pour expliquer qu'il était le capitaine du *Maiden Anne*.

Plus d'une fois, elle avait envisagé de dire toute la vérité à Drew, mais elle ne souhaitait pas réveiller sa colère. D'ailleurs, cet éclat l'avait surprise. C'était son frère le plus gai, celui qui la taquinait sans cesse, sur qui on pouvait compter pour se remonter le moral. Et il y était arrivé, d'ailleurs, bien qu'il ne sût pas ce qui la tracassait vraiment.

Il finirait par l'apprendre. Ils finiraient tous par l'apprendre. Mais le pire pouvait attendre encore un peu, un mois ou deux, quand ses frères exigeraient de savoir de qui était le bébé qu'elle portait… Qu'est-ce que James avait dit à propos de

Jason ? Qu'il sautait au plafond ? Eh bien, elle aurait cinq frères qui sauteraient au plafond.

Elle ne savait pas très bien ce qu'elle ressentait à ce sujet. Elle avait peur, c'était certain. Elle était aussi un peu désorientée, un peu... contente, elle ne pouvait le nier. Cela poserait un tas de problèmes, sans parler du scandale, mais globalement cela se résumait en quelques mots : *le bébé de James*. Rien d'autre n'était important. C'était fou ! Elle aurait dû être atterrée à l'idée d'élever un enfant sans père, or elle ne l'était pas. Elle n'aurait jamais James, aucun autre homme ne prendrait sa place, mais elle garderait son enfant. Voilà tout.

Cette certitude qu'elle attendait un bébé avait grandement amélioré l'humeur de Georgina quand ils atteignirent le détroit de Long Island, trois semaines après avoir quitté la Jamaïque. Et lorsque Bridgeport fut en vue, elle était tout excitée à l'idée de rentrer chez elle, surtout à cette époque de l'année, sa préférée, l'automne encore doux et déjà flamboyant. Du moins fut-elle enthousiaste jusqu'à ce qu'elle vît dans le port trois vaisseaux de la Skylark qu'elle aurait préféré savoir à l'autre bout du monde !

Le trajet vers le grand manoir de brique fut calme. Drew, assis près d'elle dans la calèche, lui serrait la main de temps en temps, réconfortant. Il était résolument de son côté à présent, mais cela l'aiderait-il lorsqu'elle devrait affronter ses aînés ? Drew n'avait jamais été capable de leur tenir tête, surtout quand ils étaient tous ensemble.

Elle avait abandonné son habit de mousse. C'était en partie ce qui avait déclenché la fureur de Drew, mais au moins les autres n'auraient-ils pas cette raison de se mettre en colère. Durant la traversée, elle avait emprunté des vêtements à l'équipage, et à présent elle portait la ravissante robe que son frère avait rapportée à sa petite amie du moment.

— Souris, Georgie. Ce n'est pas la fin du monde, tout de même !

Elle lui jeta un regard de biais. Il commençait à saisir l'humour de la situation, et cela ne plaisait guère à la jeune fille, mais cette réflexion était tellement typique de son caractère ! Il était complètement différent des autres garçons de la famille. D'abord, il était le seul à avoir des yeux vraiment noirs. Il était le seul aussi à se relever en riant après s'être fait rosser, ce qui lui était souvent arrivé quand il prenait Boyd ou Warren à rebrousse-poil. Et pourtant, il ressemblait étonnamment à Warren.

Ils avaient les mêmes cheveux bouclés d'un blond foncé, ils étaient aussi grands l'un que l'autre et presque trop beaux. Mais si les femmes adoraient le côté charmeur et gamin de Drew, elles se méfiaient du cynisme de Warren et de son tempérament explosif… pas assez, toutefois.

Warren était vraiment d'une goujaterie sans nom, et Georgina plaignait les femmes qui succombaient à son charme glacial. Or, elles étaient nombreuses ! Il devait posséder quelque chose d'irrésistible qu'elle ne comprenait pas très bien. En revanche, elle connaissait par cœur son humeur !

Rien que d'y penser, elle frémissait…

— C'est facile à dire, pour toi, répondit-elle enfin à son frère. Tu crois qu'ils vont écouter mes explications avant de m'étrangler ? J'en doute.

— Eh bien, en effet, Clinton n'écoutera pas bien longtemps, s'il décèle cette pointe d'affreux accent anglais que tu as attrapée. Tu ferais peut-être mieux de me laisser parler...

— Tu es un amour, Drew, mais si Warren est dans les parages...

— Je vois ce que tu veux dire, renchérit Drew en riant au souvenir de quelques scènes épiques. Alors espérons qu'il passera la nuit à Duck's Inn et qu'il rentrera seulement une fois que Clinton aura imposé son verdict. Tu as de la chance qu'il soit à la maison.

— De la chance !

— Chut ! Nous sommes arrivés. Inutile de les avertir.

— Quelqu'un a dû annoncer que le *Triton* était rentré, non ?

— Oui, mais pas que tu étais à bord. Grâce à l'effet de surprise, Georgie, tu auras peut-être l'occasion de t'exprimer.

Ça aurait pu être le cas, si Warren, Boyd et Clinton ne s'étaient trouvés réunis dans le bureau quand Georgina y entra, suivie de Drew. Le plus jeune, Boyd, la vit le premier et bondit de son siège. Le temps qu'il se jetât sur elle pour l'embrasser et la submerger de questions, les deux aînés s'étaient remis de leur surprise et s'approchaient d'elle, menaçants. Ils avaient l'air de vouloir se battre pour savoir qui serait le premier à lui mettre la main dessus.

Georgina s'était persuadée qu'ils ne lui feraient aucun mal, mais sa belle confiance fut fortement ébranlée. Elle parvint à s'extirper de l'étreinte de Boyd et l'attira vers Drew avant de se placer prudemment derrière eux.

Elle risqua un coup d'œil par-dessus l'épaule de Boyd, qui était un peu moins grand que Drew, et cria en direction de Clinton :

— Je vais vous expliquer ! Je le peux vraiment !

Ils continuaient à marcher sur elle et contournèrent ses deux gardes du corps. Alors elle se glissa entre eux et courut se réfugier derrière le bureau. Bien qu'une autre fois sur un certain bateau, un bureau ne l'eût guère protégée...

En s'enfuyant, elle avait attisé la colère de Warren et de Clinton, cependant elle sentit la rage l'envahir aussi lorsqu'elle vit Warren bousculer rudement Drew qui voulait s'interposer.

— Vous êtes injustes, tous les deux ! s'insurgea-t-elle.

— Tais-toi, Georgie ! gronda Warren.

— Non ! Je n'ai pas de comptes à te rendre, Warren, si Clinton est là. Alors arrête-toi, ou je...

Elle saisit le premier objet qui lui tombait sous la main.

— ... Ou je t'assomme !

Il s'arrêta en effet, surpris. Clinton fit de même. Ils semblaient subitement alarmés.

— Pose ce vase, Georgie, dit doucement Clinton. Il a trop de valeur pour que tu le brises sur le crâne de Warren.

— Ce n'est sûrement pas son avis ! répliqua-t-elle.

— Si, justement, renchérit Warren d'une voix calme.

— Voyons, Georgie, intervint Boyd. Tu ne sais pas ce que tu as entre les mains. Obéis à Clinton, je t'en prie.

Drew jeta un coup d'œil à Boyd, qui était devenu pâle, puis aux deux dos raides devant lui, et enfin à sa petite sœur qui tenait toujours brandi le vase en question. Il ne put s'empêcher d'éclater de rire.

— Tu y es arrivée, Georgie ! Bon sang, tu y es arrivée !

Elle lui accorda un bref regard.

— Je ne suis pas en état d'apprécier ton humour pour l'instant, Drew. Qu'est-ce que j'ai réussi ?

— À les mettre à ta merci. Ils t'écouteront, maintenant, tu vas voir…

— C'est vrai, Clinton ? demanda-t-elle à son frère aîné.

Il était en train d'hésiter sur la conduite à adopter : sévérité ou persuasion, mais l'intervention de Drew l'obligea à prendre une décision.

— Je suis prêt à t'entendre, en effet, si tu…

— Pas de « si », coupa-t-elle. Oui ou…

— Bon sang, Georgina ! explosa enfin Warren. Donne-moi ce…

— Tais-toi, Warren, gronda Clinton. Si tu lui fais peur, elle va le lâcher. Maintenant écoute, Georgie, tu ne sais pas ce que tu tiens entre les mains…

Elle se résolut enfin à regarder le vase et eut un haut-le-corps. C'était l'objet le plus délicat, le plus ravissant qu'elle eût vu. La porcelaine était si fine qu'elle en devenait translucide, et une délicieuse scène orientale y était peinte à l'or. Elle esquissa un geste pour poser cette petite merveille mais s'interrompit en entendant le soupir soulagé qui échappa à ses frères.

Un sourcil haussé – parfaite imitation de la manie si exaspérante du capitaine anglais –, elle demanda à Clinton :

— Une valeur inestimable, c'est bien cela ?

Boyd gémit, et Warren se détourna afin qu'elle ne l'entendît pas jurer. Drew se contenta de pouffer, tandis que Clinton arborait son air le plus courroucé.

— C'est du chantage, Georgina ! grinça-t-il, les dents serrées.

— Pas du tout. Plutôt de l'instinct de conservation. En outre, je n'ai pas fini d'admirer ce...

— Tu as gagné, petite. Nous ferions mieux de tous nous asseoir, pour que tu poses le vase sur tes genoux.

— Avec plaisir !

Cependant, Clinton n'avait pas imaginé qu'elle s'emparerait du siège placé derrière le bureau. Il devint rouge de colère en la voyant s'y installer, et Georgina songea qu'elle allait peut-être un peu loin, mais c'était une sensation si grisante d'avoir ses frères à sa merci ! Évidemment, elle serait peut-être obligée de garder le vase à la main pour le reste de ses jours !

— Auriez-vous l'obligeance de m'expliquer pourquoi vous êtes tous si furieux après moi ? Je suis tout simplement allée...

— En Angleterre ! coupa Boyd. En Angleterre, par Dieu ! Sur cette terre diabolique !

— Ce n'était pas *si* terrible...

— Et seule ! renchérit Clinton. Tu es partie seule, pour l'amour du Ciel. Tu avais perdu l'esprit ?

— Mac était avec moi.

— Ce n'est pas ton frère.

— Allons, Clinton, tu sais qu'il a été comme un père pour nous tous.

— Mais il est beaucoup trop indulgent envers toi. Il se laisse marcher sur les pieds.

Elle ne pouvait guère affirmer le contraire, et elle rougit légèrement. De plus, elle reconnaissait que jamais elle n'aurait perdu son innocence – ni son cœur – si l'un de ses frères l'avait accompagnée à la place de Mac. Jamais elle n'aurait rencontré James, jamais elle n'aurait connu un tel bonheur. Ni un tel enfer. Et il n'y aurait pas un bébé en train de grandir en elle, un enfant qui allait causer un scandale comme Bridgeport n'en avait connu depuis des siècles. Mais il était inutile de refaire l'histoire. Et, honnêtement, elle ne pouvait dire qu'elle regrettait quoi que ce fût.

— J'ai peut-être été un peu impulsive.

— Un peu ! s'indigna Warren, absolument pas calmé.

— D'accord : très. Mais ne voulez-vous pas savoir pourquoi j'étais obligée d'y aller ?

— Pas du tout !

— Aucune explication n'excusera l'angoisse que nous avons ressentie. C'était un acte impardonnable, égoïste...

— Mais vous n'étiez pas censés vous inquiéter ! s'écria-t-elle avec fougue. Vous n'étiez même pas censés être au courant avant mon retour. Je devais rentrer avant vous tous. Et d'ailleurs, que fabriquez-vous ici ?

— C'est une longue histoire, qui n'est pas sans rapport avec ce vase. Mais ne change pas de conversation, fillette. Tu ne devais pas partir pour l'Angleterre, pourtant tu l'as fait. Tu savais exactement ce que nous en penserions, et pourtant tu t'es embarquée.

C'en était trop pour Drew. Quand il vit Georgina courber les épaules sous le poids de la culpabilité, son instinct fraternel se réveilla.

— Tu as dit ce que tu avais à dire, Clinton, mais Georgina a assez souffert. Elle n'a pas besoin que vous en rajoutiez.

— Elle a surtout besoin d'une bonne fessée ! insista Warren. Et si Clinton ne s'en charge pas, tu peux compter sur moi !

— Tu ne la trouves pas un peu âgée pour ça ? demanda Drew, oubliant sa première réaction lorsqu'il avait retrouvé sa sœur.

— Les femmes ne sont jamais trop âgées pour une bonne fessée.

Cette phrase rageuse fit sourire Drew, ricaner Boyd, et Clinton leva les yeux au ciel. Un instant, les quatre hommes oublièrent la présence de Georgina. Mais celle-ci, à les entendre, n'était plus du tout intimidée. Elle avait même diablement envie d'envoyer ce fameux vase à la tête de Warren.

— Les femmes en général, certes, mais pas les sœurs, déclara Drew ironique. Et pourquoi es-tu si agressif, au juste ?

Comme Warren se taisait, Boyd répondit à sa place :

— Il est arrivé à quai seulement hier soir, mais dès qu'il a appris ce qu'elle avait fait, il a exigé qu'on vérifie son bateau ; il devait s'embarquer cet après-midi… pour l'Angleterre.

Stupéfaite, Georgina balbutia :

— Tu… tu voulais partir me chercher, Warren ?

La petite cicatrice sur la joue gauche du jeune homme tressauta nerveusement. Visiblement, il ne souhaitait pas qu'on sût à quel point il s'était tracassé. Et il n'avait pas non plus l'intention de lui répondre. D'ailleurs, c'était inutile.

— Ma foi, Warren Anderson, c'est bien ce que tu as fait de plus gentil pour moi de toute ta vie ! poursuivait Georgina.

— Oh, la barbe ! grommela-t-il.

Elle sourit.

— Ne sois pas gêné. Nous sommes entre nous. Aucun étranger ne pourra constater que tu n'es pas aussi froid et indifférent que tu le prétends.

— Une raclée dont tu te souviendras, Georgie, je te le promets !

Elle ne prit pas cette menace au sérieux. Le cœur n'y était plus, et elle se contenta de lui adresser un sourire de pure tendresse.

Dans le silence, Boyd demanda, à retardement :

— Que voulais-tu dire, Drew, en prétendant qu'elle a assez souffert ?

— Elle a retrouvé son Malcolm, hélas !

— Et ?

— Et tu ne le vois pas près d'elle, n'est-ce pas ?

— Tu veux dire qu'il ne veut plus d'elle ? s'étonna Boyd.

— Pire que ça. Il a épousé une autre femme voilà environ cinq ans.

— Quoi ? Ce...

— ... vaurien !

— ... fils de traînée !

Georgina cligna des yeux devant leur colère renouvelée, cette fois en sa faveur. Elle aurait dû s'y attendre... Ils étaient tellement protecteurs vis-à-vis d'elle ! Elle n'osa imaginer ce qu'ils diraient de James, le moment des aveux arrivé !

Ils étaient encore en train de la plaindre à leur manière – c'est-à-dire à grand renfort d'expressions colorées – lorsque leur dernier frère pénétra dans la pièce.

— Je ne le crois pas ! s'exclama-t-il. Nous cinq à la maison en même temps ! Il y a dix ans que cela ne s'est pas produit !

— Thomas ! s'écria Clinton.

— Bon sang, Tom, tu devais être juste dans mon sillage ! renchérit Drew.

— Pas loin ! répondit Thomas. Je t'ai aperçu au large de la Virginie, mais ensuite je t'ai perdu.

Il accorda enfin son attention à Georgina, surtout parce qu'elle était assise à la place du chef de famille, derrière le bureau.

— Pas d'accueil chaleureux, ma douce ? Tu es toujours en colère contre moi pour avoir retardé ton voyage en Angleterre ?

En colère ? Elle était folle de rage, oui ! C'était bien de Thomas d'imaginer que tout allait pour le mieux dès qu'il était de retour à la maison.

— *Mon* voyage ?

Elle contourna le bureau, fourrant le vase sous son bras, tellement furieuse qu'elle l'avait même oublié.

— Je ne voulais pas aller en Angleterre, Thomas. Je t'avais demandé de t'y rendre pour moi. Je t'ai même supplié. Mais tu as refusé, non ? Mes petits tourments ne sont rien comparés à ton fichu emploi du temps.

— Allons, Georgie, dit-il, apaisant. Je suis prêt à y aller maintenant, et si tu veux m'accompagner, tu seras la bienvenue.

— Elle y est déjà allée, intervint Drew.

— Allée où ?

— En Angleterre, et revenue.

— Quoi ?

Les yeux verts de Thomas flamboyaient.

— Georgie, tu n'as pas eu l'inconscience de...

— Crois-tu ? coupa-t-elle sèchement.

Mais, de façon tout à fait absurde, ses yeux s'emplirent brusquement de larmes.

— C'est ta faute si je suis... si je suis... Oh, tiens !

Elle lui lança le vase et sortit de la pièce en courant, vexée de pleurer pour un Anglais sans cœur qui lui avait ravi son innocence.

Derrière elle, elle laissait le chaos. Et pas seulement à cause de ses sanglots.

Thomas attrapa le vase au vol, mais les quatre autres se jetèrent à ses pieds pour amortir la chute au cas où il l'aurait manqué...

28

James, accroché au bastingage, guettait avec impatience le petit bateau qui revenait vers le navire. Cela faisait trois jours qu'il attendait dans cette baie du Connecticut... S'il avait su que ce serait si long, il serait descendu lui-même à terre chercher l'information qu'il avait chargé Artie et Henry d'obtenir.

James ne connaissait absolument pas les eaux américaines, mais il avait décidé finalement de ne pas suivre dans le port le navire sur lequel se trouvait Georgie, car il ne voulait pas que la jeune fille le sût à ses trousses. Il s'était simplement assuré que le bateau était bien à quai avant d'aller s'amarrer de l'autre côté d'une langue de terre, près de l'embouchure du fleuve. Puis il avait envoyé Artie et Henry en ville glaner des renseignements. Mais cela n'aurait pas dû prendre trois jours ! Il voulait seulement savoir où résidait la petite, il n'avait pas besoin d'un rapport détaillé sur la région !

Au moment où les deux matelots posaient le pied sur le pont, il aboya :

— Alors ?

Puis, changeant d'avis, il ordonna sèchement :

— Dans ma cabine.

Les deux hommes ne furent guère troublés par sa brusquerie. De toute façon, c'était l'attitude quotidienne du capitaine depuis qu'ils avaient quitté la Jamaïque.

Ils le suivirent dans la coursive, ainsi que Connie. Mais James n'attendit pas d'être assis à son bureau pour les questionner de nouveau.

Artie prit la parole le premier.

— Ça vous fera pas plaisir, cap'taine. Ou peut-être que si. Le bateau qu'on suivait appartient à la Skylark.

James fronça les sourcils en s'asseyant enfin.

— Ce nom m'est vaguement familier...

Connie avait meilleure mémoire :

— Sans doute parce que Hawke a rencontré deux navires de cette compagnie. Nous avons capturé l'un des deux et l'autre s'est échappé, mais pas indemne.

— Et Bridgeport est le port d'attache de la société, ajouta Artie. Il y a une demi-douzaine de leurs bâtiments à quai, en ce moment.

James sourit enfin.

— On dirait que j'ai été bien inspiré de nous amarrer ailleurs, n'est-ce pas, Connie ?

— Pour sûr ! Cependant, le *Maiden Anne* est méconnaissable, mais pas toi. Je suppose que cela va te dissuader d'aller à terre.

— Tu crois ?

Connie se raidit.

— Oublie ça, James ! Cette petite ne vaut pas la peine que tu sois pendu !

— N'exagère pas ! On m'a vu quand nous attaquions, mais je portais la barbe à cette époque, rappelle-toi. On ne me reconnaîtrait pas davantage que le bateau… En outre, Hawke a pris sa retraite depuis plus de cinq ans. Le temps efface bien des choses.

— Dans ce cas, il a aussi gommé ton bon sens, grommela le second. Il n'y a aucune raison pour que tu prennes des risques, alors qu'on peut t'amener la petite à bord.

— Et si elle refuse de venir ?

— Je m'en occuperai.

— Tu penses à un enlèvement, Connie ? Reprends-moi si je me trompe, mais n'est-ce pas considéré comme un crime ?

Rouge de frustration, Connie garda le silence.

— Mais n'y pensons plus. Je ne suis pas venu jusqu'ici pour te laisser bousculer mes plans.

— Et quels sont-ils, exactement ?

Cette question eut le don de mettre James hors de lui.

— Je n'en ai pas encore, mais ce n'est sacrément pas le problème !… Artie, où est-elle ? Vous êtes bien arrivés à le découvrir, tout de même ?

— Ouais, cap'taine. Elle habite une grande maison dans les faubourgs de Bridgeport.

— Les faubourgs ? Ainsi je peux aller chez elle sans entrer réellement en ville ?

— Facilement, mais…

— Tu vois bien, Connie ! coupa James. Tu t'inquiétais pour rien !

— Cap'taine ?

— Je n'aurai pas besoin d'approcher du port.

Henry poussa en français un violent juron qui attira l'attention sur lui. Il fixait son camarade d'un regard noir.

— Quand vas-tu lui dire ? T'attends qu'il ait pénétré dans la maison du tigre ?

— Du lion, Henry. Et qu'est-ce que tu crois que j'essaie de faire, hein ?

Cette fois, James les écoutait.

— On dit : l'antre du lion, messieurs. Et maintenant, si vous vous expliquiez plus clairement ?

— C'est la famille de la fille qui possède la Skylark, cap'taine. Et ses frères qui naviguent.

— Sacré nom d'un chien ! marmonna Connie, tandis que James éclatait de rire.

— Quelle blague ! Elle a bien dit qu'elle avait un navire à elle, mais du diable si je l'ai crue ! J'ai simplement pensé qu'elle se vantait.

— Elle était trop modeste au contraire, on dirait, intervint Connie. Et je ne vois là rien de drôle, James. Tu ne peux tout de même pas...

— Bien sûr que si ! Il suffit que je choisisse un moment où elle a des chances d'être seule.

— Ça sera pas ce soir, cap'taine. Ils donnent une recé... répec...

— Une réception ?

— Ouais, c'est ça. La moitié de la ville est invitée.

— Pour fêter le retour de toute la famille à la maison, précisa Henry. Apparemment, ça n'arrive pas souvent.

— Je comprends pourquoi vous avez été si longs ! gronda James. Je vous envoie trouver où réside la petite, et vous revenez avec toute l'histoire de sa famille ! Bon, qu'y a-t-il d'autre ? Vous n'avez pas découvert ce qu'elle faisait en Angleterre, par hasard ?

— Cherchait son promis.

— Son quoi ?

— Son fiancé, expliqua Henry.

James se pencha lentement en avant, et ses trois compagnons reculèrent instinctivement. Si James fulminait depuis qu'ils avaient quitté la Jamaïque, ce n'était rien comparé à sa réaction à ce simple mot.

— Elle... a... un *fiancé ?*

— Elle en a plus ! rectifia vivement Henry.

— Elle l'a trouvé marié à une Anglaise. Alors qu'elle avait attendu six ans que... Aïe, Henry ! Tu m'écrases le pied !

— C'est ta grande gueule que je devrais écraser, mon vieux !

— Elle... l'a attendu... *six ans ?*

Artie frémit.

— Eh bien, il a été enrôlé d'office, cap'taine. Et, après la guerre... Ils savaient pas ce que le garçon était devenu avant cette année. Henry a dû faire du charme à une des femmes de chambre pour...

— Six ans, répéta James comme pour lui-même. On dirait que George était diablement accrochée, n'est-ce pas, Connie ? ajouta-t-il d'une voix plus forte.

— Bon sang, James, je n'arrive pas à croire que ça te tracasse. Je t'ai entendu répéter mille fois qu'une femme trahie fait une splendide maîtresse. Et tu ne voulais pas que la gamine tombe amoureuse de toi, je suppose ? Tu as horreur de ça !

— C'est vrai.

— Alors, pour l'amour du Ciel, qu'est-ce qui te rend si sombre ?

29

— Nom d'un chien, où étais-tu, Clinton ? demanda Drew, agressif, dès que son frère pénétra dans le vaste bureau qui servait de quartier général aux hommes de la famille.

Clinton jeta un coup d'œil à Warren et Thomas, installés dans un canapé de cuir brun, pour chercher une explication à l'humeur inhabituelle de Drew. Celui-ci ne leur ayant pas dit pourquoi il était si impatient de voir Clinton, ils se contentèrent de hausser les épaules.

L'aîné se dirigea vers son bureau en répondant :

— Comme j'ai l'habitude de m'occuper de mes affaires quand je suis ici, j'ai passé la matinée au bureau de la Skylark. Si tu avais pris la peine de t'informer auprès de Hannah, elle te l'aurait dit.

Drew rougit légèrement, agacé de ne pas avoir pensé à interroger la gouvernante.

— Hannah était trop occupée à préparer la soirée pour être dérangée, marmonna-t-il.

Clinton réprima un sourire. Les éclats de Drew étaient rares, inutile de mettre de l'huile sur le feu. Mais Warren n'avait pas de ces scrupules :

— Tu aurais pu me poser la question, idiot. Je t'aurais…

Drew marcha brusquement vers le canapé, aussi Warren ne prit-il pas la peine de finir sa phrase. Il se leva d'un bond pour affronter son cadet.

— Drew !

Clinton dut répéter l'avertissement par deux fois avant que Drew se tournât vers lui, l'air mauvais. La dernière fois que ces deux-là avaient eu un différend, il avait fallu réparer le bureau, remplacer deux lampes et un guéridon.

— Rappelez-vous que nous recevons ce soir, dit-il sévèrement. Avec la moitié de la ville dans nos murs, il est vraisemblable que nous aurons à utiliser cette pièce, comme toutes les autres. Je préférerais que l'on n'ait pas besoin de la remettre en état auparavant.

Warren desserra les poings et se rassit. Thomas secoua la tête.

— Qu'est-ce qui te tracasse, Drew, dont tu ne pouvais parler avec Warren ou moi ? demanda-t-il d'un ton qu'il souhaitait apaisant. Il était inutile d'attendre pour…

— Vous n'étiez là ni l'un ni l'autre hier soir. Clinton, si ! déclara sèchement Drew comme si cela expliquait tout.

Grâce à sa légendaire patience, Thomas poursuivit avec le même calme :

— Toi aussi, tu es sorti, non ? Alors de quoi parles-tu ?

— Je voudrais savoir ce qui a bien pu se passer en mon absence, voilà tout !

Drew se tourna vers son frère aîné :

— Alors aide-moi, Clinton. Si tu as frappé Georgie après avoir promis d'y renoncer...

— Je n'ai rien fait de tel ! protesta Clinton, indigné.

— Mais il aurait dû ! intervint Warren, têtu. Une bonne punition lui aurait ôté le poids de sa culpabilité.

— Quelle culpabilité ?

— Celle de nous avoir tous inquiétés. Elle erre comme une âme en peine à travers la maison...

— Si tu l'as vue malheureuse, c'est parce qu'elle n'est pas encore remise de la trahison de Cameron. Elle aimait...

— Foutaise ! coupa Warren. Jamais elle n'a été amoureuse de ce vaurien. Elle le voulait parce que c'était le plus beau garçon de la ville. Du moins le pensait-elle, je n'ai jamais compris pourquoi.

— Dans ce cas, mon cher frère, comment expliques-tu qu'elle ait pleuré chaque jour depuis une semaine qu'elle est rentrée de cette satanée Jamaïque ? Cela me brise le cœur de la voir sans cesse les yeux rougis et gonflés. J'étais arrivé à lui remonter le moral durant notre traversée. Alors je veux savoir ce qui la bouleverse de nouveau. Lui as-tu parlé, Clinton ?

— Pratiquement pas. Elle a passé la majeure partie de la soirée dans sa chambre.

— Tu veux dire qu'elle a encore pleuré, Drew ? demanda prudemment Thomas. C'est ça qui te contrarie ?

Drew enfonça rageusement les mains dans ses poches.

— Je ne le supporte pas, vraiment, je ne peux pas !

— Il faut t'y habituer, tête de pioche, intervint Warren. Elles ont toutes une réserve de larmes à déverser à la meilleure occasion.

— On ne peut s'attendre à ce qu'un âne cynique connaisse la différence entre de vraies larmes et des larmes de crocodile.

Clinton se tenait prêt à intervenir, mais Thomas calma Warren d'un simple geste de la main.

La famille entière admirait la capacité de Thomas de rester calme en toute circonstance – et curieusement, Warren plus que les autres. D'autre part, ce dernier avait tendance à prendre l'opinion de Thomas à cœur, davantage que celle de Clinton qui en était grandement vexé, d'autant plus que Thomas était de quatre ans le cadet de Warren...

— Tu oublies que tu étais du même avis que nous, Drew, quand nous avons accepté ces ridicules fiançailles, rappela Clinton. Nous ne pensions pas que Georgina était sérieusement attachée à ce garçon. Pour l'amour du Ciel, elle avait seulement seize ans !

— Peu importe ! Elle nous a prouvé que nous avions tort.

— Elle a surtout prouvé qu'elle est incroyablement fidèle... et incroyablement têtue, répliqua Clinton. Et je suis de l'avis de Warren : je ne pense toujours pas qu'elle aime réellement Cameron.

— Alors pourquoi aurait-elle attendu six...

— Ne sois pas complètement stupide, Drew, coupa Warren. La situation ici n'a pas changé en six ans. Il n'y a pas davantage de célibataires en ville. Pourquoi n'aurait-elle pas attendu le retour de Cameron ? Elle n'avait trouvé personne d'autre, entre-temps. Sinon, tu peux être sûr qu'elle aurait oublié ce Cornouaillais en un clin d'œil !

— Mais pourquoi est-elle partie à sa recherche ? Tu peux me le dire ?

— De toute évidence, elle estimait que l'attente avait assez duré. Clinton et moi sommes arrivés à la même conclusion. Clinton voulait l'emmener à New Haven quand il irait rendre visite à ses enfants. Sa belle-mère a encore une activité mondaine débordante.

— Quelle activité mondaine ? rétorqua Drew, méprisant. New Haven est à peine plus grand que Bridgeport.

— Si cela ne marchait pas, j'avais l'intention de l'emmener à New York.

— Toi ?

— Tu me crois incapable d'escorter une femme dans le monde ? gronda Warren, menaçant.

— Une femme, oui. Pas ta sœur. Quel homme se risquerait à l'approcher avec toi à ses côtés… le frère poule ?

Warren bondit de nouveau sur ses pieds, le regard flamboyant.

— Je ne suis pas…

— Si vous cessiez un peu vos chamailleries, intervint Thomas sans élever la voix, vous vous apercevriez que vous vous éloignez du sujet. Ce que nous avions l'intention de faire n'a plus aucun intérêt. Il n'en reste pas moins que Georgina est très malheureuse. Si elle a pleuré… Lui as-tu demandé pourquoi, Drew ?

— Pourquoi ? Mais elle a le cœur brisé, voilà pourquoi !

— Te l'a-t-elle, dit elle-même ?

— C'était inutile. Le jour où elle m'a retrouvé à la Jamaïque, elle m'a annoncé que Malcolm avait épousé une autre femme, et elle a éclaté en sanglots.

— Elle ne m'a pas semblé le moins du monde effondrée, déclara Clinton. Elle m'a même paru sacrément autoritaire, après s'en être aussi bien sortie le jour de son arrivée. Cette satanée soirée que nous donnons aujourd'hui est son idée, et elle se jette à corps perdu dans sa préparation.

— N'empêche que tu ne l'as pas vue en bas ce matin, si ? Elle est sans doute terrée dans sa chambre pour cacher ses yeux bouffis.

Thomas fronça les sourcils.

— Il est temps d'avoir une discussion avec elle. Clinton ?

— Bon sang, je ne connais rien à ces histoires !

— Warren ?

Avant qu'il pût répondre, Thomas eut un petit rire et se corrigea :

— Non, pas toi !

— Je m'en charge, proposa Drew à contrecœur.

— Alors que tu fonds dès que tu aperçois le début d'une larme ? se moqua Warren.

Afin d'éviter une nouvelle dispute, Thomas se leva et décréta :

— Puisque Boyd dort encore après sa folle nuit dehors, il ne reste plus que moi.

— Bonne chance ! s'exclama Drew. Aurais-tu oublié qu'elle t'en veut encore terriblement ?

Thomas s'arrêta près de la porte et se retourna.

— T'es-tu seulement demandé pourquoi ?

— La question ne se pose même pas. Elle ne voulait pas aller en Angleterre, elle voulait que *tu* y ailles.

— Exactement. Ce qui signifie qu'elle ne se souciait guère de revoir Cameron. Elle voulait seulement régler le problème une fois pour toutes.

— Bon sang ! maugréa Drew après qu'il eut quitté le pièce. Aurait-il raison ?

Warren n'allait pas laisser passer une si belle occasion :

— Je suis étonné que tu ne sois plus puceau, Drew. Tu connais si mal les femmes !

— Moi ? s'étrangla Drew. Eh bien, au moins, je les fais rire ! Je m'émerveille que *tes* femmes ne meurent pas de peur dans ton lit !

Ils se tenaient face à face, furieux, et Clinton se mit à hurler :

— Attention aux meubles !

30

— Thomas ! s'écria Georgina lorsqu'elle souleva le coin de la compresse qui lui couvrait les yeux pour trouver son frère près de son lit au lieu de sa femme de chambre. Depuis quand entres-tu chez moi sans frapper ?

— Depuis que je ne suis pas sûr d'être bien accueilli. Qu'as-tu aux yeux ?

Elle jeta le linge humide sur sa table de chevet et s'assit.

— Rien du tout, marmonna-t-elle.

— Alors qu'as-tu, toi, pour être encore au lit ? Sais-tu l'heure qu'il est ?

Elle lui jeta un regard noir.

— Est-ce que j'ai l'air d'être en chemise de nuit ? demanda-t-elle en montrant sa robe jaune vif.

— Alors tu as pris des habitudes de paresse, durant tes récents voyages. C'est ça ?

Elle resta un instant bouche bée, avant de serrer les dents.

— Que veux-tu, à la fin ?

— Savoir quand tu accepteras de me parler de nouveau.

Il s'assit en souriant au pied du lit, face à elle. Elle ne s'y laissa pas prendre : il désirait autre chose. Or, lorsque Thomas n'allait pas droit au but, c'est que l'affaire était délicate, ou détestable, et elle n'avait aucune envie d'affronter une situation de ce genre.

— Je suis désolée, Thomas, si tu as pu croire que j'étais fâchée après toi. C'est faux.

— Je ne suis pas le seul à avoir eu cette impression. Drew m'assure…

— Drew est trop protecteur, rétorqua-t-elle, agacée. Franchement, cela ne lui ressemble pas de se mêler ainsi de nos affaires. Je ne parviens pas à comprendre pourquoi il…

— Vraiment ? coupa Thomas avec douceur. Cela ne te ressemble pas non plus d'agir aussi impulsivement, pourtant tu l'as fait. Il réagit simplement à ton comportement. Warren aussi, d'ailleurs. Il provoque…

— Warren provoque toujours !

Thomas eut un petit rire.

— Certes, mais d'habitude, il y met un peu plus de subtilité. Laisse-moi t'expliquer. Il cherche la bagarre en ce moment, et je ne crois pas qu'il se soucie de savoir qui sera son adversaire.

— Pourquoi ?

— C'est une manière de se décharger des émotions qui le tracassent.

Georgina fit la moue.

— J'aimerais mieux qu'il trouve un autre exutoire. Qu'il tombe amoureux de nouveau, par exemple. Cela canaliserait ses passions dans une autre direction. Et alors peut-être cesserait-il de…

— T'ai-je bien entendue, Georgina Anderson ?

Elle rougit violemment. Un instant, elle avait oublié qu'elle s'adressait à l'un de ses frères.

— Pour l'amour du Ciel, Thomas, se défendit-elle, crois-tu que j'ignore tout de la vie ?

— J'espère bien que tu en sais le moins possible sur *cet* aspect de la vie !

— Tu plaisantes ! Avec tout ce que j'ai entendu dans cette maison ? D'accord, je n'aurais pas dû écouter, mais le sujet était si fascinant !

Elle sourit en le voyant appuyer la tête au montant du lit, les yeux fermés.

— Tu as compris ce que je veux dire ? insista-t-elle.

Il ouvrit un œil.

— Tu as changé, Georgie. Clinton parle d'autorité, moi je dirais plutôt...

— Assurance ? Ne serait-il pas temps que j'en montre un peu ?

— Obstination serait un meilleur terme.

— Ça ne me dérange pas, déclara-t-elle en souriant.

— Et la langue bien pendue !

— On me l'a dit il n'y a pas longtemps.

— Alors ?

— Alors quoi ?

— Qui est responsable de cette nouvelle sœur que j'ai trouvée en rentrant à la maison ?

Elle haussa les épaules.

— Sans doute me suis-je rendu compte que je pouvais prendre mes propres décisions en ce qui concerne ma vie, et en assumer les conséquences.

— Partir en Angleterre, par exemple ? demanda-t-il avec une certaine prudence.

— Entre autres.

— Y a-t-il autre chose ?

— Je ne me marierai pas, Thomas, murmura-t-elle si doucement qu'il fut persuadé qu'elle parlait de Malcolm.

— Nous le savons tous, ma chérie, pourtant…

— Jamais.

Ce simple mot eut plus d'effet qu'un coup de tonnerre. Thomas sentait d'instinct qu'elle ne disait pas cela pour dramatiser, mais qu'elle le pensait vraiment.

— N'est-ce pas un peu trop… définitif ?

— Non, répondit-elle simplement.

— Je vois… Non, en réalité, je ne vois pas. Je suis aussi mauvais que Drew en ce qui concerne l'intuition. Au fait, il est dans un état épouvantable.

Elle se leva. La conversation glissait sur une pente qu'elle préférait éviter pour l'instant.

— Thomas…

— Il t'a entendue pleurer, la nuit dernière.

— Thomas, je ne…

— Il affirme que tu as le cœur brisé. C'est vrai, Georgie ?

Il était tellement affectueux qu'elle sentit les larmes lui monter aux yeux. Elle lui tourna le dos, le temps de se ressaisir. Thomas, évidemment, attendit avec toute la patience requise.

— C'est ce que je ressens, admit-elle enfin d'une toute petite voix.

Jamais Thomas n'aurait imaginé poser la question suivante quelques heures auparavant, mais il en avait assez des suppositions.

— À cause de Malcolm ?

Elle fit volte-face, surprise. Elle avait espéré s'en tirer ainsi, mais Thomas était beaucoup trop perspicace, beaucoup trop tenace aussi. D'ailleurs, pourquoi essayait-elle de l'abuser ? Quelle importance à présent ? Pourtant, elle ne voulait pas parler de James, cela la ferait pleurer encore, or elle ne voulait plus de larmes !

Elle se laissa retomber sur le lit en soupirant.

— Si seulement ce que je ressens maintenant n'était rien de plus que ce que j'ai ressenti en découvrant la trahison de Malcolm ! C'était facile... j'étais simplement folle de rage.

— Ainsi, ta mélancolie a une autre cause ?

— Mélancolie ! Le mot est faible, dit-elle avec un petit rire, avant de demander tout à trac : Pourquoi n'es-tu pas encore marié, Thomas ?

— Georgie...

— Fais œuvre de patience, mon frère. Pourquoi ?

— Je n'ai pas encore déniché l'âme sœur.

— Mais tu la cherches ?

— Oui.

— Clinton, non. Et regarde depuis combien de temps il est veuf... Il prétend qu'il ne souhaite pas recommencer. Quant à Warren, il ne cherche pas non plus, mais il est vrai qu'il est encore sous le coup de l'amertume. Et il changera d'avis un jour, il aime tellement les enfants ! Boyd s'estime trop jeune pour s'établir. Et Drew, il dit qu'il n'est pas prêt à renoncer au plaisir de...

— Il t'a dit ça ?

Thomas avait bien failli élever la voix.

— Non. Cela fait partie des conversations que j'ai surprises...

— Où veux-tu en venir, Georgie ? M'expliquer que tu renonces à chercher davantage ?

— Non. J'ai rencontré quelqu'un qui a une opinion encore différente sur le mariage. Il pense que l'enfer lui serait préférable.

Thomas eut un haut-le-corps. Les pièces du puzzle se mettaient en place.

— Mon Dieu ! Pas étonnant si nous ne comprenions rien. Qui est-ce ?

— Un Anglais.

Elle se crispa, dans l'attente d'une explosion. Mais il s'agissait de Thomas…

— Comment s'appelle-t-il ? interrogea-t-il seulement.

Georgina en avait déjà trop dit.

— Peu importe. Tu ne le rencontreras jamais, et je ne le verrai plus.

— Il savait ce que tu ressentais pour lui ?

— Non… peut-être. Oh, je l'ignore !

— Et lui ?

— Il m'aimait bien.

— Mais pas assez pour t'épouser ?

— Je te l'ai dit, Thomas, il considère, le mariage comme une folie. Ce sont les mots qu'il a prononcés, sans doute pour m'ôter tout espoir.

— Je suis désolé, ma chérie, vraiment. Mais vois-tu, ce n'est pas une raison pour renoncer définitivement au mariage. Il y a d'autres hommes, peut-être pas ici, mais Clinton a l'intention de t'emmener à New Haven quand il ira rendre visite à ses filles. Et si tu n'y trouves pas l'homme de ta vie, Warren t'accompagnera à New York.

Elle ne put retenir un sourire. Ses frères étaient adorables. Et elle aurait plaisir à voir ses nièces.

Lorsque la femme de Clinton était morte, elle n'avait que douze ans et n'avait pu les élever elle-même. Aussi avait-il été décidé qu'elles vivraient chez leurs grands-parents, puisque Clinton était presque toujours en mer. Heureusement, New Haven n'était pas très loin.

Cependant, si Georgina devait aller quelque part, il fallait se dépêcher, avant que sa grossesse ne fût évidente et que la catastrophe ne se déclenchât. Elle espérait que la plupart de ses frères seraient en voyage, à ce moment-là...

Pour l'instant, elle aurait tout accepté afin que Thomas laissât la conversation là où elle en était.

— J'irai à New Haven, Thomas, à une condition... Ne parle pas aux autres de... de ce que je t'ai raconté. Ils ne comprendraient pas comment j'ai pu tomber amoureuse d'un Anglais. Je ne le comprends d'ailleurs pas moi-même. Au début, vois-tu, je ne le supportais pas avec son arrogance, son... Tu sais comment sont ces damnés aristocrates !

— Un aristocrate, en plus ? Non, je ne tiens pas à en parler à nos frères. Ils seraient capables de déclencher une nouvelle guerre !

31

— Bon sang, Georgie ! Tu n'as pas honte ? Georgina cligna des yeux sous l'exclamation de Drew.

— De quoi ? demanda-t-elle innocemment, bien qu'elle réalisât qu'il avait failli lâcher le fameux vase en la voyant.

Elle ne comprenait pas très bien en quoi elle l'avait surpris...

— Entrer dans une pièce ainsi... dit-il, sombre, en fixant le profond décolleté de la jeune fille.

— Pour l'amour du Ciel, Drew, que suis-je censée porter pour une soirée ? Une de mes vieilles robes ? Celle dont je me sers pour jardiner, par exemple ?

— Tu sais parfaitement ce que je veux dire. Celle-ci est beaucoup trop... trop...

— Elle est parfaite ! Mme Mullins, ma couturière, affirme qu'elle est d'un goût irréprochable.

— Alors c'est Mme Mullins qui n'en a pas.

— Qui n'a pas de quoi ?

— De goût.

En voyant sa sœur plisser ses yeux de velours brun, il préféra faire marche arrière.

— Allons, Georgie, ce n'est pas tant la robe que ce qu'elle découvre, si tu vois ce que je veux dire.

— J'ai fort bien compris, Drew Anderson, s'indigna-t-elle. Et je devrais m'habiller de façon démodée parce que mon frère n'aime pas mes toilettes ? Je parierais que tu apprécies ce genre sur les autres femmes !

Elle avait raison, aussi préféra-t-il s'abstenir d'insister. Tout de même... Ça lui avait donné un choc ! Il savait bien que Georgina était devenue une véritable beauté, mais là...

Georgina eut pitié de son embarras. Après tout, elle n'avait pas eu l'occasion de s'habiller les dernières fois où Drew s'était trouvé à la maison, et depuis plusieurs années il ne l'avait vue que dans ses sages robes d'après-midi... ou en déguisement de garçon.

Elle s'était fait confectionner cette robe pour le bal annuel des Willard, à Noël, mais un gros rhume l'avait empêchée de s'y rendre. Heureusement, le style grec était encore à la mode, ainsi que la finesse du tissu, en l'occurrence de la batiste rose sur un fond de soie blanche. Et le collier de rubis de sa mère était la touche parfaite pour masquer un peu la profondeur du décolleté incriminé.

Mais les reproches de Drew étaient excessifs ! Georgina avait vu des robes mille fois plus osées ; avec celle-ci, on devinait tout juste la naissance des seins.

— Ne t'inquiète pas, Drew, dit-elle en souriant. Je te promets de ne rien faire tomber. Et si cela arrive, je laisserai quelqu'un d'autre se pencher à ma place.

— Entendu, répondit-il de bonne grâce, sans pouvoir résister au plaisir d'ajouter : Tu auras de la chance si Warren ne te met pas un sac sur la tête !

Elle poussa un soupir. Elle avait bien besoin de cinq frères en train de la surveiller et de faire les gros yeux à tout homme qui s'approcherait d'elle !

— Que fabriques-tu avec ça ? demanda-t-elle pour changer de sujet en désignant le vase.

— Je jette juste un coup d'œil à ce qui nous a coûté nos relations commerciales avec la Chine.

Georgina avait entendu l'histoire le soir de son retour. Le vase était une pièce inestimable de la dynastie Tang, vieille d'environ neuf cents ans, que Warren avait gagnée au jeu. Et il avait misé son bateau contre cette œuvre d'art ! Si Georgina n'avait su qu'il était ivre ce jour-là, elle ne l'aurait pas cru. Le *Nereus* était toute la vie de son frère !

Mais Clinton avait confirmé la véracité de cette anecdote. Il n'avait même pas essayé de dissuader Warren de se lancer dans l'aventure, et d'ailleurs cela n'aurait servi à rien. Warren désirait tant ce vase qu'il avait pris le risque de perdre un des navires de la Skylark, qui n'était rien comparé à la valeur de l'objet.

Ce qu'ils n'avaient prévu ni l'un ni l'autre, c'est que le seigneur chinois qui avait joué ce vase n'avait pas l'intention de respecter son engagement s'il perdait. Or il avait perdu. Un groupe de ses serviteurs les avait attaqués alors qu'ils retournaient aux bateaux. Sans leurs équipages venus à la rescousse, ils n'auraient pas été là pour raconter l'histoire. Ils avaient eu la chance de pouvoir quitter Canton *in extremis*. C'était à cause de ce départ précipité qu'ils étaient rentrés à Bridgeport plus tôt que prévu...

Comme elle regardait Drew enfermer soigneusement le vase dans un tiroir, Georgina fit remarquer :

— Je suppose qu'un navire de la Skylark ne se risquera plus de sitôt dans les mers de Chine.

— Je crois aussi que Clinton, malgré tout l'intérêt commercial de Canton, en avait assez des voyages au long cours. Warren également. De plus, ils ont conclu de nouveaux marchés en s'arrêtant au retour dans plusieurs ports d'Europe.

Elle n'avait jamais entendu parler de cela avant.

— L'Angleterre en fait-elle partie ?

— Tu plaisantes ! Avec tout l'argent qu'ils nous ont coûté en bloquant arbitrairement le commerce avant la guerre ! Sans compter le nombre de leurs bateaux qui ont intercepté les nôtres, pour traquer les prétendus déserteurs. Il gèlera en enfer avant que Clinton traite avec les Anglais.

Georgina esquissa une grimace. Si elle avait espéré un instant pouvoir retourner en Angleterre et revoir James, elle devait y renoncer. Elle aurait pu se rendre facilement en Jamaïque, mais c'était son dernier voyage : il n'y était allé que pour régler ses affaires.

— Je ne me doutais pas... dit-elle d'une toute petite voix.

— Qu'y a-t-il, Georgie ? Aurais-tu pardonné à l'Angleterre, alors que ces bandits t'ont volé ton Malcolm et t'ont causé tant de chagrin ?

Elle eut envie de rire. À l'Angleterre, non, mais à un Anglais en particulier, elle pardonnerait tout, si seulement il... Quoi ? S'il l'avait aimée un tout petit peu au lieu de la désirer ? C'était demander la lune !

Drew attendait une réponse, et elle lui donna la plus vraisemblable :

— Certainement pas ! grinça-t-elle avant de se détourner vers la porte pour trouver Warren en travers de son chemin.

Il fixa aussitôt son décolleté, des nuages inquiétants dans les yeux, et elle s'écria vertement :

— Pas un mot, Warren, ou je la déchire et je descends nue à la soirée. Tu verras !

— Je m'en abstiendrais à ta place, conseilla Drew à son frère alors que celui-ci faisait mine de suivre la jeune fille hors de la pièce.

— Tu as vu les seins de la petite ? s'exclama Warren, mi-outré, mi-stupéfait.

— Je pouvais difficilement les ignorer ! J'en ai parlé moi-même, et je me suis fait remettre à ma place. Elle a grandi, Warren.

— Tout de même, elle devrait porter quelque chose de moins...

— Elle refusera et, si tu insistes, elle fera exactement ce dont elle t'a menacé.

— Ne sois pas stupide, Drew. Elle n'oserait pas...

— Tu en es sûr ? coupa Drew. Notre Georgie a changé, et pas seulement physiquement. C'est une nouvelle femme, plus volontaire, plus explosive. Ne me demande pas comment c'est arrivé, mais elle a acquis un tempérament que je trouve parfois fort amusant. Bon sang, il devient difficile de la mettre en boîte, à présent, elle réplique aussitôt avec une impertinence !

— Ce qui n'a rien à voir avec la robe indécente qu'elle porte !

— Qui se montre stupide, maintenant ? rétorqua Drew, se rappelant les arguments de Georgina. Tu l'apprécierais sur une autre femme, non ? Ces robes décolletées sont à la dernière mode, tu sais... Dieu merci !

Cela lui valut un regard sombre, que Warren affichait encore lorsqu'ils se tinrent près de la porte du grand salon pour accueillir leurs invités, et qui terrorisait tous les célibataires qui lorgnaient Georgina un peu trop longtemps.

Personne d'autre que lui, évidemment, ne voyait la moindre objection à la profondeur du décolleté de sa sœur, d'ailleurs bien modeste par rapport à certains autres.

Comme d'habitude dans une ville portuaire, il y avait plus de femmes que d'hommes mais, pour une soirée impromptue, c'était une réussite. La réception devait avoir lieu au salon, cependant il y avait tellement d'invités que toutes les pièces du rez-de-chaussée furent bientôt envahies.

Georgina s'amusait beaucoup, bien que Warren la suivît comme son ombre. Au moins avait-il cessé de faire la tête. Boyd aussi était à ses côtés dès qu'un homme l'approchait, quel que fût son âge et même s'il était accompagné de son épouse. Quant à Drew, s'il restait dans les parages, c'était pour regarder les autres jouer leur rôle de gardes du corps, ce qui le distrayait infiniment.

— Clinton nous a dit que vous alliez partir pour New Haven, déclara une dame corpulente qui venait de se joindre au petit groupe.

— Il en est question, répondit vaguement Georgina.

Mme Wiggins avait épousé un fermier, mais c'était une citadine d'origine, et elle ne s'était jamais complètement habituée à sa nouvelle vie. Elle se mit à agiter son éventail.

— Mais vous rentrez tout juste d'Angleterre, fit-elle remarquer, comme si Georgina avait pu l'oublier. Au fait, ma chère, comment avez-vous trouvé ce pays ?

— Affreux ! Surpeuplé, plein de voleurs et de mendiants.

Elle s'abstint d'évoquer la beauté de la campagne ou des villages Qui, curieusement, lui avaient rappelé Bridgeport.

— Vous voyez, Amos ! déclara Mme Wiggins à son époux. C'est bien ce que nous pensions ! Le repaire de tous les vices !

Georgina ne serait pas allée jusque-là. Après tout, il y avait deux Londres : le riche et le pauvre. Les riches n'étaient peut-être pas des voleurs, mais elle avait rencontré un lord qui était bien pervers !

— Heureusement, vous n'y êtes pas restée trop longtemps, poursuivait Mme Wiggins.

— Oui, j'ai eu la chance de régler mes affaires rapidement.

La dame mourait visiblement d'envie de demander de quel genre d'affaires il s'agissait, mais elle n'osa pas. Et Georgina n'avait aucune intention de lui apprendre qu'elle avait été rejetée, trahie, abandonnée. Elle était encore furieuse de s'être conduite comme une idiote, de s'être accrochée à des rêves d'adolescente pendant si longtemps. Ce qu'elle avait ressenti pour Malcolm n'avait rien à voir avec ses sentiments vis-à-vis de James Malory !...

Quand elle vit soudain Mme Wiggins regarder avec de grands yeux la porte derrière elle, elle mit le frisson prémonitoire qui lui parcourut le dos sur le compte de cette dernière pensée. C'était ridicule ! Il lui suffisait de se retourner, les battements de son cœur se calmeraient. Mais elle n'y arrivait pas. L'espoir était là, insensé, et elle le savourait, avant qu'il s'évanouît.

— Qui est-ce ? murmura Mme Wiggins. L'un des officiers de vos frères, Georgina ?

Probablement. Sûrement. Ils engageaient sans cesse de nouveaux hommes d'équipage, or les têtes inconnues éveillaient la curiosité des habitants de Bridgeport.

— Il n'a pas l'allure d'un marin, conclut Mme Wiggins.

— En effet, dit Boyd, dont Georgina avait oublié la présence à ses côtés. Pourtant il me semble l'avoir déjà rencontré... Mais j'ignore où.

Au temps pour les espoirs ! songea Georgina. Son pouls s'apaisa, elle respira plus librement. Elle se tourna enfin pour voir de qui on parlait... et le sol se déroba sous ses pieds.

Il était là, à quelques pas d'elle, large, blond, élégant, et beau à faire pâlir un dieu grec. Mais ses yeux verts qui la poignardaient étaient les plus froids, les plus menaçants qu'elle eût vus de sa vie...

32

— Qu'y a-t-il, Georgie ? demanda Boyd, inquiet. Tu n'as pas l'air bien…

Elle était incapable de répondre. Elle sentait la main de son frère sur son bras mais elle ne pouvait le regarder. Elle ne parvenait pas à détacher les yeux de James, ni à croire qu'il fût là en chair et en os.

Il avait coupé ses cheveux. Ce fut sa première pensée cohérente. Quand ils avaient abordé les côtes jamaïcaines, il était obligé de les attacher avec un catogan – ce qui, avec sa boucle d'oreille, lui donnait plus que jamais l'air d'un pirate. Mais il avait changé d'allure à présent. Sa chevelure était toujours indisciplinée, comme s'il venait d'affronter une tempête, mais c'était une coiffure à la mode, dont les mèches dissimulaient les oreilles… et la boucle éventuelle.

Il était si élégant qu'il aurait pu participer à un bal de Sa Gracieuse Majesté. L'avait-elle trouvé séduisant en vert émeraude ? Il était époustouflant en bordeaux ! Ses bas de soie étaient d'un blanc éclatant, comme sa cravate nouée piquée d'un gros diamant qui à lui seul aurait suffi à attirer l'attention.

Tout cela, Georgina l'avait remarqué d'un seul coup d'œil, avant de croiser son regard inquiétant, qui aurait dû la faire fuir. Elle avait connu James Malory dans bien des humeurs différentes, au cours des semaines qu'ils avaient passées ensemble. Souvent ombrageux, mais jamais vraiment furieux, au point de perdre son calme... à supposer qu'il fût calme parfois. Ce qu'elle lisait à présent dans ses yeux aurait gelé un charbon ardent. Il était en colère. Tellement en colère qu'elle ignorait ce dont il était capable.

— Tu le connais aussi ?

Aussi ? Oh oui, Boyd avait l'impression de l'avoir déjà vu. Il se trompait sûrement. Mais avant qu'elle pût le lui dire, à supposer qu'un mot parvînt à franchir le seuil de ses lèvres, James se dirigea vers elle d'une allure faussement nonchalante.

— George en robe ? Quelle surprise !

Il avait parlé à voix haute, et tout le monde se tourna vers eux.

— Cela te va très bien, poursuivait-il. Vraiment très bien. Mais je dois avouer que je te préfère en pantalon. Cela révèle davantage certain délicieux...

— Qui êtes-vous, monsieur ? s'interposa Boyd, agressif, en se plantant devant James.

Un moment, Georgina eut l'impression qu'il allait simplement le pousser de côté. Et, s'ils étaient de la même taille, Boyd était comme les autres Anderson plus sec, tandis que James était un mur de brique, solide, massif, musclé. Et bien que Boyd, avec ses vingt-six ans, fût assez redoutable, il avait l'air d'un gamin à côté de James.

— Dieu me pardonne, vous ne voudriez tout de même pas vous en mêler, jeune homme ?

— Je vous ai demandé qui vous étiez, insista Boyd, qui rougit sous l'intonation condescendante, mais ajouta avec son humour coutumier : À part un Anglais…

— En plus de cela, je suis James Malory. Maintenant, soyez un bon garçon, écartez-vous.

— Pas si vite !

Warren était venu se placer près de son frère pour lui barrer le chemin.

— Un simple nom ne nous dit pas qui vous êtes, ni ce que vous faites ici.

— Un autre ? Comment dois-je régler ce problème, George ?

Il s'adressait à elle bien qu'il ne la vît plus derrière le rempart des deux hommes. Mais elle n'avait aucun doute sur ses intentions. Et finalement elle s'aperçut qu'elle pouvait bouger. Elle contourna vivement Warren et Boyd.

— Ce sont mes frères, James. Je vous en prie…

— Vos frères ? coupa-t-il. À voir la façon dont ils vous couvent, j'avais imaginé autre chose…

L'allusion était claire, et Georgina retint sa respiration, tandis que Boyd devenait cramoisi.

Warren lança son poing, mais le coup fut paré avec une aisance déconcertante. Drew arriva à point nommé pour empêcher son frère de frapper de nouveau.

— As-tu perdu l'esprit ? souffla-t-il, embarrassé. La pièce est pleine de gens, Warren. Nos invités.

— Tu n'as pas entendu ce fils de…

— Si, mais contrairement à toi je sais qu'il est le capitaine du bateau qui a ramené Georgie à la

Jamaïque. Au lieu d'essayer de lui écraser le nez, si nous tentions de savoir ce qu'il fabrique ici, et pourquoi il se conduit de façon si... provocante ?

— Ivre, sans doute, suggéra Boyd.

James ne daigna pas répondre. Il continuait de fixer Georgina avec une expression qui lui ôtait toute envie de montrer sa joie de le voir.

— Tu avais raison, George. Ils sont affreusement pénibles !

Il faisait allusion à sa remarque, le premier jour, sur le *Maiden Anne*, mais heureusement les autres ne s'en rendirent pas compte.

La jeune fille était indécise. Elle avait peur de demander à James pourquoi il était là et la raison de son évidente colère. Elle aurait aimé l'entraîner loin de ses frères avant la catastrophe, mais elle ne tenait guère à se retrouver seule avec lui. Pourtant, il le fallait.

Elle posa la main sur le bras de Warren, qu'elle sentit encore tendu.

— J'aimerais m'entretenir en privé avec le capitaine.

— Non.

À son expression, elle comprit que la réponse était définitive et tenta sa chance ailleurs :

— Drew ?

Plus diplomate, ce dernier se contenta de l'ignorer. Il ne quittait pas James des yeux.

— Que faites-vous exactement ici, capitaine Malory ? interrogea-t-il calmement.

— Si vous tenez à le savoir, je suis venu rapporter les affaires que George a si étourdiment oubliées dans notre cabine.

Georgina gémit intérieurement. Ce « notre » avait résonné comme un coup de canon. C'était sa ruine qu'il souhaitait ! D'autant que James, d'une humeur exécrable, était parti pour se battre. Georgina aurait aussi bien fait de creuser sa tombe et de s'y coucher tout de suite !

— Je vais vous expliquer... commença-t-elle sans trop d'espoir de pouvoir aller jusqu'au bout.

Elle avait raison.

— Je préférerais entendre Malory, trancha Warren d'un ton à peine contrôlé.

— Mais...

— Moi aussi, intervint Drew, passablement énervé également.

Du coup, Georgina perdit son sang-froid.

— Allez au diable, tous les deux ! Vous ne voyez pas qu'il cherche la bagarre ? Tu devrais reconnaître les signes précurseurs, Warren. C'est comme ça que tu procèdes tout le temps !

— Quelqu'un voudrait-il me raconter ce qui se passe, par ici ? interrogea Clinton.

Georgina fut presque contente de le voir arriver, Thomas à ses côtés. Peut-être – peut-être ! – James jugerait-il plus prudent à présent de renoncer à détruire sa réputation. Car c'était bien ce qu'il cherchait, même si elle en ignorait la raison.

— Tout va bien, chérie ? demanda Thomas en passant un bras protecteur sur ses épaules.

Elle eut tout juste le temps de hocher la tête, avant que James répétât d'un ton moqueur :

— Chérie ?

— Vous faites fausse route, James Malory ! s'indigna Georgina. C'est mon frère Thomas.

— Et l'armoire à glace ?

— Mon frère Clinton, grinça-t-elle.

James haussa les épaules.

— Mon erreur est excusable : ils ne se ressemblent pas du tout. De mères ou de pères différents ?

— Ça vous va bien de parler de ressemblance ! Votre frère a les cheveux noirs comme l'enfer.

— Anthony appréciera l'image, j'en suis sûr. Et je suis ravi d'apprendre que tu te souviens de lui, George. Il n'a certainement pas oublié votre première rencontre... pas plus que moi.

Clinton se raclait la gorge en dévisageant sa sœur, dans l'attente d'une explication. Boyd la devança :

— C'est le capitaine du bateau qui a amené Georgie. Anglais jusqu'au bout des ongles.

— Ça, je l'avais deviné. Est-ce la raison pour laquelle vous vous donnez tous en spectacle devant nos invités ?

Boyd baissa le nez, un peu piteux, mais Drew prit la relève :

— Ce n'est pas nous qui avons commencé, Clinton. Ce type a insulté Georgie dès l'instant où il a mis les pieds dans ce salon.

James eut une moue dédaigneuse.

— En disant que je préfère cette chère petite en pantalon ? C'est une opinion, pas une insulte.

— Vous ne l'avez pas tout à fait formulé ainsi, Malory, vous le savez bien, lui rappela Warren, furieux. Et ce n'est pas tout, Clinton. Il a aussi déclaré que les affaires de Georgina étaient restées dans sa cabine, sous-entendant que...

— Bien sûr, elles y étaient, coupa James calmement. Après tout, elle était mon mousse.

Georgina pâlit. Évidemment, il aurait pu dire « ma maîtresse », ce qui aurait été encore pire. Mais pas tellement...

Tous ses frères la regardaient, attendant le démenti, mais elle ne pouvait quitter James des yeux. Il était toujours aussi glacial, et elle eut peur que cette pique ne fût pas la dernière.

— Georgina ?

Elle essayait de réfléchir, sans trouver d'issue au dilemme dans lequel James l'avait fourrée – à moins de mentir, ce qui était hors de question en sa présence.

— C'est une longue histoire, Clinton. Cela ne peut-il attendre la fin de...

— Maintenant !

Parfait ! À présent, Clinton était fou de rage. Même Thomas fronçait les sourcils. Si seulement elle avait pu se cacher dans un trou de souris !

— Très bien, dit-elle, raide. Dans ton bureau, alors, si cela ne t'ennuie pas.

— Comme tu voudras.

La tête haute, elle se dirigea vers le bureau, sans prendre la peine de regarder qui la suivait. Néanmoins, elle sursauta en voyant James franchir la porte tout de suite derrière elle.

— Vous n'étiez pas convié !

— Ah, mais si, mon amour. Ces jeunes gens ne vont tout de même pas continuer à s'amuser sans moi...

Elle lui jeta un regard noir tandis que ses frères pénétraient dans la pièce. Il y avait seulement un couple d'invités assis sur le sofa, et Drew leur demanda poliment de quitter les lieux. Georgina, impatientée, tapotait du pied. Après tout, elle n'avait qu'à laisser ses frères tuer James. À qui croyait-il avoir affaire ? À des hommes calmes, raisonnables ? Eh bien, il allait déchanter...

— Alors, Georgina ?

— Inutile de prendre ce ton paternaliste avec moi, Clinton. Je n'ai rien fait que je puisse regretter. Les circonstances nous ont forcés, Mac et moi, à travailler pour payer notre retour, mais je m'étais déguisée en garçon.

— Et où dormais-tu ?

— Le capitaine m'a aimablement proposé de partager sa cabine. Il t'arrive de le faire, pour tes mousses, afin de les protéger. Et ce n'est pas comme s'il avait su que... j'étais... une...

Soudain elle fixa James et ses yeux s'agrandirent d'étonnement. Puis une lueur meurtrière s'y alluma tandis qu'elle comprenait le sens des paroles qu'il avait prononcées un peu plus tôt.

— Espèce de sale type ! Que vouliez-vous dire tout à l'heure, en parlant de notre première rencontre ? Cela signifie-t-il que vous avez toujours su que j'étais une fille, et que vous avez fait semblant de le découvrir bien plus tard ?

— Exactement, répondit James avec la plus totale nonchalance.

Dans un grondement de rage, Georgina se jeta sur lui toutes griffes dehors. Thomas la retint *in extremis* et ne la lâcha plus. Les yeux plissés, Warren observait l'Anglais, menaçant.

— Vous l'avez compromise, hein ?

— Votre sœur s'est conduite en fille de port. Elle s'est engagée comme mousse, elle m'a aidé à prendre mon bain, à m'habiller, sans un seul instant de pudeur. Elle était compromise bien avant que je pose la main sur elle.

— Mon Dieu ! Vous avouez que vous... que...

Warren n'attendit même pas la réponse. Pour la seconde fois de la soirée, son tempérament l'emporta et il lança son poing en direction de James. Et pour la seconde fois, il fut aisément repoussé. James enchaîna avec un coup à la pointe du menton qui laissa Warren légèrement étourdi. Comme il clignait des yeux pour s'éclaircir les idées, Clinton fit faire volte-face à James.

— Pourquoi ne pas essayer avec moi, Malory ?

Georgina n'en croyait pas ses oreilles. Le sage, le posé Clinton, prêt à se colleter à mains nues ?

— Thomas, fais quelque chose, supplia-t-elle.

— Si je ne craignais pas que tu interviennes toi-même au cas où je te lâcherais, je tiendrais ce salaud pendant que Clinton lui démolirait la figure !

— Thomas ! s'écria-t-elle, horrifiée et incrédule.

Ses frères avaient-ils tous perdu l'esprit ? Elle s'attendait à une réaction de ce genre de la part des trois plus bagarreurs, mais jamais Thomas ne s'énervait, et jamais Clinton ne se battait. Or, il se tenait là, prêt à cogner, seul homme de la pièce plus âgé que James, le seul peut-être capable de lui tenir tête... Et James, diabolique, ne se souciait guère d'avoir déclenché toute cette affaire.

— Avec plaisir, Yankee, dit-il dans un sourire moqueur. Mais je dois vous prévenir que je suis plutôt bon, à ce jeu.

C'était du suicide ! Croyait-il vraiment avoir affaire seulement à Clinton ? Évidemment il ne connaissait pas les Anderson. Ils se tapaient dessus volontiers, mais face à un ennemi commun, ils étaient unis comme les doigts de la main.

Les deux hommes s'affrontèrent et, au bout d'une minute, il fut évident que James n'avait pas exagéré. Un seul coup de Clinton avait atteint son but, tandis qu'il en avait reçu une demi-douzaine.

Alors que Clinton vacillait après un direct particulièrement bien assené, Boyd s'interposa. Hélas, il n'avait aucune chance contre James, mais il était trop furieux pour s'en rendre compte ni s'en soucier. Un uppercut suivi d'une droite l'envoyèrent rouler à terre… et Warren intervint à son tour.

Il n'était pas mauvais au combat. Il perdait d'ailleurs rarement. Plus grand que James, il aurait dû avoir l'avantage, cependant il ne s'était jamais battu contre un boxeur entraîné sur le ring. Il se débrouilla mieux néanmoins que Clinton. Il lança son gauche plusieurs fois, mais ses coups semblaient inoffensifs. C'était comme taper sur… un mur de brique.

Il s'effondra au bout de dix minutes, entraînant une table dans sa chute. Georgina se demanda si Drew commettrait la folie de s'en mêler aussi. Mais oui, il était en train d'ôter sa veste… en souriant.

— Je dois reconnaître, capitaine Malory, que votre « plutôt bon » était modeste. Je devrais peut-être avoir recours aux pistolets…

— Comme il vous plaira. Mais de nouveau, je dois vous mettre en garde…

— J'ai compris. Vous êtes « plutôt bon » sur ce terrain aussi ?

James éclata de rire.

— Plus que bon, mon garçon. Et, en toute honnêteté, je vous informe que j'ai quatorze victoires à mon actif, aucune défaite. En vérité, les seules batailles que j'aie jamais perdues l'ont été en mer.

— Parfait. J'ai un avantage : vous êtes certainement fatigué...

— Oh, bon sang, je ne le crois pas ! intervint Boyd.

— Reste en dehors de ça, petit frère, répliqua Drew, agacé. Tu as eu ta dose...

— Il ne s'agit pas de ça, idiot ! Je viens soudain de me rappeler où je l'ai vu. Tu ne le reconnais pas, Thomas ? Imagine-le avec une barbe...

— Bon sang ! s'exclama Thomas, incrédule. C'est Hawke, ce satané pirate, qui m'a obligé à rentrer au port en traînant la jambe !

— Ouais, et il m'a volé toute ma cargaison, lors de mon premier voyage comme seul capitaine de l'*Oceanus*.

— En êtes-vous sûrs ? demanda Clinton qui avait repris ses esprits.

— Voyons, Clinton, s'interposa Georgina, tu ne peux pas les prendre au sérieux ! Un pirate ? Mais c'est un satané lord anglais, un vicomte de je-ne-sais-quoi...

— De Ryding, précisa James avec obligeance.

— Merci, répondit-elle machinalement avant de poursuivre comme si elle n'avait pas été interrompue : L'accuser de piraterie est tellement absurde...

— Le terme est « gentilhomme pirate », ma douce, coupa James. Et à la retraite.

Cette fois, elle ne le remercia pas. Cet homme était fou ! C'était la seule raison possible à cet aveu. Un aveu qui jeta les Anderson sur lui comme un seul homme.

Ils se transformèrent en montagne de bras et jambes gigotant sur le sol. Enfin, Georgina se tourna vers Thomas qui la tenait toujours fermement.

— Arrête-les !

Il y avait de l'angoisse dans sa voix. Thomas était plus intuitif que ses frères. Il avait remarqué que le regard de l'Anglais était mauvais seulement lorsque Georgina le fixait. Le reste du temps, il y passait bien autre chose. Et les émotions de la jeune fille étaient encore davantage révélatrices.

— C'est à cause de lui que tu pleurais, n'est-ce pas, Georgie, dit-il doucement. Lui qui…

— *C'était.* C'est fini, répliqua-t-elle avec force.

— Alors pourquoi devrais-je essayer d'intervenir ?

— Parce qu'ils vont lui faire du mal !

— Je vois… Il me semblait que c'était le but…

— Thomas ! Ils se servent de cette absurde histoire de piraterie comme prétexte pour cesser de se battre loyalement, parce qu'ils n'y arrivaient pas un par un !

— C'est possible, mais cette histoire de piraterie n'est pas absurde, Georgie. Ce type est un pirate.

— Autrefois ! rétorqua-t-elle, têtue. Il a cessé, tu l'as entendu comme moi.

— Cela n'empêche pas, ma douce, que durant sa glorieuse carrière, il a arraisonné deux de nos navires et volé une cargaison de prix.

— Il réparera…

L'argument perdit de sa valeur, car à ce moment-là, ils virent les combattants se relever. Tous sauf James Malory. Les murs de brique n'étaient pas invincibles, finalement…

33

À l'instant où il reprit conscience, James parvint à retenir un gémissement de douleur. Machinalement, il fit l'inventaire des dégâts. Il ne pensait pas que ses côtes fussent brisées. Sa mâchoire, il ne savait pas…

Mais il l'avait sacrément cherché, non ? N'aurait-il pas pu se taire, quand les deux plus jeunes l'avaient reconnu ? Même Georgina avait pris sa défense.

Pourquoi Artie et Henry, ces imbéciles, n'avaient-ils pas pris la peine de lui signaler qu'ils étaient cinq ? Et pourquoi, imbécile lui-même, ne s'en était-il pas tenu à son projet d'origine : rencontrer George en tête à tête ? Connie l'avait pourtant bien averti. Il allait faire des gorges chaudes de cette aventure ! Peut-être même la raconterait-il à Anthony, et alors James n'aurait pas fini d'en entendre parler !

Il percevait un bourdonnement de voix, certaines un peu lointaines, d'autres toutes proches, en fait directement au-dessus de lui. Quelqu'un devait être en train de guetter son réveil. Quelle idée il avait eue de tous se les mettre à dos en même temps ! Il eut envie de leur sauter dessus de nouveau, mais il n'en avait pas le courage. Il tenta d'écouter ce qu'ils disaient.

— Je ne le croirai pas, Thomas, jusqu'à ce que Georgie me l'ait dit elle-même.

— Elle voulait se jeter sur lui, elle aussi, tu sais.

— J'étais là, Boyd. C'est moi qui l'ai arrêtée. Mais cela ne change rien, je vous dis que...

— Elle se morfondait encore au sujet de Malcolm !

— Drew, espèce d'idiot, combien de fois faudra-t-il te dire que c'était pur entêtement de sa part ?

— Quand cesseras-tu de te mêler de cette histoire, Warren ? Tu ne profères que des âneries !

Il y eut un bruit de pas énervés sur le sol, puis :

— Bon sang, vous deux, vous n'avez pas reçu suffisamment de coups pour aujourd'hui ?

— J'en ai assez, Clinton, plus qu'assez de son agressivité !

— Ça suffit, Warren. Et cesse de te montrer si susceptible, Drew. Cela n'avance à rien non plus.

— En tout cas, je ne le crois pas plus que Boyd !

James commençait à reconnaître les voix. Cette fois, il s'agissait de Warren.

— Cette tête de mule en doute aussi, alors...

Il y eut un bruit de lutte, et James souhaita qu'ils s'entre-tuent... quand il aurait découvert de quoi ils discutaient. Il allait s'asseoir pour le demander lorsqu'il fut violemment bousculé. Un grognement involontaire lui échappa.

— Comment vous sentez-vous, Malory ? demanda une voix amusée. Suffisamment en forme pour un mariage ?

James ouvrit les yeux et découvrit le visage souriant de Boyd, tout proche du sien.

— Mes frères m'ont parfois beaucoup mieux amoché que vous, répliqua-t-il, méprisant.

— Alors, on peut recommencer ! menaça Warren.

— Tais-toi !

L'ordre venait de Thomas, surprenant tout le monde sauf James, qui ne pouvait savoir que ce frère-là haussait rarement le ton. Et il s'en moquait. Il s'efforçait de se redresser sans montrer sa douleur quand soudain il se pétrifia.

— Que voulez-vous dire par « mariage » ?

— Le vôtre, l'Anglais, avec Georgie. Vous l'avez compromise, vous l'épouserez, sinon nous vous tuerons sans le moindre scrupule.

— Allons, armez tout de suite votre revolver, mon garçon, parce que je...

— Ce n'est pas la raison de votre présence ici, Malory ? demanda Thomas.

James lui lança un regard noir, tandis que les autres le regardaient, stupéfaits.

— Tu es devenu fou, Thomas !

— Où as-tu pris cette idée ridicule, Tom ?

— Tu peux nous expliquer...

— Peu importe, répliqua Thomas sans quitter James des yeux. L'esprit anglais est bien complexe.

James demeurait silencieux. Il avait trop mal pour parler. Très lentement, il se leva. Warren et Clinton en firent autant, et il faillit éclater de rire. L'imaginaient-ils encore capable de se battre ? Ces diables de géants ! Georgie ne pouvait-elle avoir une famille *normale* ?

— Où est George ? demanda-t-il enfin.

Le plus jeune, qui arpentait nerveusement le sol autour de lui, lui lança un coup d'œil mauvais.

— Ce n'est pas son nom, Malory.

— Mon Dieu, que d'histoires pour un prénom ! Je l'appelle comme je veux, petit. Maintenant, où l'avez-vous mise ?

— Nous ne l'avons *mise* nulle part, rétorqua sèchement Drew. Elle est là.

James fit un geste vif pour se retourner, et tressaillit sous la douleur. Drew se tenait entre lui et le sofa. Lorsqu'il s'écarta, James aperçut Georgina, pâle comme la mort et inanimée.

— Nom d'un chien !

Drew tenta de l'empêcher d'arriver jusqu'à Georgina, mais il le regretta aussitôt car il fut projeté contre le mur avec violence. Les tableaux se retrouvèrent de guingois, et on entendit un bruit fracassant dans le hall. Un domestique, surpris par le son mat du coup, avait lâché un plateau de verres.

— Laisse, Warren, dit Thomas. Il ne lui fera pas de mal. Elle s'est simplement évanouie, mon vieux, expliqua-t-il à James.

— Elle ne s'évanouit jamais, insista Boyd. C'est une feinte pour ne pas entendre Clinton lui crier après.

— Tu aurais dû lui infliger une bonne correction dès le début, Clint, grommela Warren.

Il s'attira les regards exaspérés de ses frères, et une réplique tout à fait inattendue de la part de l'étranger.

— Si vous levez la main sur elle, vous êtes un homme mort ! lança-t-il sans se retourner.

Agenouillé près du sofa, il donnait de petites claques à Georgina pour la faire revenir à elle.

Dans le silence, Thomas déclara paisiblement à Clinton :

— Je te l'avais dit.

— Oui. Raison de plus pour ne pas traîner.

— Si vous me laissiez l'emmener chez le gouverneur pour qu'on le pende, il n'y aurait plus de problème.

— Il l'a compromise, Warren, lui rappela Clinton. Il doit y avoir un mariage avant toute chose.

James n'écoutait pas vraiment. Il n'aimait pas le teint cendreux de la jeune fille, ni sa respiration saccadée. Certes, il n'avait jamais eu affaire à une femme évanouie, il y avait toujours quelqu'un pour s'en occuper et offrir des sels.

— Vous devriez essayer de lui chatouiller les pieds, intervint Drew. Elle les a très sensibles.

— Je sais, répondit James, se rappelant un jour où il lui avait effleuré par hasard la plante du pied et où elle lui avait envoyé un coup par pur réflexe.

— Comment diable le sauriez-vous ?

James soupira.

— C'est un hasard, mon garçon. Vous ne me croyez tout de même pas capable de jouer à des jeux si puérils ?

— Je me demande surtout à quels jeux vous avez joué avec ma sœur !

— Rien de plus que ce que vous imaginez.

Drew prit une profonde inspiration.

— Je dois reconnaître que vous avez le chic pour creuser votre tombe, l'Anglais.

James jeta un coup d'œil par-dessus son épaule.

— Vous préféreriez que je mente ?

— Oui, bon sang !

— Désolé, mon garçon, je n'ai pas vos scrupules. Comme je l'ai dit à votre sœur, je ne suis guère recommandable, sur certains aspects de ma vie.

— Les femmes ?

— Bravo, bien déduit !

Rouge de colère, Drew serra les poings.

— Vous êtes pire que Warren, par Dieu ! Si vous voulez encore...

— Du calme, petit. Vous ne manquez pas de cran, je le reconnais, mais vous n'êtes pas capable de me battre. Alors pourquoi ne pas vous rendre utile et chercher quelque chose pour réveiller votre sœur ? Elle devrait se joindre à nous dans cette discussion.

Drew s'éloigna d'un pas rageur pour revenir avec un verre d'eau.

— Que voulez-vous en faire ? demanda James, peu convaincu.

Drew le lança au visage de Georgina.

— Eh bien, heureusement que cela ne m'était pas destiné ! déclara James tandis que Georgina se redressait, crachotait, criait, et cherchait le coupable du regard.

— Tu t'es évanouie, Georgie, expliqua brièvement Drew.

— Je suis sûre que vingt femmes, ici, ont des sels sur elles, rétorqua-t-elle, furieuse. Tu ne pouvais pas leur en demander ?

— Pas pensé.

— Tu aurais pu au moins apporter une serviette ! Bon sang, Drew, regarde l'état de ma robe ! ajouta-t-elle, horrifiée.

— Une robe que tu n'aurais jamais dû porter, de toute façon. Maintenant, tu vas peut-être te changer...

— Je la porterai jusqu'à ce qu'elle soit usée, si tu as fait cela uniquement pour...

— Mes enfants, si cela ne vous ennuie pas... coupa James, attirant sur lui l'attention de Georgina.

— Oh, James, regardez-vous !

— Plutôt difficile, petite. Et à ta place, je me regarderais avant de parler. Tu dégoulines...

— C'est de l'eau, espèce d'âne, pas du sang ! cria-t-elle avant de se tourner vers Drew. Tu n'as pas un mouchoir ?

Il lui tendit le sien et fut surpris de la voir essuyer soigneusement le visage ensanglanté de James. Et il se laissait faire, agenouillé près d'elle, comme s'il ne l'avait pas humiliée devant tout le monde, comme s'ils ne venaient pas de se disputer vertement.

Drew regarda autour de lui afin de voir si les autres avaient remarqué l'étrange attitude de l'Anglais. Clinton et Warren étaient encore en train de discuter, mais Boyd levait les yeux au ciel, et Thomas hochait la tête, visiblement amusé. Pour sa part, Drew ne trouvait dans cette scène rien de drôle. Du diable s'il voulait pour beau-frère un pirate, à la retraite ou non ! Pis encore, un véritable pair du royaume ! Et il ne parvenait pas à croire que sa sœur fût tombée amoureuse de cet individu. Cela dépassait l'entendement !

Alors, pourquoi s'affairait-elle autour de lui ? Et pourquoi s'était-elle évanouie à la vue de quelques gouttes de sang ?

Drew devait bien reconnaître que l'homme était spectaculaire. Et bon combattant, ce qui l'impressionnait, mais Georgina devait s'en moquer. D'autre part, on pouvait dire qu'il était beau, en tout cas avant la bagarre. Pourtant cela suffisait-il ? Oh, bon sang, rien n'avait plus de sens depuis qu'il avait retrouvé sa sœur à la Jamaïque !

— Vous êtes plutôt habile de vos poings, n'est-ce pas ?

La question venait de Georgina. Drew guetta la réaction de l'Anglais, mais il avait du mal à distinguer quoi que ce fût dans son visage boursouflé.

— Je me suis un peu entraîné dans les salles de sport, en effet.

— Et où en avez-vous trouvé le temps, entre vos plantations et la piraterie ? demanda Georgina, sarcastique.

— Je suis si vieux, comme tu l'as dit toi-même, petite. J'ai pu poursuivre pas mal de buts, non ?

Drew faillit s'étrangler, et Georgina reporta son attention sur son frère.

— Cesse de rester planté là comme un piquet. Il faudrait du froid pour empêcher son œil d'enfler. Le tien aussi, d'ailleurs.

— Oh non, Georgie. Rien ne pourrait me faire sortir d'ici en ce moment, alors économise ta salive. Mais si tu veux que je m'éloigne pour que tu parles en privé à cette canaille, pourquoi ne pas le dire carrément ?

— Il n'en est pas question ! s'indigna-t-elle. Je n'ai absolument rien à lui dire.

Elle revint à James.

— Rien à vous dire, insista-t-elle, sauf que… votre comportement de ce soir dépasse l'entendement.

J'aurais dû me douter que vous étiez capable d'une telle méchanceté. Mais comme une idiote, je vous croyais inoffensif. Je l'ai vraiment cru ! Et vous venez de me montrer que je me trompais, n'est-ce pas ? Votre maudite langue s'est révélée meurtrière. Vous êtes content, maintenant ? Vous vous êtes bien amusé ? Et que fabriquez-vous à genoux ? On aurait dû vous allonger !

Elle avait commencé par une belle colère et terminait sur une note de sollicitude ! James s'assit sur ses talons et éclata de rire. Cela lui faisait un mal de chien, mais il ne pouvait s'en empêcher.

— Bravo pour la tirade, George ! dit-il enfin.

Elle le regarda un instant d'un air mauvais avant de demander sérieusement :

— Que faites-vous ici, James ?

Sa belle humeur tomba d'un coup.

— Tu as oublié de me dire au revoir, mon amour. Je voulais t'offrir une occasion de te rattraper.

C'était donc la raison de toute cette folie ? Il s'était senti vexé ? Pour cette misérable petite raison, il avait détruit sa réputation, et tout ce qu'elle ressentait pour lui ? Dire qu'elle s'était rongé les sangs à l'idée de ne plus le revoir ! Maintenant, elle regrettait de l'avoir revu !

— Oh, excusez-moi, ronronna-t-elle en se levant. C'était impardonnable, et tellement simple de me racheter... Au revoir, capitaine Malory.

Georgina passa dignement devant lui, prête à faire la plus belle sortie de sa vie... puis se retrouva face à ses frères, qui la regardaient et n'avaient rien perdu de son échange avec James. Comment avait-elle pu oublier qu'ils se trouvaient dans la pièce ?

34

— Bon. Il semble évident que vous vous connaissez bien, tous les deux.

Georgina fronça les sourcils à cette remarque insidieuse de Warren.

— Qu'est-ce que tu sous-entends, Warren ? J'ai passé cinq semaines sur son bateau, en tant que mousse, comme il a eu la *gentillesse* de vous en informer.

— Et dans son lit ?

— Ainsi, nous nous décidons enfin à le demander ?

Elle avait haussé un sourcil, à la manière du capitaine, et avait utilisé le « nous » qui était également une de ses manies. Comme le sarcasme n'était pas son fort, elle devait bien prendre modèle sur quelqu'un !

— Et vous prêtez foi à la parole d'un pirate ! poursuivait-elle, furieuse. C'est la raison pour laquelle vous l'avez boxé ? Parce que vous avez cru chacun de ses mots ? Il ne vous est même pas venu à l'esprit qu'il pouvait mentir ?

Clinton et Boyd rougirent de culpabilité. Elle ne pouvait voir le visage de Drew, qui se tenait derrière elle, mais Warren ne montrait aucune sorte de remords.

— Jamais un homme ayant tout son bon sens ne s'accuserait à tort de certains forfaits.

— Vraiment ? Si tu le connaissais, Warren, tu saurais qu'il est capable de dire n'importe quoi, simplement pour voir quelle réaction il provoque. Il aime ça. En outre, es-tu sûr qu'il a tout son bon sens ?

— Objection, George, intervint calmement James depuis le sofa où il s'était installé.

— Allez au diable, James ! lança-t-elle pardessus son épaule. Ne pouvez-vous vous taire une minute ? Vous vous êtes déjà beaucoup trop mêlé de cette discussion.

— Ce n'est pas une discussion, Georgina, coupa Clinton, sévère. Nous t'avons posé une question. Tu ferais mieux d'y répondre au lieu d'essayer de gagner du temps.

Georgina réprima un gémissement. Elle ne s'en sortirait pas ainsi... Et elle n'aurait pas dû se sentir si... honteuse. Mais c'étaient ses frères, après tout. Comment dire à des frères aussi protecteurs qu'elle avait été intime avec un homme qui n'était même pas son mari ?...

Une fraction de seconde, elle eut envie de mentir. Mais la preuve serait bientôt dévoilée... Et James ne l'aiderait pas, au contraire, après le mal qu'il s'était donné pour rendre leur intimité publique.

Acculée, elle opta pour la bravade.

— Comment veux-tu l'entendre ? Dois-je le dire crûment, ou te suffit-il que j'avoue que le capitaine Malory disait la vérité ?

— Bon sang, Georgie, un diable de pirate !

— Comment l'aurais-je su, Boyd ?

— Un Anglais ! explosa Drew.

— Ça, dit-elle avec humour, je ne pouvais l'ignorer. Cela s'entend à chacune de ses paroles.

— Ne fais pas la sotte, Georgie, menaça Clinton. Ton choix en matière d'hommes est absolument déplorable.

— Au moins, elle a de la suite dans les idées : c'est de mal en pis, décréta Warren.

— Je crois qu'ils ne m'apprécient guère, George, intervint James.

Ce fut la goutte d'eau qui fit déborder le vase.

— Arrêtez, tous ! cria-t-elle. J'ai commis une erreur. Je ne suis sûrement pas la première, et je ne serai pas la dernière. Mais au moins, je ne suis plus aveuglée. Je sais à présent qu'il avait décidé de me séduire dès le début... ce que vous faites tous le plus naturellement du monde, aussi auriez-vous mauvaise grâce à le lui reprocher. Il s'est montré fort subtil, si subtil que je ne me doutais de rien. Je croyais qu'il me prenait pour un garçon. Je sais maintenant que c'était faux. J'ai donc une bonne raison d'être hors de moi, mais pas vous, car je suis sûre que vous vous seriez conduits de la même façon à sa place. D'autre part, j'ai été une partenaire consentante. Je savais exactement ce que je faisais, ma conscience peut l'attester.

— Ta *quoi* ?

— Bien joué, George ! déclara James derrière elle, admiratif de la façon dont elle s'accusait et se défendait en même temps. Mais je suis sûr qu'ils préféreraient apprendre que tu as été violée, ou qu'on a abusé de toi de manière infâme.

Elle se retourna, les yeux plissés.

— Parce que vous trouvez qu'on n'a pas abusé de moi ?

— Certainement pas, ma douce. Ce n'est pas moi qui avais la nausée.

Elle devint rouge comme un coquelicot. Oh non, il n'allait tout de même pas leur raconter ça ?

— De quoi s'agit-il ? interrogea Drew. Quelle nausée ?

— Rien... une plaisanterie entre nous, murmura-t-elle en suppliant du regard James de se taire.

Il n'en fit rien, évidemment.

— Une plaisanterie, George ? Je n'appellerais pas...

— Je vais vous tuer, James Malory ! Je jure que je vais vous tuer !

— Pas avant de l'avoir épousée.

— Quoi ? hurla-t-elle en se tournant vers l'aîné qui avait prononcé cette absurdité. Clinton, tu n'es pas sérieux ! Tu ne peux pas vouloir de lui dans la famille !

— Ce n'est pas la question. Tu l'as choisi...

— Pas du tout ! Et il ne veut pas m'épouser.

Elle s'arrêta pour lui lancer un coup d'œil, soudain hésitante.

— N'est-ce pas ?

— Certes non ! répondit-il de tout son cœur, avant d'hésiter lui-même un moment et de demander : Tu le souhaiterais ?

— Certainement pas ! s'écria-t-elle par orgueil. Voilà qui règle le problème, non ?

— Il a déjà été réglé, Georgie, pendant que le capitaine et toi aviez perdu connaissance, dit Thomas. Vous serez mariés ce soir.

— C'est toi qui as tout manigancé, n'est-ce pas ? l'accusa-t-elle, se rappelant leur conversation du matin.

— Nous faisons ce qui est le mieux pour toi.

— Mais non, Thomas ! Jamais je n'épouserai un homme qui ne veut pas de moi !

— Bien sûr que si, je te veux, petite, intervint James, de l'irritation dans la voix. Tu aurais fait une excellente maîtresse.

Georgina eut un haut-le-corps, et les réactions de ses frères furent plus bruyantes :

— Sale type !

— Vous l'épouserez, sinon...

— Je sais... coupa James avant qu'ils ne perdent de nouveau leur sang-froid. Vous me tuerez.

— Nous ferons mieux que ça, gronda Warren. Nous tirerons sur votre navire !

James se redressa.

— Nous avons déjà envoyé quelqu'un à sa recherche, renchérit Clinton, car il est évident que vous n'êtes pas amarré dans notre port, nous en aurions entendu parler.

Warren prit la relève :

— On s'arrangera pour faire arrêter votre équipage, puis vous serez tous remis au gouverneur et pendus.

Dans le silence qui suivit cette déclaration, Boyd demanda, raisonnable :

— Croyez-vous qu'il soit indispensable de le pendre, s'il est le mari de Georgie ? Faire pendre son beau-frère, quand même...

— Le pendre ! s'exclama Georgina. Avez-vous perdu l'esprit ?

— Il a avoué être pirate, Georgie, et je suis sûr que la Skylark n'a pas été sa seule victime. En toute bonne foi, on ne peut l'oublier.

— Mais si ! Il réparera. Dites-leur, James.

Elle se tourna vers lui, mais il ne prononça pas un mot.

— Thomas, gémit-elle, proche de la panique, reprends-toi. Ce sont des crimes commis... il y a des années !

— Sept ou huit, répondit-il en haussant les épaules. La mémoire me fait défaut, quoique l'hostilité du capitaine Malory me la rafraîchisse quelque peu.

James eut un ricanement déplaisant.

— Du chantage, à présent ? En plus des menaces de violence et des voies de fait ? Et c'est vous qui me traitez de pirate ?

— Nous avons simplement l'intention de vous intenter un procès. Mais comme Boyd et moi sommes les seuls témoins contre vous...

Georgina comprit ce que Thomas voulait dire. Rien ne sortirait de ce prétendu procès si James coopérait. Elle commençait à se détendre lorsque Warren s'en mêla :

— Ta mémoire est peut-être défaillante, Thomas, mais moi, je me rappelle parfaitement avoir entendu sa confession. Et je témoignerai.

— Votre stratégie défie l'imagination, Yankees. Quelle est-elle ? Défense ou vengeance ? Ou bien considérez-vous que l'une entraîne l'autre ?

L'humour mordant de James exaspéra Warren.

— Il n'y aura pas de défense, si cela ne tient qu'à moi, *Hawke*, dit-il en soulignant son nom telle une injure. Il y a encore le bateau, et l'équipage. On pourrait charger vos matelots des mêmes accusations que vous.

Il en fallait beaucoup pour que James perdît sa nonchalance. Depuis longtemps, il avait maîtrisé la fougue de sa jeunesse et s'il lui arrivait encore parfois de se mettre en colère, il fallait bien le connaître pour s'en apercevoir. Cependant on ne pouvait impunément menacer sa famille, or son équipage était comme sa famille, pour lui.

Il marcha lentement sur Warren.

— Vous allez au-delà de vos droits en mêlant mon navire et mon équipage à cette affaire.

Warren eut un petit reniflement dédaigneux.

— Un bateau anglais dans nos mers ? Et accusé de piraterie ? Nous sommes parfaitement dans notre droit.

— Alors, moi aussi.

Cela se passa tellement vite que tout le monde demeura interdit, surtout Warren qui sentit deux mains de fer se refermer sur sa gorge. Il était robuste lui-même, mais ne parvenait pas à détacher les doigts de l'homme. Clinton et Drew, bondissant à la rescousse, ne parvinrent pas non plus à le dégager.

Warren était devenu violacé, tandis que Thomas cherchait un objet assez lourd pour assommer James. Il n'eut pas à s'en servir. Georgina, le cœur au bord des lèvres, avait sauté sur le dos de James et hurlait à son oreille :

— James ! Je vous en supplie ! C'est mon frère !

Et James lâcha Warren.

Clinton et Drew empêchèrent ce dernier de s'écrouler et le déposèrent dans un fauteuil. Sa colonne vertébrale n'était pas brisée, mais il toussait, respirait difficilement.

Georgina se laissa glisser à terre, encore choquée.

— J'aurais pu lui casser son satané cou en deux secondes, tu le sais ? dit James, encore fou de rage.

— Oui... répondit-elle d'une toute petite voix. Nous le savons tous.

Il lui adressa un regard noir, et elle devina qu'il ne s'était pas encore déchargé de toute sa colère. Mais il surprit tout le monde dans la pièce en grommelant :

— Alors, amenez votre fichu prêtre, avant que je m'énerve de nouveau.

Il fallut moins de cinq minutes pour trouver le brave révérend Teal, qui faisait partie des invités à la soirée.

Et quelques instants plus tard, Georgina se retrouvait en train d'épouser James Malory, vicomte de Ryding, pirate à la retraite et Dieu seul savait quoi d'autre encore.

Ce n'était pas vraiment ainsi qu'elle avait imaginé son mariage, toutes ces années où elle attendait patiemment le retour de Malcolm. Patiemment ? Non, c'était plutôt de l'indifférence, elle s'en rendait compte maintenant. Or, il n'y avait aucune indifférence parmi les gens rassemblés dans le bureau.

James avait cédé, mais de mauvaise grâce. Rancune et colère n'étaient que les moindres des émotions qu'il témoigna. Les frères de Georgina ne valaient guère mieux. S'ils étaient déterminés à la voir mariée, ils détestaient chaque seconde de la cérémonie et ne s'en cachaient pas. Quant à elle, elle s'était aperçue qu'elle ne pouvait laisser son orgueil prendre le dessus et refuser d'épouser James, à cause du bébé qui était en train de grandir en elle.

Elle s'était brièvement demandé si l'attitude des autres aurait changé à cette nouvelle, mais elle en doutait. De toute façon, James était obligé de se marier. Peut-être ensuite cela atténuerait-il le coup. Il faudrait bien le lui avouer, à un moment ou à un autre... Sauf si Warren arrivait à ses fins.

Et il y parvint au moment même où le prêtre les déclarait mari et femme :

— Enfermons-le, maintenant. Il a déjà eu suffisamment de nuits de noces.

35

— Tu n'imagines tout de même pas que ça va marcher une seconde fois, Georgie ?

La jeune fille jeta un coup d'œil par-dessus le bureau de Clinton, dont elle essayait de fracturer un tiroir. Drew était là, devant elle, il secouait la tête. Boyd, à ses côtés, semblait désorienté.

Georgina se redressa lentement, furieuse de s'être fait prendre. Bon sang, elle était sûre qu'ils étaient couchés ! Et Drew était bien trop perspicace ! Néanmoins, elle explosa :

— Je ne vois pas ce que tu veux dire !

— Mais si, ma douce, répondit-il en souriant. Même si tu parvenais à mettre la main sur ce vase, il est devenu sans valeur comparé à ce que t'a fait l'Anglais. Warren préférerait le sacrifier plutôt que de laisser filer le capitaine Hawke.

— Ne l'appelle pas comme ça, s'il te plaît, soupira-t-elle en s'affalant dans le fauteuil derrière la table.

— Ai-je bien compris ? demanda Boyd. Tu voudrais libérer cette canaille, Georgie ?

Elle releva le menton.

— Et alors ? Vous semblez tous oublier qu'il est venu ici à cause de moi. S'il ne l'avait pas fait, jamais vous ne l'auriez reconnu, et il ne serait pas enfermé dans la cave à l'heure qu'il est. Crois-tu que ma conscience le supportera, s'il est condamné à la pendaison ?

— Il pourrait aussi être innocenté, fit remarquer Boyd.

— Je préférerais ne pas courir le risque.

Drew plissa les yeux.

— Tu l'aimes, Georgie ?

— C'est absurde ! protesta-t-elle.

— Tant mieux !

— Néanmoins, j'empêcherai Clinton et Warren d'aller jusqu'au bout de leurs projets.

— Clinton se moque qu'il s'agisse de l'infâme Hawke, dit Drew. Il veut simplement qu'il ne franchisse plus jamais notre seuil. Il est encore furieux de n'avoir pas été meilleur que lui à la bagarre.

— Vous ne l'avez pas été non plus, pourtant je ne vous ai pas entendus réclamer la corde.

Boyd pouffa.

— Tu plaisantes ! Tu as vu ce type ? Il nous surclassait tellement que nous n'avions aucune chance. Il n'y a pas de honte à perdre contre un homme tel que lui.

— Boyd a raison, renchérit Drew en souriant. On pourrait grandement admirer cet individu, s'il n'était pas si... si...

— Agressif ? Insultant ? Ironique ? Désolée de vous l'apprendre, mais il est ainsi avec tout le monde, même ses plus proches amis.

— Ça me rendrait fou ! s'exclama Boyd. Pas toi ?

Georgina haussa les épaules.

— Quand on s'y est habitué, c'est plutôt amusant. Mais il est dangereux : il ne se soucie guère de prendre les gens à rebrousse-poil. Comme ce soir. Cependant, en dehors de ses mauvaises habitudes, ou de ses crimes passés, je ne crois pas que nous nous soyons comportés de façon juste envers lui.

— Mais si, insista Boyd. Quand on pense à ce qu'il t'a fait...

— Il ne s'agit pas de moi. On ne pend pas un homme parce qu'il a séduit une jeune fille, sinon vous auriez vous-mêmes les pires ennuis, non ?

Boyd eut la bonne grâce de rougir légèrement, tandis que Drew souriait d'un air entendu.

— En d'autres termes, poursuivit Georgina, je me fiche qu'il ait été pirate, je ne veux pas le voir pendu. Et jamais vous n'auriez dû mêler son équipage à cette histoire ; il avait parfaitement raison sur ce point.

— Sans doute, mais je ne vois pas ce que tu peux y changer. Tout ce que tu dis ne modifiera pas la position de Warren d'un cheveu.

— C'est vrai, ajouta Drew. Tu ferais mieux d'aller te coucher en espérant que cette affaire s'arrangera d'elle-même.

— Impossible ! répondit-elle simplement.

En elle remontait cette panique insidieuse qui l'avait poussée à venir jusqu'ici chercher la solution. Elle tenta de l'ignorer. Il lui fallait surtout réfléchir, sans laisser la peur l'envahir. Elle regarda ses deux frères se diriger vers le buffet à alcools. Pas étonnant qu'ils aient besoin d'un remontant, avec tous les coups reçus ! Elle s'interdit de penser à l'état de James.

— James est votre beau-frère, à présent, reprit-elle sagement. Nous y avons veillé. M'aiderez-vous ?

— Tu veux que nous volions la clé du tiroir à Warren ? demanda Drew. Avec plaisir !

Boyd s'étrangla dans son cognac.

— Pas question !

— Ce n'était pas à ça que je songeais, rectifia Georgina. Inutile de vous attirer les mauvaises grâces de Warren.

— Nous pourrions sans doute casser le vieux verrou de la porte de la cave, suggéra Drew.

— Non, ça ne suffirait pas non plus. James ne partira pas sans son navire ni son équipage, or il ne peut les libérer seul. Il le pense peut-être, mais...

— Alors tu voudrais que nous l'aidions pour ça aussi ?

— Exactement. En colère comme il l'est actuellement, je ne crois pas qu'il accepterait votre assistance. Il voudra tout réussir par lui-même et se fera prendre de nouveau. Mais si nous commençons par libérer son navire et son équipage, ils n'auront pas de mal à récupérer James et à l'amener sur le bateau. Demain matin, ils seront partis.

— Et les gardes que Warren a postés sur le *Maiden Anne* pour lui rapporter ce qui se passe à bord ?

— Ils ne pourront rien lui raconter s'ils n'ont reconnu personne, dit Georgina sur le ton de la confidence. Je vais vous expliquer en chemin. Donnez-moi cinq minutes pour me changer.

Comme elle contournait le bureau, Drew la prit par le bras et demanda doucement :

— Tu pars avec lui ?

— Non. Il ne veut pas de moi, répondit-elle sans hésitation ni émotion.

— Ce n'est pas ce que j'ai cru comprendre.

Elle se raidit. Ils l'avaient tous entendu déclarer qu'elle serait une maîtresse parfaite.

— Disons alors qu'il ne veut pas d'épouse.

— De toute façon, ni Clinton ni Warren ne te laisseraient partir. S'ils vous ont mariés, ce n'était sûrement pas dans l'intention que tu vives avec lui !

Peu importait : elle n'avait pas envie de vivre avec James. Elle ne l'aimait pas. Elle ne l'aimait plus, vraiment, et si elle se le répétait suffisamment, cela deviendrait la vérité.

36

Une demi-heure plus tard, les trois cadets des Anderson découvraient la petite baie où était amarré le *Maiden Anne*. Les gens de Warren l'avaient investi sous prétexte d'un ordre officiel du maître du port, et Connie n'avait rien pu faire. Heureusement, personne n'avait été blessé. Une partie de l'équipage du *Nereus* avait été transférée sur le *Maiden Anne* afin de prendre le contrôle du navire. Les matelots de ce dernier avaient simplement été consignés dans leurs quartiers, avec quelques gardes pour veiller sur eux.

Georgina espérait qu'il y avait un youyou quelque part sur le rivage, celui que James avait forcément utilisé pour venir à terre. Cependant, après dix minutes de recherches, ils durent se rendre à l'évidence : on avait certainement déposé James à quai.

— J'espère que tu n'as pas envisagé un bain de minuit, dans ton plan fantaisiste. Nous sommes à la mi-octobre, au cas où tu l'aurais oublié. Nous allons nous geler les... tu sais quoi... George.

Georgina tressaillit en entendant le prénom dont ses frères l'affublaient depuis qu'elle avait enfilé ses vêtements de garçon – que James lui avait rendus.

— Je ne sais pas de quoi tu te plains, Boyd, déclara-t-elle. Tu imagines ce que ce serait s'ils avaient rapporté le bateau à Bridgeport ? Nous aurions dû nous méfier de tous les navires environnants !

— S'ils l'avaient fait, petite sœur, jamais tu ne m'aurais persuadé de t'aider !

— Eh bien, il se trouve que tu as accepté ! s'écria-t-elle avec force. Alors, ôte tes chaussures et finissons-en. Ces hommes ont besoin qu'on les aide.

— Dis donc, ce ne sont pas des canons de pacotille que l'on voit pointer là, ma douce. Et Hawke prétend avoir pris sa retraite ?

— Les vieilles habitudes sont sans doute difficiles à perdre, protesta Georgina pour défendre James, un réflexe qu'elle aurait mieux fait d'abandonner. En outre, il naviguait dans les Antilles, où les mers sont infestées de flibustiers.

Cette remarque fit rire les deux garçons.

— Pas mal ! Un ex-pirate inquiété par ses anciens collègues !

— Si vous ne vous remuez pas, vous pouvez tous les deux rester ici avec les chevaux, déclara Georgina, préférant ignorer le commentaire. J'irai sans vous.

— Clinton avait raison, par Dieu ! dit Drew en se perchant sur un pied pour ôter sa botte. Elle est devenue affreusement autoritaire, et... Ça suffit, Georgie ! Tu ne plongeras pas la première !

Mais elle était déjà à l'eau, et ils se précipitèrent à sa suite. Dix minutes plus tard, ils arrivaient au bateau. Ils allaient devoir escalader le câble d'ancrage afin d'y grimper.

Leur plan de départ avait été différent : ils voulaient utiliser le canot de James pour arriver au navire, et prétendre qu'ils avaient trouvé en ville un matelot du *Maiden Anne* qu'ils ramenaient à bord. Mais comme il était peu vraisemblable qu'ils aient nagé jusque-là avec un prisonnier, il fallait changer de stratégie. Or, ni Boyd ni Drew n'avaient l'intention de laisser leur sœur participer à la bagarre, aussi se retrouva-t-elle inactive, dans l'eau, à attendre pendant qu'ils disparaissaient sur le pont.

Elle patienta, tendant l'oreille. Mais comment aurait-elle pu entendre quoi que ce fût, avec le clapotis de l'eau et la casquette qui lui couvrait la tête ? N'ayant rien d'autre à faire, son imagination se mit à divaguer.

Y avait-il des requins, dans ces eaux ? Elle se souvenait qu'un de leurs voisins en avait attrapé un, l'année précédente, lors d'une partie de pêche. Dans l'obscurité, elle ne voyait rien à la surface de l'eau, et moins encore au-dessous.

Une minute plus tard, paniquée, elle escaladait le câble d'ancrage. Pas jusqu'en haut, se dit-elle. On lui avait ordonné d'attendre sagement, « sinon... ». Or, elle ne tenait pas à encourir la colère de ses frères, ils s'étaient montrés si gentils envers elle !

Mais ses bonnes intentions s'évanouirent devant la douleur de ses mains tandis qu'elle s'accrochait au câble. En fait, elle parvint à tenir jusqu'au bastingage, mais tout juste. Et si elle lâchait, elle retomberait dans cette eau horrible infestée de requins. Aussi fut-elle contente de pouvoir se hisser par-dessus bord… pour découvrir un comité d'accueil inattendu.

37

Georgina, debout dans une flaque d'eau, frissonnante sous le vent froid qui balayait le pont, entendit une voix ironique et familière :

— Eh bien, ne dirait-on pas notre bon George ? Tu es venu nous rendre une petite visite ?

— Connie ?

Georgie tressaillit tandis que le géant roux venait lui poser un manteau sur les épaules.

— Mais... vous êtes libre ?

— Ainsi tu es au courant de ce qui s'est passé ici ?

— Évidemment... Mais je ne comprends pas. Comment avez-vous fait ?

— Dès que l'écoutille a été ouverte... Tes compatriotes ne sont pas très malins, petite ! Nous n'avons eu aucun mal à changer nos places contre les leurs.

— Ô mon Dieu, vous ne leur avez pas fait de mal ?

— Pas plus qu'ils ne nous en ont fait. Pourquoi ?

— Ils devaient vous libérer ! Vous ne leur avez pas offert une chance de s'expliquer ?

— Bon sang, non ! tonna Connie. Dois-je comprendre qu'il s'agit d'amis à toi ?

— Mes frères, tout simplement.

Il se mit à rire.

— Tout va bien, rassure-toi. Henry, va chercher les deux jeunes gens, et sois gentil avec eux cette fois. Maintenant, George, peut-être auras-tu la bonté de nous dire où se trouve James ?

— C'est une longue histoire, et comme le temps presse, il vaudrait mieux que je vous la raconte en chemin.

Son air embarrassé alarma aussitôt Connie.

— Il va bien, j'espère ?

— Oui... Juste quelques bleus... et il a besoin de votre aide pour sortir d'une cave...

— Il est enfermé ?

Au grand dam de Georgina, il éclata d'un énorme rire.

— Ce n'est pas drôle, monsieur Sharpe. Ils veulent lui intenter un procès pour piraterie.

Le second reprit bien vite son sérieux.

— Bonté divine ! Je l'avais prévenu !

— Vous auriez mieux fait de l'assommer pour l'empêcher de venir.

Ils laissèrent Boyd et Drew furieux sur le bateau, afin que quelques hommes de Connie puissent utiliser leurs chevaux. Georgina eut l'honneur de chevaucher sur la même monture que le second mais, comme elle le craignait, c'était simplement pour la questionner. Elle raconta toute l'histoire, interrompue seulement par des « Non ! » ou des « Pas possible ! » À la fin, Connie déclara avec colère :

— Jusque-là ça allait, George, mais tu ne me feras jamais avaler que James Malory s'est laissé mettre le fil à la patte.

— Croyez-le ou non, ça m'est égal, rétorqua-t-elle sans insister davantage.

À la lumière de la seule bougie qu'elle eût dénichée dans la cuisine, James n'eut aucun mal à reconnaître ses sauveteurs, à part Georgina qui se tenait à l'écart. Mais il aurait réagi de la même façon s'il l'avait vue.

— Tu n'aurais pas dû te donner tout ce mal, vieux ! dit-il à Connie. Je mérite sacrément d'être pendu pour ce que j'ai laissé faire !

Georgina serra les dents en entendant l'intonation écœurée de James.

— Alors c'est vrai ? Tu as épousé la petite ?

— Comment le sais-tu ?

— C'est la jeune mariée qui me l'a dit, bien sûr !

Connie éclata de son grand rire.

— Dois-je... t'offrir mes... félicitations ?

— Essaie, et ce seront les dernières paroles que tu prononceras pendant un bon bout de temps !... Où se trouve-t-elle, cette petite traînée ?

— Elle était là à l'instant.

— George !

Elle s'arrêta en haut de l'escalier, tressaillant sous ce véritable coup de tonnerre.

Les poings serrés, elle redescendit pour lui exposer sa façon de penser :

— Espèce d'imbécile ! Vous voulez vraiment réveiller toute la maison, et les voisins aussi ? À moins que vous n'adoriez cette cave au point de...

Pour le convaincre, elle l'avait convaincu ! Il plaqua la main sur sa bouche afin de la faire taire puis, rapidement, la bâillonna avec sa cravate.

Connie se taisait. Il avait remarqué que Georgina ne se débattait pas, mais l'attitude de James était encore plus intéressante. Il n'avait pas demandé d'aide, n'avait pas lâché la taille de la jeune fille, s'obligeant à se servir de ses dents pour attacher le bâillon, ce qui devait faire souffrir sa mâchoire meurtrie. Enfin, il saisit fermement Georgina par le bras. À ce moment seulement, il remarqua que Connie l'observait.

— Il est évident qu'on ne peut pas la laisser derrière nous ! expliqua-t-il, irrité.

— Évident, acquiesça Connie.

— Elle donnerait l'alerte.

— Bien sûr.

— Tu n'es pas *obligé* d'être de mon avis, tu sais.

— Oh, si ! Je tiens à mes dents !

38

Affalée dans le fauteuil qu'elle avait tiré devant le panneau de vitres, Georgina regardait d'un œil morne la surface moutonneuse de l'océan.

Elle entendit la porte s'ouvrir, des bruits de pas, mais elle ne voulait pas savoir qui troublait sa solitude. D'ailleurs ce ne pouvait être que James : lui seul entrait sans frapper dans la cabine.

Elle ne parlait pas à James Malory. Elle ne lui avait pas dit deux mots depuis cette fameuse soirée, une semaine auparavant, où il l'avait portée à bord de son bateau exactement comme il l'avait portée hors de la taverne à Londres. Et ce traitement indigne n'était pas le pire qui fût arrivé cette nuit-là ! Non, au moment précis où elle avait vu ses frères sur le pont, il avait ordonné qu'on les jetât par-dessus bord. Il avait eu en outre le toupet de leur annoncer, juste avant, qu'elle avait décidé de partir avec lui, comme s'ils ne voyaient pas le bâillon sur sa bouche, ou la façon dont il la tenait, tel un vulgaire sac de farine.

Certes, personne n'avait pris la peine de lui expliquer ce que faisaient Boyd et Drew sur son navire. Apparemment, personne n'avait le courage d'intervenir. Connie l'aurait pu, mais il s'amusait beaucoup trop pour mettre un terme à cette comédie.

Peut-être James savait-il à présent qu'il s'était comporté en ingrat cette nuit-là. Pourtant, si ce n'était pas le cas, il ne l'apprendrait sûrement pas de sa bouche, puisqu'elle ne lui adressait plus la parole. Et cet exaspérant personnage ne s'en souciait guère.

— Nous boudons ? avait-il demandé. Merveilleux ! Si un homme doit être affublé d'une épouse, qu'il ait au moins de petites compensations !

Elle en avait été profondément blessée. Il était sûrement sincère, car il n'avait rien tenté pour la faire parler.

Ils partageaient la même cabine, elle dans son hamac, lui dans le lit, et s'efforçaient de s'ignorer. James y parvenait magnifiquement, mais Georgina, à son grand regret, s'était aperçue que lorsqu'il était là, il était bien *là*. En tout cas, elle le sentait, et ses sens s'affolaient chaque fois qu'il s'approchait.

Même maintenant, contre son gré, elle ne pouvait s'empêcher de l'observer du coin de l'œil. Assis à son bureau, il semblait aussi détendu que s'il était seul, alors qu'elle-même se raidissait, s'empêchait de se tourner carrément vers lui. Il ne paraissait pas conscient de sa présence. Pourquoi ne l'avait-il pas jetée à l'eau avec ses frères ? se demandait-elle.

Elle n'avait pas posé cette question à haute voix. Pour cela, il aurait fallu parler, or elle aurait préféré se couper la langue plutôt que de proférer deux mots. Et tant pis si son attitude était puérile ! Était-ce pire que de se comporter en grossier personnage, de kidnapper des jeunes femmes ou de jeter des gens à la mer, selon le cas ?

— Si ça ne t'ennuie pas, George, j'aimerais que tu cesses de me fixer constamment. Ça me tape sur les nerfs.

Georgina reporta aussitôt son attention sur le paysage lassant qui s'étendait devant elle. Maudit fût-il ! Comment avait-il deviné qu'elle le regardait ?

— Ça devient vraiment fatigant, tu sais, poursuivit-il.

Elle se tut.

— … Ta bouderie.

Silence.

— Évidemment, on ne peut en attendre davantage d'une gamine élevée par des barbares.

Cette fois, il avait gagné.

— Vous parlez de mes frères ?

— Je parle de ton satané continent tout entier.

— Ça vous va bien, avec votre pays de snobs !

— Ils valent mieux que des exaltés mal élevés.

— Mal élevés ? hurla-t-elle en bondissant de son siège. Alors que vous n'avez même pas été capable de remercier ceux qui vous ont sauvé la vie !

Il s'était levé en même temps qu'elle, mais ce ne fut pas la peur qui la fit reculer. Plutôt le désir inconscient qu'il ne l'approchât pas.

— Et qui étais-je censé remercier, au juste ? Ces brutes imbéciles que tu appelles tes frères ? Ceux-là mêmes qui m'ont enfermé dans une cave en attendant de me voir pendu ?

— Une situation que vous aviez bien cherchée ! Et, de toute façon, c'était une décision de Warren. Pas de Boyd ni de Drew. Ils ont agi contre leur propre frère pour vous aider, sachant parfaitement qu'il les rosserait à mort s'il l'apprenait.

— Je ne suis pas stupide, petite. Je n'ai besoin de personne pour m'expliquer ce qu'ils ont fait. Sinon, comment crois-tu que je me serais retenu de leur briser le cou ?

— Charmant ! Et dire que je me demandais ce que je faisais là ! J'aurais dû comprendre qu'il s'agissait seulement d'une vengeance contre eux. C'est bien ça, non ? Vous saviez que m'emmener avec vous les rendrait fous d'inquiétude.

— Absolument !

Elle ne remarqua pas qu'il avait rougi, signe que sa colère redoublait, seule responsable de cette réponse. Son dernier espoir, qu'elle ne se serait avoué pour rien au monde, volait en éclats.

Le chagrin la poussa à réagir violemment.

— Évidemment, le singea-t-elle, on ne peut en attendre davantage de la part d'un lord anglais, d'un pirate des Caraïbes !

— Désolé de te décevoir, petite sorcière, mais ce ne sont pas des injures !

— Dans ma bouche, si ! Et quand je pense que je vais avoir un enfant de vous !

— Ça m'étonnerait ! Je ne te toucherai plus de ma vie !

Elle se détourna avec rage.

— Ce ne sera pas la peine, espèce d'idiot !

Drapée dans sa dignité, elle sortit de la cabine en claquant la porte derrière elle.

Il la trouva une demi-heure plus tard aux cuisines, en train de déverser sur Shawn O'Shawn sa colère contre les hommes en général et le capitaine en particulier. Comme le mot était passé – Georgie était de retour, en vêtements de garçon, mais était devenue la femme du capitaine –, personne n'osait s'opposer à elle.

James écouta un moment avant d'intervenir. Il était traité d'âne bâté, de bœuf sans cervelle, de mur de brique. Mur de brique ? Ces Américains avaient de drôles d'images !

— J'aimerais te parler un instant, George, si cela ne t'ennuie pas.

— Ça m'ennuie, répondit-elle sans se retourner.

Visiblement, la politesse n'était pas la tactique à adopter.

Georgina aurait trouvé son sourire diabolique si elle l'avait vu, mais seuls les autres en profitèrent lorsqu'il s'approcha et l'enleva du tonneau sur lequel elle était perchée.

— Si vous voulez bien nous excuser, messieurs... George néglige quelque peu ses tâches, ces derniers temps.

Sur ce, il l'emporta hors de la pièce sous son bras, dans une position qui lui était devenue familière.

— Vous devriez vous défaire de ces penchants barbares, capitaine, grinça-t-elle, furieuse, sachant par expérience qu'il la lâcherait seulement lorsqu'il l'aurait décidé. Il est vrai que bon sang ne saurait mentir...

— Nous en finirons plus tôt si tu te tais, George.

Elle fut stupéfaite par l'humour qui perçait dans son intonation. Pour l'amour du Ciel, que pouvait-il trouver d'amusant à cette situation infernale ? Moins d'une demi-heure plus tôt, il était fou de rage. Mais c'était un Anglais, ce qui expliquait pas mal de choses !

— En finir avec quoi ? Et quelles tâches ai-je négligées ? Dois-je vous rappeler que je ne suis plus votre mousse ?

— Je sais parfaitement ce que tu es à présent, ma chère petite. Et si je n'apprécie guère le mariage, il présente néanmoins certains avantages dont j'entends bien profiter.

Il lui fallut quelques secondes pour comprendre toute la signification de ses paroles.

— Êtes-vous fou, ou tout simplement sénile ? Je vous ai parfaitement entendu, et tout le bateau aussi, quand vous avez déclaré que vous ne me toucheriez plus jamais.

— Tout le bateau ?

— Vous hurliez assez fort !

— Eh bien, je mentais.

— C'est tout ? Vous mentiez ? Alors, laissez-moi vous dire…

Elle se rendit compte que des murmures et des rires étouffés s'élevaient sur leur passage, et elle poursuivit plus bas, les dents serrées :

— Essayez de… Essayez et vous verrez !

— C'est gentil de mettre un peu de piment dans l'affaire, chérie. Mais inutile, je t'assure.

Bon sang, pourquoi faisait-il ça ? Depuis une semaine qu'ils étaient en mer, elle n'avait reçu de lui que des regards noirs, quand il se donnait la peine de la regarder… S'il essayait de la désorienter, il était en bonne voie…

Avant de descendre l'échelle de la coursive, il la fit pivoter pour la prendre dans ses bras, tout contre lui. Elle lui en voulait de sa force, et de sa capacité à oublier sa colère alors que la sienne redoublait.

— Pourquoi, James ? demanda-t-elle d'une petite voix pleine de rancune. Répondez-moi si vous l'osez...

Elle lut la réponse dans ses yeux si verts.

— Ne cherche pas de motivations secrètes, mon amour. Mes raisons sont claires et simples. Toute cette rage entre nous m'a rendu un peu... nauséeux.

— Parfait, dit-elle en soupirant d'impuissance. J'espère que vous serez bien malade !

Il éclata de rire.

— Tu sais parfaitement que ça n'a rien à voir. Et je parierais que tu ressens la même chose.

Pour rien au monde elle ne l'aurait avoué !

— As-tu la nausée ? insista-t-il, la voix un peu rauque.

— Pas le moins du...

— Tu t'y connais pour rabattre le caquet des gens, ma chérie.

Elle glissa entre ses bras lorsqu'il lâcha ses jambes, mais elle n'atteignit pas le sol, car il la tenait toujours fermement contre son torse. Elle entendit la porte de la cabine se fermer derrière eux, et son cœur s'emballa.

— Et j'admets volontiers m'être conduit un peu brusquement avec toi, dit-il en la serrant plus fort, tandis que son autre main glissait dans ses cheveux.

Elle vit son sourire sensuel, la passion qui brûlait dans son regard, sentit son souffle sur ses lèvres quand il ajouta :

— Voyons si je suis capable de me rattraper.

— James, non...

Sa bouche était déjà sur la sienne. Lentement, langoureusement, il l'embrassa de façon à éveiller toute sa sensualité, et elle avait déjà noué les bras autour de son cou quand il la caressa de la langue, l'emportant vers un univers où plus rien ne comptait que lui. Le désir les consumait, ils étaient aspirés par un orage tumultueux, assourdissant.

Mon Dieu, le goûter, le toucher... Elle avait oublié. Non, elle avait juste douté de la réalité de cette vague qui la submergeait, dans laquelle elle se perdait entièrement.

Elle s'accrochait à lui à présent, aussi n'eut-il aucun mal à la porter jusqu'au lit. Elle gémit contre sa bouche et ils tombèrent ensemble sur la grande courtepointe. La patience de James laissait maintenant place à une urgence qui la dépassait, et elle-même connaissait un désir plus fort que jamais. Ils arrachèrent leurs vêtements avec une violence primitive.

Puis il la pénétra, et un bien-être exquis s'empara de tout son corps. Il était si profondément en elle qu'elle avait l'impression qu'ils ne faisaient plus qu'un.

Soudain tout explosa, et elle cria, sans même s'en rendre compte. Comme elle ignorait que ses ongles avaient laissé des petites traces rouges sur ses épaules. Elle lui avait donné son âme une fois encore...

Quand elle reprit ses esprits, Georgina était envahie d'une délicieuse langueur. James lui baisait doucement les lèvres, ce qui lui fit penser qu'il n'avait pas partagé son plaisir.

— Tu n'as pas… ?

— Bien sûr que si !

— Oh…

Elle le sentait de nouveau grandir en elle, et fut surprise de le désirer encore. Si vite ? Puis elle cessa tout à fait de se poser des questions.

39

— Autrefois, on se mariait par intérêt, tu sais, pour unir deux grandes familles… ce qui n'aurait jamais pu s'appliquer à nous, n'est-ce pas, chérie ? Mais de nos jours, on en revient aux bases primitives : il s'agit de légaliser un désir réciproque. Et en cela, nous sommes parfaitement compatibles.

Ces paroles revenaient sans cesse à l'esprit de Georgina depuis deux semaines qu'elle avait succombé à James Malory, lui rappelant qu'elle ne devait rien voir de plus dans le retour de son désir. Elle lui avait simplement demandé ce qu'il avait l'intention de faire au sujet de leur mariage, l'honorer ou y mettre fin. Or, sa réponse n'en était pas une. Et elle savait parfaitement qu'il ne ressentait que du désir pour elle.

Pourtant, il y avait tellement de tendresse dans ce désir ! Souvent, entre ses bras, elle se sentait chérie… presque aimée. Et cela l'empêchait de parler chaque fois qu'elle avait envie de l'interroger sur leur avenir. De toute façon, il devenait difficile d'obtenir une réponse franche de sa part. Il se montrait soit vexant, soit évasif. Et elle s'était vite aperçue que si elle évoquait ce qui s'était passé à Bridgeport, ou simplement envisageait de parler de ses frères, il se mettait dans une colère noire.

Ainsi poursuivaient-ils leur existence comme avant, amants et compagnons, mais ils évitaient les sujets délicats. C'était un peu comme une trêve tacite, en tout cas aux yeux de Georgina. Si elle voulait savourer ces instants avec James – et c'était le cas –, il lui fallait oublier son orgueil et ses angoisses. Il serait bien temps, lorsqu'ils arriveraient à destination, de savoir quelle était sa place, si James avait l'intention de la garder ou de la renvoyer chez elle.

Cela allait si vite ! Le *Maiden Anne* remonta la Tamise seulement trois semaines après avoir quitté la côte américaine.

Georgina savait depuis le début qu'ils rentraient en Angleterre, car elle avait entendu James et Connie parler de leur destination. Elle n'eut même pas à se demander bien longtemps pourquoi il ne retournait pas à la Jamaïque pour y conclure ses affaires. Cela faisait partie des sujets interdits. Mais elle avait pu interroger Connie, qui l'avait informée que James avait trouvé un agent immobilier pour s'en occuper. Cependant, elle ignorait toujours pourquoi il était venu au Connecticut, et dans un tel état de fureur.

En montant sur le pont, elle trouva Henry et Artie près de la passerelle. Visiblement, ils avaient été postés là afin de la surveiller. Elle trouva cela plutôt cocasse. Si elle avait pu en parler, elle aurait dit à James que jamais il ne verrait un vaisseau de la Skylark dans les eaux de Londres. Aussi n'avait-il pas à s'inquiéter de la voir s'enfuir, cette fois-ci. En outre, elle n'avait absolument pas d'argent sur elle, elle possédait uniquement la bague que James lui avait donnée en guise d'alliance, une bague qu'il portait autour du cou pendue à une chaîne au moment du mariage.

L'anneau à son doigt lui rappelait ce qui s'oubliait trop facilement : elle était une femme mariée. Oublié aussi le futur bébé, dont elle ne souffrait guère. Elle n'avait pas encore grossi, sauf un peu de la poitrine, pourtant elle en était déjà à deux mois et demi. Mais jamais elle n'en avait reparlé à James, et il n'y avait pas non plus fait allusion. Elle n'était même pas certaine qu'il l'eût entendue le jour où elle avait lâché cette nouvelle avant de sortir en claquant la porte.

Georgina serra plus fort contre elle le lourd manteau de James. Il faisait froid, et le port était sinistre en cette mi-novembre, aussi sinistre que les pensées de la jeune femme, tandis qu'elle attendait James sur le pont.

Qu'allait-il lui arriver, dans cette ville hostile ?

Georgina se rappelait Piccadilly. Elle faillit dire à James que Mac et elle avaient séjourné à l'hôtel Albany, devant lequel leur fiacre venait de passer. Mais un coup d'œil à son mari l'en dissuada. Il arborait un air sombre depuis qu'ils avaient quitté le bateau. À vrai dire, depuis que l'Angleterre était en vue.

Elle s'abstint de lui demander la raison de cette humeur. Il aurait répondu d'une façon évasive qui l'aurait irritée. Or, elle ne souhaitait pas aggraver la situation. Elle aurait néanmoins imaginé James heureux de rentrer chez lui. Il avait sa famille ici, et même un fils… Dieu, comment avait-elle pu l'oublier ? Il avait un fils de dix-sept ans, seulement cinq de moins qu'elle. James se tracassait-il à l'idée de devoir expliquer pourquoi il rentrait avec une épouse ? Prendrait-il la peine de l'expliquer ? Et emmenait-il seulement Georgina chez lui ?

Tout cela était ridicule, alors que quelques phrases auraient suffi à la rassurer... ou à l'inquiéter davantage.

— James... ?

— Nous y sommes.

La calèche s'arrêta et il sauta à terre.

— Où ?

Il la déposa sur le trottoir.

— La résidence de mon frère.

— Lequel ?

— Anthony. Tu te le rappelleras. Les cheveux noirs comme l'enfer, je crois...

Elle fronça les sourcils et laissa libre cours à sa colère :

— Tu m'abandonnes ici, c'est ça ? Tu n'as pas le courage de m'emmener chez toi, alors tu me laisses chez ton frère. Que refuses-tu d'expliquer à ton fils : que je suis américaine, ou que je suis ton épouse ?

— Je déteste ce mot. Supprime-le, s'il te plaît, de ton vocabulaire.

Son calme exaspéra Georgina encore davantage.

— D'accord. « Maîtresse » te conviendra ?

— Je préfère.

— Sale type !

— Ma chère, tu devrais vraiment surveiller ton langage. Et, comme d'habitude, tu règles nos problèmes en public, pour le plus grand plaisir de la foule.

La « foule » était en l'occurrence Dobson, le maître d'hôtel d'Anthony, qui avait ouvert la porte dès qu'il avait entendu l'attelage. Georgina rougit. Pourtant l'Anglais demeurait imperturbable, comme s'il n'avait rien entendu.

— Bienvenue, lord Malory, dit-il, solennel.

Il fallut presque traîner Georgina à l'intérieur. Malgré ses vêtements de garçon, auxquels elle ne pouvait rien, elle aurait tellement aimé faire bonne impression, ce jour-là entre tous, si elle devait rencontrer la famille de James ! Mais après tout, Anthony semblait être un individu aussi peu recommandable que lui. Alors, qu'avait-elle besoin de l'impressionner ? Puis elle songea que les domestiques bavardaient, et que Dobson connaissait certainement tous les autres serviteurs de la famille. Bon sang ! Elle aurait volontiers giflé James pour l'avoir ainsi poussée à perdre son sang-froid !

Et lui-même se serait volontiers giflé pour lui avoir rendu la situation plus difficile, mais il ne parvenait pas à se changer. D'ailleurs, elle le connaissait suffisamment, elle aurait dû savoir qu'il ne pensait pas ce qu'il disait...

Il était diablement tracassé. Elle avait eu tout le temps de lui dire ce qu'elle ressentait à son égard, pourtant pas un mot n'avait franchi ses lèvres. Jamais de toute sa vie il ne s'était senti moins sûr de lui. Il savait une seule chose : elle le désirait autant qu'il la désirait. Mais il avait connu assez de femmes pour se rendre compte que cela ne signifiait rien.

En vérité, elle n'avait pas souhaité l'épouser. Elle l'avait dit à ses frères, elle le lui avait dit aussi. Même en se sachant enceinte, elle avait refusé fermement de se marier. Elle y avait été obligée, et elle cherchait le bon moment pour s'enfuir de nouveau. Or à présent, elle en aurait toutes les occasions voulues, ce qui le rendait de fort méchante humeur. Néanmoins, il n'avait pas souhaité s'en décharger sur elle. Il aurait dû s'excuser, mais…

— Je suppose que mon frère n'est pas à la maison, à cette heure-ci ? demanda-t-il à Dobson.

— Sir Anthony est à Knighton's Hall, pour son entraînement de boxe.

— Ça ne me ferait pas de mal non plus, en ce moment. Et lady Roslynn ?

— Elle est allée rendre visite à la comtesse de Sherfield.

— Et mon fils, à l'école ?

— Il est consigné à la maison pour la semaine, milord. Mais sir Anthony s'est plaint auprès du directeur, et Sa Seigneurie le marquis s'en occupe également.

— Alors que le garçon est certainement coupable de ce qu'on lui reproche. Satané vaurien ! Je le laisse quelques mois, et…

— Père !

Georgina se retourna pour voir un jeune homme dévaler l'escalier en courant et se jeter dans les bras de son père. Il paraissait plus que ses dix-sept ans. Était-ce à cause de sa taille ? Il était aussi grand que James, quoique beaucoup plus mince. James l'étreignit dans une joyeuse accolade, et Georgina s'aperçut qu'il ne ressemblait pas du tout à son père, bien qu'il fût tout aussi séduisant.

— Que s'est-il passé ? demandait Jeremy. Tu es rentré bien vite. As-tu décidé de garder la plantation ?

— Non. J'ai simplement trouvé un agent pour s'en occuper.

— Ainsi tu as pu revenir plus tôt ? Je te manquais ?

— Efface ce sourire ravi, petit. Je croyais t'avoir dit d'éviter les ennuis...

Le garçon lança un regard de reproche à Dobson, mais il souriait toujours quand il se retourna vers son père.

— C'était vraiment un morceau de choix. Que pouvais-je faire ?

— Qu'as-tu fait ?

— J'ai juste pris un peu de bon temps, voilà tout. Mais ils n'ont pas été très compréhensifs quand ils ont trouvé la fille dans ma chambre... J'ai eu beau leur dire qu'elle m'avait suivi et qu'elle refusait de s'en aller sans faire de scène...

— Ils ont cru à cette fable ?

— Le directeur, non. Mais oncle Anthony, oui.

James éclata de rire.

— Anthony ne te connaît pas encore très bien, on dirait !

Il redevint sérieux devant l'air choqué de Georgina.

— Dorénavant, tu te distrairas en dehors des limites du collège, espèce de vaurien. Enfin, s'ils t'autorisent à y retourner. Et tu ferais mieux de l'espérer, sinon je te botte l'arrière-train de belle manière !

Le sourire de Jeremy ne s'effaça pas, comme s'il avait entendu cette menace des centaines de fois. Mais il avait suivi le regard de son père et observait à présent Georgina. Toujours enroulée dans le manteau de James, sa casquette sur les oreilles, elle comprenait que le garçon ne fût qu'à moitié intéressé par elle.

— Jeremy, je te présente Georgina...

— Son épouse, coupa-t-elle, sûre qu'il ne le dirait pas lui-même, avant d'ajouter innocemment : Mais j'avais oublié ! Je devais supprimer ce mot de mon vocabulaire, et le remplacer par...

— George !

L'intérêt de Jeremy était tout à fait éveillé, cette fois, et il s'approcha d'elle, bien que ce fût son père qu'il interrogea.

— Épouse ? C'est une femme, alors ?

— Sans aucun doute !

Avant qu'elle pût l'en empêcher, Jeremy lui avait arraché sa casquette.

— Oh, en effet ! dit-il, admiratif, en voyant la lourde chevelure brune se répandre sur ses épaules. Ai-je le droit d'embrasser la mariée ?

— Pas de la façon qui te plairait, chenapan ! gronda James.

— Pourquoi n'est-il pas surpris ? lui demanda Georgina.

— Parce qu'il n'en croit pas un mot !

Elle s'attendait à bien des réactions, mais pas à celle-là. Le garçon croyait à une plaisanterie !

— Que je sois damnée si l'opinion de ta famille m'importe, James Malory, s'indigna-t-elle, mais tant qu'ils ne croiront pas que je suis ta femme, je dormirai seule !

Elle se tourna vers le maître d'hôtel, rageuse.

— Veuillez me montrer une chambre qui soit le plus loin possible de la sienne !

— Comme il vous plaira, milady, répondit-il, imperturbable.

Hautaine, Georgina toisa froidement le domestique.

— Je ne suis pas une lady, mon brave. Je suis américaine.

Il ne cilla toujours pas. Mais elle fut encore plus exaspérée lorsqu'elle entendit Jeremy s'écrier, alors qu'elle montait l'escalier derrière Dobson :

— Bon sang ! Tu ne peux tout de même pas installer ta maîtresse ici ! Tante Roslynn ne le permettra jamais !

— Ta tante sera ravie, mon garçon, tu peux en être sûr. George est une Malory, après tout.

— Certainement, et légitime, lança-t-elle pardessus son épaule.

40

— Réveille-toi, George. Ta belle-famille ne va pas tarder à rentrer.

Georgina ouvrit un œil pour trouver James assis au bord de son lit. Le poids de son mari l'avait fait rouler contre lui dans son sommeil.

— Comment es-tu entré ?

— Par la porte, évidemment. Dobson a eu raison de te mettre dans ma chambre.

— Ta chambre ? Je lui avais dit…

— Il ne m'a pas entendu nier ton statut, d'ailleurs Jeremy est le seul qui en doute, il ne représente pas toute la famille.

— Tu veux dire qu'il doute encore ? Tu n'as pas pris la peine de tout lui expliquer ?

— Je n'en ai pas vu l'utilité.

Georgina se détourna afin qu'il ne pût voir à quel point elle était affectée par son attitude. À présent, elle savait. James envisageait sans doute de la renvoyer en Amérique sur le prochain navire en partance. Eh bien, le plus tôt serait le mieux ! De toute façon, elle ne voulait pas vivre en Angleterre. Et surtout pas avec un homme qui ne ressentait pour elle que du désir. C'était très bien provisoirement mais, pour toujours, elle en demandait beaucoup, beaucoup plus. Et elle ne pleurerait pas ! Elle avait déjà versé trop de larmes pour cet individu. S'il s'en moquait, elle feindrait de s'en moquer aussi... dût-elle en mourir !

James ne se doutait absolument pas des réactions qu'éveillait sa remarque, et il ne tenait pas compte du fait que Georgina ne connaissait pas Jeremy. Celui-ci se montrait simplement fidèle à son père, dont il connaissait la répulsion envers le mariage. Or, James n'était pas disposé à lui expliquer pourquoi il avait changé d'opinion, car le garçon aurait eu des doutes, là aussi. Le temps s'en chargerait...

— Tu as bien fait, James, dit Georgina en se levant.

— Pardon ? Puis-je te demander de quoi tu parles ?

— Il n'y a aucune raison de persuader qui que ce soit de la nature de nos... relations.

Il fronça les sourcils en la regardant se diriger vers le fauteuil où il lui avait préparé une pile de vêtements.

— Je faisais seulement allusion à Jeremy, expliqua-t-il. Les autres n'auront pas besoin d'être convaincus.

— Et même, pourquoi se tracasser ? Je ne vois aucun intérêt à rencontrer le reste de ta famille.

— Le garçon t'a donné le trac, c'est ça ?

Elle lui lança un coup d'œil mauvais.

— Certainement pas !

— Alors, qu'est-ce qui t'inquiète ? Contrairement à ta famille, la mienne t'adorera. Et tu t'entendras à merveille avec Roslynn. Elle n'a que quelques années de plus que toi.

— Ta belle-sœur ? Celle qui ne sera pas d'accord pour que je m'installe ici ? Et à qui est-elle mariée ?

— À Anthony, évidemment. Nous sommes chez lui.

— Il est marié ?

— Il a franchi le pas juste la veille du jour où je t'ai rencontrée, et il était déjà fâché avec sa petite Écossaise quand je suis parti. Je suis curieux de voir comment il s'en est tiré... Selon Jeremy, il ne dort plus dans la niche à chien !

— Ce serait un bon endroit pour toi, déclara-t-elle, sarcastique. Tu aurais pu me raconter tout cela avant, James !

Il haussa les épaules.

— Je ne pensais pas que cela t'intéresserait. Ta propre famille ne me passionne pas, je l'avoue. Qu'y a-t-il ? demanda-t-il en la voyant redresser le menton, puis lui tourner résolument le dos. Je ne veux pas t'insulter, mon amour. Simplement, je ne supporte pas ces barbares que tu appelles tes frères.

— Mes frères ne se seraient pas comportés en barbares si tu ne les avais pas provoqués. Je me demande comment réagirait ta famille si je faisais de même !

— Ils ne te rosseraient pas, et ne tenteraient pas de te faire pendre, je te le jure !

— Sans doute, mais ils ne m'aimeraient guère. Et ils se demanderaient si tu n'as pas perdu l'esprit en m'amenant ici.

Il s'approcha d'elle en riant.

— Au contraire, ma chérie. Fais et dis ce que tu veux, tu verras que cela ne changera rien à leur accueil.

— Pourquoi ?

— Parce que tu es devenue une Malory.

— Et cela suffit ?

— Tu t'en apercevras par toi-même, mais tu ferais mieux de t'habiller à présent. Veux-tu que je t'aide ?

Elle lui tapa sur la main.

— Je me débrouillerai seule, merci. À qui appartiennent ces robes, au fait ? À Roslynn ?

— Ç'aurait été pratique, mais non. Elle est un peu plus grosse que toi en ce moment, paraît-il. Alors j'ai envoyé chercher des toilettes de Regan.

— Regan ? Ah oui, celle qui préfère que l'on t'appellera « amateur de femmes » plutôt que « coureur ».

— Tu n'oublies jamais rien, soupira-t-il.

— Et j'avais cru que Regan était un homme !

Elle le surprit soudain en pointant un index accusateur contre sa poitrine.

— Qui est-elle, d'abord ? Une ancienne maîtresse ? Si tu as emprunté les robes d'une de tes maîtresses, James Malory, je...

Il l'interrompit d'un grand rire.

— Désolé de te couper au milieu d'une si belle scène de jalousie, George, mais Regan est ma nièce préférée.

— Ta nièce ?

— Elle rira bien en entendant cette histoire !

— Pour l'amour du Ciel, ne lui en parle pas ! s'écria-t-elle. C'est une confusion tout à fait naturelle, puisque tu es un vaurien repenti.

— Tu me fais de la peine, George, dit-il, ironique. Il y a un monde entre un coureur et un vaurien, ma chère enfant. Et ta confusion n'est pas si naturelle, car je n'ai pas eu de maîtresse attitrée depuis des années.

— Oh, le joli mensonge !

— Il se trouve que c'est la vérité, George. J'ai toujours aimé changer. Et les maîtresses sont parfois trop exigeantes. J'ai cependant fait une exception pour toi.

— Devrais-je en être flattée ? Ce n'est pas le cas.

— Tu étais ma maîtresse, sur le *Maiden Anne*. Où est la différence, bon sang ?

— Je suis désormais ton épouse, si tu daignes me pardonner ce mot choquant. Où est la différence ?

— Tu t'améliores, George.

— En quoi ? demanda-t-elle, soupçonneuse.

— Pour t'opposer à moi. Peu de gens osent le faire, tu sais.

— Si cela est supposé m'amadouer, le score est à zéro.

— Si nous comptons les points, que diras-tu de celui-ci ? J'ai envie de toi...

Il la serra contre lui, et elle comprit qu'il ne disait pas cela en l'air. Il joignit le geste à la parole, caressant doucement ses seins, faisant taire d'un baiser ses protestations. Quelles protestations ? Elle fut perdue dès qu'il la toucha.

Elle trouva tout de même la force de plaisanter :

— Et cette belle-famille que je dois rencontrer ?

— Qu'ils aillent au diable, souffla James. Voilà un sujet beaucoup plus important.

Il la souleva pour qu'elle nouât les jambes autour de sa taille, et elle renversa la tête en arrière, émerveillée. Il n'était plus question de plaisanter...

Ce fut le moment que choisit Anthony Malory pour entrer dans la chambre.

— Je croyais que Jeremy me faisait une blague, mais je constate que non.

James poussa un grognement de frustration.

— Pardonne-moi, Tony, mais tu n'es pas tout à fait le bienvenu !

Rouge de confusion, Georgina se laissa glisser à terre. Heureusement, James la soutenait encore ! Il lui fallut un instant pour comprendre qu'il s'agissait d'un membre de sa fameuse belle-famille.

Elle se rappelait Anthony, d'ailleurs. Elle s'était dit à l'époque qu'il s'agissait du plus beau garçon qu'elle eût vu... juste avant de découvrir James. Il était en effet incroyablement séduisant. Il ressemblait à Jeremy, avec ses yeux bleus et ses cheveux de jais. James était-il vraiment sûr qu'il fût de lui ?

Que pouvait bien penser d'elle Anthony ? Si on lui avait mis un bandeau sur l'œil, elle aurait eu l'air d'un pirate, vêtue de la chemise de James qu'il avait largement ouverte, de la large ceinture remise à sa taille, et de son pantalon. Elle était pieds nus, mollets nus, car elle avait seulement ôté ses bas et ses chaussures avant de s'allonger un peu plus tôt.

Elle était certes mortifiée d'être découverte dans cette tenue, mais au moins ce n'était pas sa faute. La porte était fermée, et elle avait parfaitement le droit de se trouver dans cette position. C'est Anthony qui aurait dû être gêné d'avoir fait irruption sans frapper, or il semblait parfaitement à l'aise.

— Content de te voir également, mon frère, répondit-il à l'accueil agressif de James. Toi, pas la gamine. Tu disposes d'environ deux minutes pour la renvoyer, avant que ma femme vienne te souhaiter la bienvenue.

— George n'ira nulle part, mais toi, tu peux sortir !

— Tu ne te souviens pas que cette maison n'est plus celle d'un célibataire ?

— Ma mémoire fonctionne parfaitement, vieux, et je n'ai aucune raison de cacher George. Elle est...

— Trop tard ! s'exclama Anthony, contrarié, en entendant des pas résonner dans le corridor. Cache-la sous le lit, ou... Ne restez pas plantée là, vous ! s'écria-t-il en attrapant Georgina par le bras.

— Si tu la touches, mon garçon, menaça doucement James, c'est toi qui te retrouveras au tapis.

— C'est un comble ! protesta Anthony en reculant. Bon. Eh bien, tu t'en sortiras tout seul. Mais si je me dispute avec Roslynn à cause de toi...

— La ferme, Anthony ! dit simplement James.

C'est ce qu'il fit. Les bras croisés, il s'appuya au mur, attendant que l'orage éclatât. Il avait à peine regardé Georgina, et à présent il fixait la porte ouverte.

Georgina s'attendait à voir apparaître un véritable dragon. Il fallait être un dragon pour inquiéter un tel homme ! Mais Roslynn n'avait rien d'impressionnant quand elle entra avec un lumineux sourire pour James, puis pour Georgina. C'était une femme ravissante, pas beaucoup plus grande que Georgina, pas beaucoup plus âgée, et guère plus enceinte.

— Jeremy vient de m'annoncer que tu étais marié, James. C'est vrai ?

— Marié ? répéta Anthony, abasourdi.

— Je croyais que tu n'avais pas convaincu Jeremy, intervint Georgina.

— C'est le cas. Il se montre simplement loyal envers moi. D'ailleurs il n'a pas dit la même chose à Tony.

— Marié ? répéta encore celui-ci, mais personne ne lui répondit.

— Qu'est-ce que Jeremy ne croit pas ? demanda Roslynn.

— Que George, ici présente, est ma vicomtesse.

— Bravo pour la nouvelle appellation, James, approuva Georgina. Mais celle-là, c'est moi qui ne l'aime pas. Trouves-en une autre. Je ne veux pas de titre britannique.

— Trop tard, mon amour. Le titre va avec l'homme.

— Marié ? hurla cette fois Anthony pour se faire entendre. N'est-ce pas en faire un peu trop, juste pour éviter une remontrance ?

Avant que James eût le temps de répondre, Roslynn demanda à son mari :

— Qui donc aurait l'idée de faire des remontrances à James ?

— Toi, chérie.

Roslynn eut un petit rire bas qui surprit Georgina.

— Ça m'étonnerait, Tony. Mais pourquoi penses-tu une telle chose ?

Anthony agita une main en direction de Georgina sans daigner la regarder.

— Parce qu'il est venu à la maison avec... sa dernière... enfin, avec elle.

Là, c'en était trop pour Georgina.

— Je ne suis pas « elle », espèce d'âne prétentieux, dit-elle sans hausser le ton. Je suis une Américaine et, pour l'instant, une Malory.

— Bravo, ma chérie ! rétorqua Anthony, ironique. Vous avez bien appris votre leçon !

Georgina envoya un coup de coude dans les côtes de son mari.

— Tu avais dit qu'il ne serait pas nécessaire de convaincre les autres, c'est bien ça ?

— Voyons, George, dit James, placide. Inutile de t'énerver pour ça !

— Je ne m'énerve pas ! hurla-t-elle. Et je ne suis pas mariée non plus, apparemment. Donc je suppose que tu vas te trouver une autre chambre !

— Pas question ! Tu veux que ce crétin soit convaincu ? Je vais te montrer combien c'est facile !

Il se dirigea vers son jeune frère, les poings serrés.

Inquiète, Roslynn vint vivement se placer entre eux.

— Ah, non ! Vous ne vous battrez pas sous mon toit ! Pourquoi te vexes-tu ainsi ? Tu le connais, pourtant.

Anthony renchérit, diplomate :

— Tu exagères un peu, non, vieux ?

— Si tu te servais de ta tête, tu saurais que je ne plaisante jamais sur ce sujet ! rétorqua James.

Anthony se détacha lentement du mur, et Georgina aurait pu dire à quel moment exact la vérité lui apparut enfin. Il eut une expression comique tant il était stupéfait.

— Bon sang, tu l'as fait, c'est vrai ? s'écria-t-il avant d'éclater d'un rire joyeux.

— Diable ! jura James entre ses dents.

Roslynn adressa un sourire d'excuse à Georgina et dit à James :

— Tu aurais dû t'y attendre. Je t'ai entendu te moquer de lui quand il m'a épousée.

— Pas parce qu'il t'avait épousée, ma chère, mais parce qu'il n'arrivait pas à renverser la barrière que tu avais érigée au milieu du lit conjugal.

Roslynn rougit au souvenir du temps qu'il lui avait fallu pour oublier l'infidélité supposée de son mari. Anthony reprit soudain son sérieux. Il ne trouvait pas ce sujet extrêmement drôle, encore maintenant. Georgina en profita pour leur faire savoir qu'elle ne s'amusait guère non plus. En fait, elle avait envie de gifler les deux frères !

— C'est un problème que tu vas devoir affronter, toi aussi, James Malory, dit-elle seulement.

Cette réflexion déclencha une nouvelle crise d'hilarité chez Anthony, tandis que James se tournait vers sa femme, menaçant :

— Tu vois, George, il est enfin convaincu.

— Il est surtout mort de rire, et j'aimerais savoir ce qu'il trouve tellement irrésistible dans le fait que tu m'aies épousée !

— Bon sang, ça n'a rien à voir avec toi ! C'est le fait que je me sois marié, tout simplement.

— Alors pourquoi ne lui dis-tu pas que ce n'était pas ton idée, que ce sont mes frères qui...

— George !

— ... t'y ont obligé ?

James ferma les yeux dans l'attente de ce que cette réflexion allait provoquer. Il ne pouvait espérer que son frère ne l'eût pas entendue.

— Obligé ? répéta Anthony. Maintenant, je comprends mieux ! Tu aurais dû le dire tout de suite, vieux. Obligé ? dit-il encore avant de replonger dans une crise de fou rire.

— Tu ferais mieux de l'éloigner d'ici, conseilla tranquillement James à Roslynn, sinon il ne te servira plus à grand-chose pendant un bon bout de temps...

Elle tenta de le raisonner tout en s'empêchant de sourire.

— Avoue qu'il est plutôt cocasse de t'imaginer obligé... Arrête, Anthony. Ce n'est tout de même pas si drôle...

— Diable... non... Combien, James ? Trois ? Quatre ?

Comme James lui lançait un regard noir, il se tourna vers Georgina.

Elle le regardait aussi d'un air mauvais, mais elle répondit :

— Si vous parlez de mes frères, ils sont cinq.

— Grands dieux ! soupira Anthony entre deux hoquets. Tu as toute ma sympathie !

— Je m'en doute, grommela James en se précipitant sur lui.

Roslynn intervint une fois de plus, accrochée au bras de son mari.

— Tu ne sais pas t'arrêter, n'est-ce pas ? dit-elle en l'entraînant vers la porte.

— J'ai à peine commencé ! protesta-t-il, avant de rectifier après un coup d'œil à James : Tu as raison, chérie. N'avions-nous pas promis à Jason de lui rendre visite ? Par le Ciel, jamais je n'ai eu autant envie de voir nos aînés, avec la nouvelle que nous allons leur annoncer !

Anthony avait à peine franchi la porte qu'elle se referma bruyamment derrière lui, ce qui ne fit que redoubler son rire, surtout quand il entendit le chapelet de jurons de l'autre côté de la cloison.

— Tu n'aurais pas dû ! lui reprocha Roslynn.

— Je sais !

— Il ne te pardonnera peut-être jamais.

— Je sais, répondit-il avec un grand sourire.

— Tu n'as pas le moindre remords, n'est-ce pas ?

— Pas le moindre. Mais, bon sang, j'ai oublié de le féliciter !

Elle le retint par la manche.

— Je te l'interdis ! Je tiens à ce que tu gardes la tête entière !

41

— Grands dieux ! s'écria Anthony quand James et Georgina pénétrèrent dans la salle à manger le lendemain matin. Comment diable ai-je pu ne pas remarquer que tu avais dégoté un article de cette qualité, James ?

— Tu étais trop occupé à te moquer de moi, répliqua James. Et garde-toi bien de recommencer, mon garçon. Félicite-toi que la soirée ait été meilleure *après* ton départ.

Georgina rougit. Elle lui aurait volontiers envoyé des coups de pied. Quant à Anthony, heureusement pour lui, elle n'avait pas compris que « l'article de qualité » faisait allusion à elle. Et comme la nuit avait été divinement agréable pour elle aussi, et que d'autre part elle se sentait jolie dans une robe de velours prune qui lui allait à merveille, elle s'abstint de tout commentaire.

Mais Anthony ne pouvait détacher son regard d'elle, et ce fut sa femme qui finit par lui lancer sous la table un bon coup dans les chevilles. Il tressaillit mais ne cessa pas pour autant, pas plus que lorsque James le fixa en fronçant les sourcils.

— Où diable vous ai-je rencontrée, George ? demanda-t-il enfin.

— Je ne m'appelle pas George, répliqua-t-elle en s'asseyant. C'est Georgina, Georgie pour mes amis et ma famille. James a une fâcheuse tendance à l'oublier.

— Tu me traites encore de vieillard sénile ?

— Si tu le penses... dit-elle, mielleuse.

— Si je me souviens bien, la dernière fois que tu m'as dit une chose pareille, je t'ai obligée à ravaler tes paroles.

— Et si je me souviens bien, c'était fort agréable.

Anthony, sa question oubliée, observait le couple. Il remarqua que le regard de son frère brillait d'un éclat tout particulier. La passion ?

— Est-ce une conversation privée, ou allez-vous nous expliquer de quoi il s'agit ?

— Je vais vous expliquer où nous nous sommes rencontrés, sir Anthony.

— Ah, je le savais ! s'exclama-t-il, triomphant. Je suis très physionomiste, voyez-vous. Alors, où était-ce ? Vauxhall ? Drury Lane ?

— Une taverne enfumée, à vrai dire.

Anthony les fixa tour à tour, un sourcil levé, ce qui décidément était un tic dans cette famille.

— J'aurais dû m'en douter. Tu as toujours adoré les serveuses.

James n'était pas d'humeur à se vexer. Souriant, il répondit :

— Tu ne te sers toujours pas de ta tête, mon garçon. Elle n'y travaillait pas. En fait, j'ignore encore aujourd'hui ce qu'elle y faisait.

— La même chose que toi, James. Je cherchais quelqu'un.

— Et qui cherchais-tu ? demanda Anthony à son frère.

— Ce n'était pas moi qui cherchais, mais toi. Le soir où tu m'as traîné dans tout Londres pour dénicher le cousin de ta femme.

Une nuit qu'Anthony n'oublierait pas de sitôt ! Aussi précisa-t-il rapidement :

— Ta Margie était blonde !

— Or, ma George est brune, avec un penchant certain pour les accoutrements masculins.

Anthony se souvint enfin.

— Grands dieux ! La petite excitée qui laisse des bleus sur les tibias ! Je croyais que tu n'avais jamais pu la retrouver, James !

— C'est elle qui m'a trouvé. Elle m'est tombée toute rôtie dans les bras, si je puis dire. Elle s'est engagée...

— James ! coupa Georgina. Il n'est pas utile d'entrer dans les détails, je suppose.

— Nous sommes en famille, chérie. Ils ont le droit de savoir.

— Vraiment ? dit-elle, raidie. Est-ce l'attitude que tu as adoptée quand tu en as parlé à *ma* famille ?

James se rembrunit, mécontent qu'elle abordât ce sujet déplaisant pour lui. Sans prendre la peine de répondre, il se dirigea vers le buffet où était servi le petit déjeuner.

Consciente du changement d'atmosphère, Roslynn reprit, diplomate :

— Puis-je vous servir, Georgie ?

— Je vous remercie...

— Je peux m'en charger ! grommela James.

Georgie esquissa une moue ennuyée. Elle n'aurait certes pas dû aborder un sujet qui le mettait immanquablement de mauvaise humeur ; mais pouvait-elle le laisser l'embarrasser devant la famille ? Il se moquait peut-être de créer des remous, mais pas elle.

Elle cessa d'y penser lorsqu'il déposa devant elle une immense assiette pleine d'œufs brouillés, de bacon, de tourte à la viande et de saucisses, entourés de biscuits et de gelée de groseille... De quoi nourrir quatre personnes ! Les yeux écarquillés, elle s'aperçut qu'il y en avait davantage encore dans l'assiette de James. Visiblement, il n'avait pas réfléchi à ce qu'il faisait en les garnissant.

— Eh bien, merci beaucoup, James, dit-elle en s'efforçant de retenir un sourire. Je suis affamée, j'ignore pourquoi. Je n'ai pourtant pas été très... énergique, ce matin.

Ce mensonge était destiné à réveiller sa bonne humeur, car ils avaient tous deux dépensé une certaine énergie, avant de quitter leur lit.

— Tu devrais faire une habitude de cette paresse, George, répliqua-t-il avec l'un de ses sourires diaboliques qui lui fit monter le feu aux joues.

— Je ne comprends pas pourquoi elle rougit, déclara Anthony, brisant le silence. Nous n'avons pas compris l'allusion. Moi-même, j'ai eu un certain mal à me tirer du lit, ce ma...

Roslynn lui lança sa serviette au visage.

— Laisse-la tranquille, espèce d'animal ! Bon sang, le mariage avec un Malory, c'est...

— Une bénédiction ? suggéra Anthony.

— Qui le dirait ?

— Toi, mon amour, bien souvent.

— Des moments d'égarement ! soupira-t-elle.

Georgina avait repris ses couleurs, et elle fut reconnaissante à Roslynn de diriger la conversation vers des sujets plus anodins, en tout cas moins embarrassants. Elle apprit qu'une couturière devait venir l'après-midi même pour lui fournir une nouvelle garde-robe, qu'il y avait des bals durant la saison d'hiver auxquels elle *devrait* absolument assister – les deux frères poussèrent des gémissements déchirants –, ainsi que des cocktails et des soirées par douzaines, au cours desquels on la présenterait à toute la haute société. Comme elle ne savait toujours pas ce que James avait l'intention de faire d'elle, elle lui jeta un regard interrogateur mais son visage demeurait indéchiffrable.

Georgina apprit aussi qu'une réunion de famille était prévue dans la soirée.

— Au fait, intervint Anthony, je ne suis pas allé rendre visite aux anciens, hier soir. J'ai été retenu…

Il envoya un baiser à sa femme, tandis qu'elle cherchait une autre serviette à lui jeter au visage. En riant, il ajouta à l'intention de James :

— En outre, mon vieux, j'ai pensé qu'ils ne croiraient la nouvelle que s'ils l'entendaient de ta bouche. Et tu as une telle manière de le dire sans le dire que je n'ai pas voulu te priver de l'occasion de rejouer ta petite scène.

— Si tu te rends à Knighton's Hall aujourd'hui pour l'entraînement, je serai ravi de t'y accompagner, se contenta de répondre James d'un ton menaçant.

— Bon, si c'est comme ça, je vais te la poser, cette question... Qu'as-tu donc raconté à sa famille que tu ne puisses dire à la tienne ?

— Demande à George, marmonna James. C'est elle qui ne veut pas que je le répète.

Les yeux bleu cobalt d'Anthony se tournèrent vers Georgina qui pinça résolument les lèvres. Celui-ci insista, avec son sourire éblouissant.

— Allons, ma douce, confessez-vous. Sinon, je continuerai à aborder le sujet en toutes circonstances et devant n'importe qui.

— Vous n'oseriez pas !

— Sûrement que si ! intervint James.

Furieuse, Georgina dévisagea son mari :

— Et tu ne fais rien ?

— Oh, si ! Je m'en occuperai. Mais ça ne l'arrêtera pas.

— Bien sûr que non, assura Anthony en souriant. Pas plus que ça ne t'arrêterait, vieux.

Georgina s'appuya au dossier de son siège et lâcha un gros soupir.

— Je commence à nourrir envers ta famille les mêmes sentiments que toi envers la mienne, James.

— Le contraire m'aurait étonné, George.

Elle lança un regard noir à Anthony avant de s'écrier, furieuse :

— J'étais son mousse. C'est ce qu'il a rapporté à mes frères. Ça et le fait que j'aie partagé sa cabine. Maintenant, vous êtes satisfait, odieux personnage ?

— Je suppose qu'il ignorait que c'étaient vos frères ? interrogea Anthony.

— Pas du tout !

— Alors, il ne savait pas qu'ils étaient si nombreux ?

— Il le savait.

Anthony tourna vers son frère un visage compatissant.

— C'était comme appuyer toi-même sur la détente, non ?

— Oh, la ferme ! gronda James.

Anthony rejeta la tête en arrière et éclata d'un grand rire. Puis, une fois calmé, il reprit :

— Je n'aurais pas cru que tu irais si loin pour exaucer mes vœux, mon ami.

— Pardon ?

— Tu ne te rappelles pas ? Je t'ai prédit que lorsque tu en trouverais une pour de bon, elle serait aussi douce que la petite vipère qui t'avait envoyé des coups de pied au lieu de te remercier pour ton aide. Je ne pensais pas que tu choisirais justement celle-là !

James se souvenait. C'était le soir où Anthony était de si méchante humeur à cause de son épouse.

— À mieux y penser, je vois ce que tu veux dire... et pourquoi tu avais fait cette déclaration. Je me souviens aussi que tu noyais ton chagrin dans l'alcool, ce jour-là. Tu étais ivre, et ton épouse te refusait l'accès de son lit, n'est-ce pas ?

— Nom d'un chien !

Au tour d'Anthony de se renfrogner. James, lui, souriait d'un air ravi.

— Toi aussi, tu étais ivre ! Comment peux-tu te le rappeler ?

— Tu le demandes ? Tu étais si drôle, je n'aurais pas pu l'oublier !

— Ils recommencent ! intervint Roslynn. Si nous les laissions régler leurs problèmes ? Ils vont peut-être s'entre-tuer si nous ne sommes plus là, ce qui nous évitera de le faire...

— Si vous partez, mes piques l'ennuieront beaucoup moins, protesta Anthony tandis que les deux femmes quittaient la table.

— C'était bien là l'intérêt, chéri, précisa Roslynn avant de se tourner vers son beau-frère. Au fait, James, j'ai fait prévenir Silverley de ton retour. Tu ferais mieux de rester dans les parages aujourd'hui, car ça m'étonnerait que Reggie ait la patience d'attendre ce soir pour te voir. Et elle serait bouleversée de ne pas te trouver.

— Et qui est Reggie, au juste ? demanda Georgina.

— Regan, répondit James, souriant devant cette nouvelle manifestation de jalousie.

Anthony ajouta :

— C'est une vieille querelle, la façon dont nous l'appelons, mais c'est notre nièce préférée. Nous l'avons élevée, à nous quatre, après la mort de notre sœur.

Georgina avait du mal à se l'imaginer, mais puisque cette Reggie-Regan était apparentée à James, elle s'en désintéressa. Néanmoins, même si elle ne restait pas longtemps, il lui faudrait en apprendre davantage sur cette vaste famille, ne fût-ce que pour éviter de monter sur ses grands chevaux dès qu'elle entendait un prénom féminin !

42

— Les hommes se marient généralement, voyez-vous, dit Georgina, un peu sarcastique. Comme les femmes. Alors, quelqu'un daignerait-il m'expliquer pourquoi la première et unanime réaction au mariage de James est l'incrédulité ? Pour l'amour du Ciel, ce n'est pas un moine !

— Ça, vous avez raison ! Personne ne pourrait l'en accuser !

Reggie, ou Regan selon les cas, s'appelait Regina Eden, vicomtesse de Montieth. Mais une vicomtesse de vingt ans, pas plus impressionnante que Georgina. Et c'était bien une Malory, du côté d'Anthony et Jeremy en tout cas, avec ses cheveux noirs et ses yeux cobalt. Cependant, Georgina avait appris qu'ils étaient des exceptions, comme Amy, la fille cadette d'Edward, car tous les autres Malory ressemblaient à James : blonds aux yeux verts.

À son grand plaisir, Georgina trouva Reggie absolument charmante. Elle était gaie, ouverte, avenante. Elle bavardait avec bonne humeur, particulièrement depuis qu'elle avait demandé à James pour laquelle de ses maîtresses il lui avait emprunté des robes.

Tandis que celui-ci réfléchissait à la meilleure manière de formuler la nouvelle, Anthony avait lâché le morceau :

— Celle qu'il a épousée, ma chérie.

Heureusement, la jeune femme était déjà assise. Mais Georgina avait entendu neuf fois – elle avait compté – « Je ne peux pas le croire ! » et une bonne dizaine de fois « Oh, c'est trop beau ! » en l'espace de quelques heures...

Pour l'instant, elle était dans sa chambre, tandis que Nettie MacDonald, la femme de chambre de Roslynn, la coiffait savamment. Nettie était une Écossaise pulpeuse d'âge moyen, aux doux yeux, et Georgina ne pouvait s'empêcher de penser que Mac l'aurait adorée.

Roslynn et Regina étaient là, afin de s'assurer qu'on s'occupait bien d'elle avant la présentation aux « anciens », les frères aînés de James, mais aussi pour la distraire d'amusantes anecdotes sur la famille et satisfaire sa curiosité.

— Ce mariage paraît étrange quand on connaît l'histoire de James, déclara Regan. Il a juré qu'il ne se marierait jamais, et il était sérieux. Mais pour le comprendre, il faut bien savoir qu'il était un... un...

— Amateur de femmes ? suggéra Georgina.

— Exactement ! C'est l'expression que j'emploie moi-même !

Georgina sourit, tandis que Roslynn levait les yeux au ciel. Elle appelait un coureur un coureur !

— Mais oncle James n'était pas seulement un amateur de femmes, poursuivait Regan. Et si je peux me permettre de parler franchement...

— Je vous en prie.

— Ne la rends pas jalouse, Reggie, intervint Roslynn.

— Pour des peccadilles du passé ? Personnellement, je suis fort heureuse des aventures de mon Nicholas. Sans son expérience...

— Nous dérivons, ma chère, coupa Roslynn qui ne put s'empêcher de sourire. Nous serions même capables d'être d'accord avec toi.

— Comme je le disais, reprit Regan, oncle James était un peu plus qu'un amateur de femmes. À une époque, juste après s'être embarqué dans sa curieuse carrière, on prétendait même qu'il était insatiable. Matin, midi et soir, et jamais avec la même femme !

— Ciel ! s'écria Roslynn. Matin, midi *et* soir ?

Georgina s'étrangla. C'était le « jamais avec la même femme » qui la stupéfiait le plus.

— C'est la vérité, insistait Regina. Demande à Tony, si tu ne me crois pas. Ou à oncle Jason, qui a eu le malheur d'essayer de le remettre dans le droit chemin quand il vivait encore à la maison... Sans succès, je dois dire. Évidemment, en général, c'était pour ennuyer oncle Jason que James se conduisait ainsi. Mais il était vraiment fou ! Depuis son plus jeune âge, il n'en a fait qu'à sa tête, il fallait absolument qu'il soit différent de ses frères. Pas étonnant qu'il ait connu son premier duel avant vingt ans ! Il l'a gagné, bien sûr. Il les a tous gagnés, vous savez. Jason est lui-même un tireur d'élite, et il a transmis son savoir aux autres. Cependant, Anthony et James ont développé une certaine préférence pour la boxe, et beaucoup de leurs problèmes se sont réglés sur le ring plutôt que sur le pré.

— Au moins n'est-ce pas mortel.

— Oh, il n'a jamais tué personne, en tout cas je n'en ai pas entendu parler. Il faut être en colère, je crois, pour chercher à tuer.

— Anthony avait coutume de demander à ses adversaires où ils préféraient être touchés, intervint Roslynn. Rien de tel pour saper le moral !

Regina pouffa.

— Et à qui crois-tu qu'il ait emprunté cette habitude ?

— James ?

— Lui-même !

Puis Regan poursuivit son récit à l'intention de Georgina :

— Quand oncle James est venu s'installer à Londres, il n'avait plus besoin de courir après tout ce qui portait jupon. C'étaient les femmes qui le pourchassaient. Et le plus souvent des femmes mariées.

— Je commence à comprendre...

— Je m'en doutais. La plupart des duels auxquels il a participé étaient parfaitement justifiés. Des maris outragés. Ironie du sort, James prenait ce qu'on lui offrait, mais il ne se donnait jamais de mal. Et ces femmes étaient tellement impressionnées – vous savez, il était diaboliquement beau, quand il était jeune – que c'étaient elles qui faisaient les avances, simplement s'il posait les yeux sur elles. Ce qui explique pourquoi il a si peu de respect pour le mariage : il n'a connu que des femmes infidèles.

— Il y contribuait, tout de même ! dit Georgina.

— On ne peut prétendre le contraire. C'était le coureur de jupons le plus célèbre de Londres.

Davantage encore que Tony, qui pourtant avait une solide réputation.

— Je te serais reconnaissante de laisser Tony en dehors de ça, protesta Roslynn. C'est un coureur repenti.

— Mon Nicholas aussi, si tu veux le savoir. Mais en ce qui concerne oncle James, il a vu pendant tant d'années le mauvais côté du mariage qu'il le méprise, ainsi que les femmes infidèles, dont notre société regorge. Il a donc juré qu'il ne se marierait jamais, et nous l'avons tous cru.

— Je suis sûre qu'il était sincère. Après tout, il ne m'a pas demandé de l'épouser.

Regina savait déjà que James avait été forcé, pourtant elle reprit :

— Je me pose des questions, Georgie. Vous connaissez mal mon oncle James...

— Mais vous êtes en train de m'expliquer. J'ai bien du mal à apprendre quoi que ce soit de sa part. Y a-t-il encore quelque chose dont je devrais être au courant ?

— Eh bien, le fait qu'il ait été déshérité pendant un moment... On risque d'en parler ce soir. Il a quitté l'Angleterre pendant une dizaine d'années. Il ne vous en a pas parlé, je suppose ?

— Non.

— Bon. Il faudra le questionner à ce sujet. Ce n'est pas à moi de...

— De dire qu'il était l'infâme capitaine Hawke ?

— Il vous l'a révélé ?

— Non. Il l'a avoué à mes frères, après qu'ils l'eurent reconnu. Ils avaient eu affaire à lui avant qu'il abandonne la piraterie.

Regina eut un haut-le-corps.

— Mon Dieu ! Une chance qu'ils ne l'aient pas fait pendre !

— Oh, mais ils voulaient le faire. En tout cas, Warren. Il faut reconnaître que James a été odieux, ce soir-là... Il le méritait bien !

— Et comment... s'en est-il sorti ?

— Il s'est échappé.

— Avec votre aide ?

— Je ne pouvais tout de même pas laisser faire Warren, sous prétexte qu'il était en colère après James. Et à cause de moi. Warren aussi aime les femmes, cet hypocrite !

— Bon, tout est bien qui finit bien, comme on dit ! lança Roslynn.

— Je n'en ai pas l'impression ! protesta Regina. Pas si oncle James a toute la famille de Georgina contre lui !

— Voyons, Reggie, tu n'imagines pas que cela le tracasse ! Il est ici, un océan les sépare. Le moment venu, il se rachètera, j'en suis sûre.

— James ?

Le rire chaleureux de Reggie résonna dans la pièce.

— Tu as peut-être raison, reprit Roslynn. C'est un homme qui ne pardonne pas facilement. Ton malheureux mari l'a appris à ses dépens, non ?

— Ne m'en parle pas ! Et je suis certaine qu'il va bien s'amuser ce soir, particulièrement en apprenant que James a dû se marier dans des circonstances similaires à celles de notre mariage... Votre époux n'a pas été le seul à se faire tirer l'oreille pour monter à l'autel, expliqua-t-elle à Georgina. Dans le cas de Nicholas, il a fallu un peu de chantage, un peu de corruption, et surtout que Tony menace de le mettre en pièces s'il refusait.

— Et James ?

— Oh, il ne participait pas à cette histoire. Nous ne savions même pas qu'il était rentré en Angleterre. Mais il se trouve que Nicholas a eu aussi maille à partir avec le capitaine Hawke, à une époque. Alors, s'ils vous apparaissent comme des ennemis mortels, n'y prêtez pas attention.

À cette nouvelle, Georgina éclata d'un grand rire joyeux.

43

Bien qu'il s'agît d'une simple réunion de famille, Georgina s'aperçut que cet événement serait tout à fait solennel lorsque Regina lui apporta une somptueuse robe du soir. Le riche tissu brun brillait comme du bronze poli et, dans le corsage rehaussé de sequins, la jeune femme semblait scintiller tout entière. Elle fut ravie d'abandonner les teintes pastel qui avaient trop longtemps été son lot. En fait, elle avait commandé à la couturière qu'elle avait vue dans l'après-midi des couleurs chaudes, vibrantes, maintenant qu'elle avait le droit de les porter.

Elle constata, en retrouvant les hommes au salon, qu'eux aussi s'étaient mis sur leur trente et un. Anthony était entièrement vêtu de noir, à l'exception de sa cravate blanche négligemment nouée. James portait une veste de satin d'un vert très foncé qui rehaussait la couleur de ses yeux et leur donnait davantage encore de profondeur. Quant à ce dandy de Jeremy, il s'était accoutré d'une veste rouge cardinal avec un pantalon vert pâle – juste pour taquiner son père, lui confia Regina à l'oreille.

Conrad Sharpe était là, ce qui n'étonna guère la jeune femme. Lui aussi était en tenue de soirée, il avait même rasé sa barbe. Jamais Georgina ne l'avait vu ainsi, mais elle songea qu'il ne la connaissait pas non plus sous son meilleur jour. Évidemment, il ne put se taire !

— Grands dieux, George, tu n'as pas perdu ton pantalon, j'espère ?

— Très drôle, marmonna-t-elle.

Connie et Anthony pouffèrent, tandis que James fixait le profond décolleté de sa femme.

— Quelle honte, Connie ! s'indigna Regina. Ce n'est pas ainsi qu'on complimente une lady.

— Tu voles déjà à son secours, petite ? répondit-il en la serrant contre son cœur. Rentre tes griffes. Notre George n'a aucun besoin de flatteries, ni de protection d'ailleurs, pas plus que toi. En outre, je ne me risquerais pas à la courtiser quand son mari rôde dans les parages.

James se tourna vers sa nièce.

— Je sais que cette robe t'appartient, ma douce, mais permets-moi de te dire que je la trouve à la limite de la décence !

La jeune femme sourit.

— Nicholas apprécie, dit-elle.

— Ça ne m'étonne pas de sa part !

— Oh, il n'est pas encore arrivé et tu commences déjà ! protesta-t-elle avant de s'éloigner pour dire bonsoir à Jeremy.

James regardait de nouveau sa femme, et celle-ci eut le souvenir d'une autre soirée de ce genre.

— Si mes frères étaient là, ils feraient une remarque stupide, lança-t-elle. Ils me conseilleraient par exemple d'aller me changer. Ce n'est pas ce que tu penses, j'espère ?

— Que je sois de leur avis ? Dieu m'en préserve !

— On dirait que James ne porte pas ses beaux-frères dans son cœur, plaisanta Connie.

— Je ne comprends pas pourquoi, répondit Anthony, pince-sans-rire. Après ce que tu m'as raconté d'eux, ils ont l'air de garçons entreprenants.

— Tony... gronda James.

Mais Anthony s'était retenu de rire trop longtemps.

— Enfermé dans une cave ! cria-t-il. Mon Dieu, j'aurais voulu voir ça. Vraiment !

Georgina en avait assez entendu.

— Mes frères, sir Anthony, *tous* mes frères sont plus grands et plus forts que vous. Je vous assure que vous ne vous en seriez pas mieux tiré, face à eux, déclara-t-elle avant d'aller rejoindre Regina à l'autre bout de la pièce.

— Que je sois damné, James, dit Anthony, surpris, si la petite ne vient pas de prendre ta défense !

James se contenta de sourire mais Roslynn, exaspérée, gronda son mari :

— Si tu n'arrêtes pas de le taquiner devant elle, elle est capable de bien davantage. Et si ce n'est pas elle, ce sera moi.

Connie rit à son tour en le voyant un peu penaud.

— S'il n'y prête pas garde, il dormira bientôt de nouveau dans la niche à chiens ! souffla-t-il à James.

— C'est bien possible, vieux. Aussi, ne le décourageons pas.

— Comme tu voudras. Si tu le supportes, cela ne me regarde pas.

— Je supporterais n'importe quoi pour parvenir à mes fins.

— Même être enfermé dans une cave ?

— J'ai entendu ! intervint Anthony. Donc j'avais raison. Il y avait un motif à ta folie !

— Oh, ça suffit, Tony !

Enfin arrivèrent les « anciens », comme les appelaient James et Anthony. Jason Malory, troisième marquis de Haverston et chef de la famille, fut une surprise pour Georgina. Bien qu'il eût fêté ses quarante-six ans, il semblait à peine plus âgé que James. Mais la ressemblance était seulement physique. Alors que James n'était que charme diabolique et humour, Jason était la sobriété même. Il en aurait remontré au sérieux Clinton. En outre, on avait dit à Georgina que cette sévérité allait souvent de pair avec une mauvaise humeur qui prenait les plus jeunes frères pour cibles. Mais elle savait aussi que les hommes de la famille n'étaient heureux que lorsqu'ils se disputaient.

Edward Malory, d'un an le cadet de Jason, se différenciait des autres. Plus trapu que Jason et James, il arborait une bonne humeur inébranlable. Il discutait, certes, mais avec jovialité. En fait, comme Thomas, il semblait garder son ton aimable en toute occasion.

Et quand James leur annonça la nouvelle, au moins leur incrédulité disparut-elle plus vite que celle d'Anthony.

— Je craignais que Tony ne se décide jamais à se marier, mais James... Pour moi, c'était une cause perdue, commenta Jason.

— Je suis stupéfait, James, dit Edward. Et ravi, positivement ravi.

Georgina ne pouvait douter de la chaleur de l'accueil. Ils la contemplaient comme si elle avait accompli un miracle. Certes, on ne leur avait pas raconté les circonstances du mariage. Heureusement, pour une fois Anthony se taisait. Néanmoins, Georgina se demandait pourquoi James les laissait croire que tout était pour le mieux dans le meilleur des mondes.

Il aurait du mal à expliquer ensuite pourquoi il la renvoyait chez elle, mais cela ne l'empêcherait pas de le faire s'il en avait l'intention. En avait-il l'intention ? Si la question n'avait été si capitale, elle l'aurait posée franchement. Cependant, elle avait peur de la réponse, elle ne voulait pas savoir juste en ce moment où elle recommençait à espérer.

Edward était venu avec sa femme, Charlotte, et la plus jeune de ses filles, Amy. Les autres avaient promis de passer durant la semaine. Le fils de Jason, Derek, n'était pas en ville – on racontait qu'il suivait les traces de ses jeunes oncles – ou alors on ignorait où. Quant à la femme de Jason, Frances, elle ne venait jamais à Londres.

— Ne vous inquiétez pas, vous finirez par savoir qui est qui, avec le temps, assura Roslynn. Cette chère Charlotte vous régalera avec les derniers potins de la bonne société. Des gens que vous serez amenée à rencontrer un jour ou l'autre.

Rencontrer l'élite de l'aristocratie britannique ? Merci bien, elle pouvait s'en passer ! Elle faillit pouffer de rire en se rendant compte que, hormis Connie et Jeremy, toutes les personnes présentes étaient des aristocrates. Et, ironie du sort, elle ne les trouvait ni snobs, ni méprisables, ni détestables... à part peut-être Anthony, avec son humour pénible !

Elle ne dut pas attendre bien longtemps pour découvrir l'esprit de famille des Malory. Il suffit que Nicholas Eden entrât dans la pièce pour qu'Anthony et James cessent de se chamailler et se tournent contre lui.

— Vous êtes en retard, Eden, déclara sèchement Anthony. J'espérais que vous aviez oublié mon adresse.

— J'ai essayé, cher ami, mais ma femme passe son temps à me la rappeler, répondit le jeune homme avec un sourire crispé. Vous n'imaginez tout de même pas que je viens ici pour mon plaisir ?

— Eh bien, vous auriez intérêt à faire semblant, petit. Vous savez combien votre épouse déteste vous voir provoquer ses oncles chéris.

— Provoquer, *moi* ? s'étouffa-t-il, indigné.

Mais son expression changea quand il regarda dans la direction de sa femme. Elle lui adressa un petit signe de la main, et le visage du jeune homme exprima une tendresse infinie. Georgina essayait de se montrer neutre, bien qu'elle eût entendu raconter l'histoire de leurs différends. Elle trouvait ridicule que cela durât depuis plus d'un an et, après avoir aperçu le clin d'œil amoureux de Nicholas à son épouse, la balance pencha résolument en sa faveur... jusqu'à ce qu'il toisât James :

— Déjà de retour ? Moi qui espérais que vous aviez péri en mer !

James s'autorisa un petit rire.

— Désolé de vous décevoir, mon garçon, mais je transportais une marchandise de prix cette fois, donc je me suis montré particulièrement prudent. Comment allez-vous ? Vous dormez toujours sur le canapé ?

— Pas depuis votre départ, sombre individu, mais je suppose que cela va changer.

— Vous pouvez y compter, mon cher ami. Nous aimons nous dévouer pour la bonne cause.

— Quel grand cœur ! marmonna Nicholas avant de regarder Georgina, que James tenait par l'épaule. Qui est-ce, s'il est besoin de le demander ?

L'insinuation était claire – il la prenait pour sa maîtresse –, et Georgina sentit la colère monter en elle. Mais elle n'eut pas le temps de répliquer, James non plus car Anthony, étonnant tout le monde, vola à son secours :

— Abandonnez ce ton méprisant, Eden, conseilla-t-il d'une voix dangereusement calme. C'est ma belle-sœur.

— Je vous présente mes humbles excuses, dit Nicholas, affreusement gêné de sa méprise.

Puis il dévisagea Anthony, soupçonneux.

— Je croyais que votre femme était fille unique ?

— C'est vrai.

— Alors, comment peut-elle...

Il se tourna vers James, ses beaux yeux agrandis de surprise.

— Oh, par le Ciel, cela ne veut tout de même pas dire que… vous vous êtes marié ? Vous avez dû aller la chercher au bout du monde, pour en trouver une que votre réputation ne fasse pas fuir en courant. Saviez-vous que vous alliez épouser un pirate ? demanda-t-il à Georgina.

— Je crois qu'il en a été question avant le mariage, en effet.

— Et saviez-vous qu'il gardait des rancunes éternelles ?

— Je commence à comprendre pourquoi, rétorqua-t-elle, pour la plus grande joie des frères Malory.

Nicholas eut un sourire un peu contraint.

— Bravo, ma chère ! Mais vous avez aussi épousé un coureur invétéré, un…

— Ça suffit, mon garçon, coupa James. Sinon, vous allez me forcer à…

— Forcer ? intervint Regina en passant un bras sous celui de son époux. Tu lui as dit, oncle James ? Formidable ! J'aurais juré que tu n'avais pas envie d'en parler, surtout pas à Nicholas. Après tout, tu détestes avoir quoi que ce soit en commun avec lui, or avoir été forcé de se marier est un solide point commun, non ?

Nicholas la regarda, se demandant si elle était sérieuse ou non, mais une petite étincelle amusée éclairait ses yeux. Il éclata de rire en voyant le visage décomposé de James.

Curieusement, Anthony ne se joignit pas à lui. Soit il avait épuisé ses réserves de rire la veille au soir, soit il ne voulait rien partager avec le jeune vicomte, même une histoire qu'ils trouvaient tous deux hilarante.

— Reggie, ma petite fille, dit-il, réprobateur, je ne sais pas si je dois t'étrangler ou te consigner dans ta chambre.

— Je n'en ai plus ici, Tony.

— Alors étrangle-la, décréta James en la couvant d'un regard mi-attendri, mi-exaspéré. Tu l'as fait exprès, n'est-ce pas, ma douce ?

Elle ne tenta même pas de nier.

— Vous vous opposez tout le temps à lui. C'est injuste ! Deux contre un. Mais ne vous mettez pas en colère. Je viens de m'apercevoir que j'allais devoir supporter son air triomphant pendant des jours !

Nicholas arborait un large sourire qui n'arrangeait rien.

— Peut-être pas, répondit James. Car je vais sans doute devoir habiter chez toi, Regan, en attendant que l'on mette en état la demeure qu'Eddie m'a trouvée en ville.

— Plutôt mourir ! s'exclama Nicholas.

— Ça peut s'arranger, mon garçon.

Edward venait les rejoindre.

— Au fait, James, j'ai oublié de te dire qu'un type est passé à la maison ce soir. Il te cherchait. Je ne lui ai pas révélé où tu étais, il semblait plutôt hostile. Un ami aurait eu de meilleures manières.

— A-t-il donné son nom ?

— Pas du tout. C'était un grand individu, costaud, apparemment américain.

James se tourna vers Georgina, un orage au fond des yeux.

— Ces barbares qui te servent de frères ne nous auraient tout de même pas suivis jusqu'ici, j'espère ?

Elle leva le menton, mais ne put cacher tout à fait son amusement.

— Il se trouve que mes frères m'aiment, James. Et si tu daignes te rappeler comment ils m'ont vue pour la dernière fois sur le bateau, peut-être auras-tu ta réponse.

Il ne pouvait avoir oublié qu'il l'avait amenée à bord bâillonnée, la tenant fermement sous son bras…

— Catastrophe ! jura-t-il sans élever la voix.

44

— Bon sang, tu n'es pas sérieux ? s'écria Georgina, exaspérée. Il faut au moins que je les voie. Ils ont parcouru tout ce chemin.

— Je m'en moque éperdument ! rétorqua James, tout aussi furieux.

Elle n'avait pas eu l'occasion d'aborder le sujet la veille, car elle s'était retirée dans sa chambre dès que les « anciens » étaient partis. Ensuite, elle avait attendu que James vînt la rejoindre, mais elle s'était endormie sans l'avoir vu.

Et ce matin, il refusait catégoriquement de la conduire au port, ou même de lui prêter une voiture. Il venait de déclarer qu'elle ne verrait pas ses frères. Point final !

Elle se redressa et tenta de le raisonner :

— Peux-tu m'expliquer la raison de ton attitude ? Tu sais parfaitement qu'ils sont seulement venus s'assurer que je vais bien.

— Foutaises ! s'écria-t-il, incapable de se montrer rationnel, ou même modéré. Ils sont là pour te ramener en Amérique !

L'instant de la question fatidique était arrivé.

— Et n'est-ce pas ce que tu as toujours eu l'intention de faire ? Me renvoyer chez moi ?

Elle retint son souffle, tandis qu'il la fixait en silence, l'air sombre. Enfin il eut un petit grognement de dérision, comme si elle avait proféré une absurdité.

— Où as-tu pris cette idée ? T'ai-je dit une chose pareille ?

— C'était inutile. J'assistais à notre mariage, si tu te souviens bien. On ne peut pas dire que tu sautais de joie !

— Je me rappelle surtout, George, que tu t'es enfuie sans même un adieu.

Elle cligna des yeux, surprise d'entendre rappeler cet épisode qui n'avait aucun rapport direct avec leur conversation.

— Enfuie ? Je rentrais à la maison, James, c'est tout. D'ailleurs, c'est pour ça que je me trouvais sur ton bateau, pour rentrer chez moi.

— Mais sans me prévenir !

— Ce n'était pas ma faute. Je voulais t'avertir, mais le *Triton* avait déjà levé l'ancre quand Drew a enfin cessé de crier après moi. Aurais-je dû sauter par-dessus bord, juste pour te dire au revoir ?

— Tu n'étais pas censée partir du tout !

— C'est stupide ! Nous n'en avions jamais parlé. Rien ne pouvait me laisser croire que tu souhaitais poursuivre nos relations de façon permanente. Aurais-je dû lire dans tes pensées ? Avais-tu véritablement une idée de ce genre en tête ?

— J'allais te demander de devenir ma...

Il s'interrompit en la voyant plisser les yeux.

— Eh bien, ne sois pas vexée, grommela-t-il.

— Je ne le suis pas, mentit-elle, toute raide. Et ma réponse aurait été non.

— Alors je suis fichtrement heureux de ne pas avoir posé cette question ! déclara-t-il en se dirigeant vers la porte.

— Ne pars pas ! cria-t-elle. Tu ne m'as pas encore répondu !

— Vraiment ?

Il se tourna vers elle, avec ce fameux sourcil haussé. Elle devina que sa mauvaise humeur était passée mais qu'il allait faire des difficultés, ce qui était encore pire.

— Qu'il te suffise de savoir que tu es ma femme, et que tu n'iras nulle part.

Elle était folle de rage.

— Oh, nous admettons, à présent, que je suis ta femme ? Simplement à cause de l'arrivée de mes frères ? Encore une vengeance de ta part, James Malory ?

— Pense ce que tu veux, mais tes fichus frères peuvent bien pourrir dans la rade ! Ils ignorent où tu es, par le Ciel, et tu n'iras pas les voir. Fin de la discussion, mon amour, conclut-il en claquant la porte de la chambre derrière lui.

Georgina claqua elle-même violemment le battant par trois fois, sans pour autant faire revenir James afin de poursuivre la conversation. Ensuite, elle décida que c'était toujours un satané mur de brique ! Mais il était possible d'escalader les murs de brique, à défaut de les abattre...

— Lui as-tu déjà dit que tu l'aimais ?

James posa lentement ses cartes et saisit son verre. La question, venue tout à trac, le prenait de court. Il regarda d'abord George Amherst, à sa gauche, qui étudiait ses cartes comme s'il ne les avait jamais vues, puis Connie, en face, qui tentait de demeurer impassible, et enfin Anthony, l'auteur de cette question intempestive.

— Serait-ce à moi que tu parles, vieux ?

— À personne d'autre, répondit Anthony en souriant.

— Et tu y penses depuis le début de la soirée, n'est-ce pas ? C'est pour ça que tu perds sans arrêt !

Anthony prit son verre et fit doucement tourner le liquide ambré.

— En vérité, je me suis posé la question ce matin lorsque j'ai entendu tout le bruit que vous faisiez dans votre chambre. Puis de nouveau cet après-midi, quand tu as surpris Georgina en train de se glisser au-dehors et que tu lui as ordonné de réintégrer sa chambre. C'était un peu excessif, tu ne crois pas ?

— Elle a obéi, non ?

— Tant et si bien qu'elle n'est même pas descendue dîner. Et que ma femme, inquiète, est allée voir ce qu'elle avait.

— Elle boude, la petite chérie, dit James en haussant les épaules. C'est une de ses manies, plutôt amusante je dois dire, et il est facile d'y remédier. Seulement je ne suis pas encore prêt à m'en occuper.

— Oh, oh ! fit Anthony en riant. Quelle confiance en toi ! Mal placée, à mon avis, surtout si tu ne lui as pas dit que tu l'aimais.

— Tu n'as tout de même pas l'intention de me proposer tes conseils, Tony ?

— Pourquoi pas, si cela peut te rendre service ?

— Absolument pas ! C'est bien toi qui étais au trente-sixième dessous lorsque ton épouse...

— Il ne s'agit pas de moi, coupa sèchement Anthony.

— D'accord... mais tu en baverais encore si je n'avais pas laissé à Roslynn un mot qui te disculpait.

— Désolé de te contredire, mon cher, mais nous nous étions réconciliés avant qu'elle ouvre ta fichue lettre.

— Messieurs, nous jouons au whist, leur rappela George Amherst. Et j'ai déjà perdu deux cents livres.

Connie éclata enfin de rire.

— Laisse tomber, petit, dit-il à Anthony. Il restera dans son bourbier jusqu'au moment où il aura décidé d'en sortir, pas une minute de moins. D'autre part, j'ai l'impression qu'il y prend plaisir... C'est une sorte de défi, vois-tu. Si elle ignore ses sentiments pour elle, elle ne risque pas de lui avouer les siens. Ça le met sur des charbons ardents...

Anthony se tourna vers son frère pour obtenir confirmation de cette intéressante hypothèse, mais il ne reçut en guise de réponse qu'un regard mauvais.

Tandis que les Malory reprenaient leur partie de whist, Georgina se glissait dans le parc par la porte de derrière et traversait la cour puis les allées jusqu'à l'avenue. Là, après un bon quart d'heure d'attente, elle put enfin héler un fiacre.

Malheureusement, celui-ci l'avait déposée et s'était éloigné quand elle se rappela un élément qu'elle avait appris lors de sa première visite à Londres : le port, un des plus vastes du monde, n'avait pas qu'un seul quai. Il y en avait une infinité, et sur les deux rives de la Tamise.

Comment diable allait-elle trouver un ou deux bateaux ? Car elle doutait que ses frères soient venus plus nombreux, vu le manque de place dans le port londonien.

Elle pouvait peut-être tenter de se renseigner, et pour cela, il lui fallait se diriger vers les tavernes du front de mer… Elle devait être folle pour envisager une telle solution, ou terriblement en colère ! Mais quel autre choix avait-elle, alors que James se montrait si déraisonnable ? Il ne voulait même pas la laisser sortir de cette satanée maison ! Elle aurait de loin préféré chercher ses frères pendant la journée, cependant elle ne pouvait s'échapper en plein jour sans être remarquée, avec tous les serviteurs et les membres de la famille. Or elle ne laisserait pas ses frères repartir en croyant que le sale type auquel ils l'avaient mariée l'avait supprimée !

Mais comme elle approchait des appontements où les marins cherchaient de la distraction, elle sentit sa colère diminuer à mesure que sa nervosité augmentait. Elle n'aurait pas dû se trouver là ! D'abord, elle n'était pas habillée pour la circonstance, avec l'élégante robe de Regina et le spencer qui la protégeait à peine du froid. Et elle n'osait questionner les gens. Que n'aurait-elle donné pour avoir Mac près d'elle ! Quand elle vit deux matelots ivres sortir en titubant d'une taverne avant de commencer à se bagarrer, elle songea qu'elle était vraiment insensée !

Il valait mieux essayer encore de convaincre James. Après tout, elle disposait de quelques atouts, non, comme toutes les femmes ? Alors, pourquoi ne pas s'en servir ?

Elle pivota sur ses talons pour repartir d'où elle était venue, ce qui lui semblait le plus sage, et aperçut un autre fiacre au bout de la rue. Mais pour y arriver, il lui fallait passer entre deux tavernes bruyantes aux portes ouvertes. Elle hésita à se lancer dans la rue sombre, déserte si l'on exceptait les deux hommes qui se battaient toujours. Puis elle se dit qu'en une minute, en pressant le pas, elle aurait quitté ce quartier mal famé. Il ne lui resterait plus qu'à trouver un moyen de rentrer dans la demeure de Piccadilly sans se faire remarquer.

La tête tournée vers le milieu de la rue, elle se dépêcha de dépasser la première taverne, celle de droite, qui lui paraissait moins dangereuse que l'autre. Elle courait presque quand elle heurta de plein fouet une solide poitrine. Elle serait tombée sous le choc si une main ne l'avait retenue.

— Je vous demande pardon, dit-elle vivement.

Mais des bras l'encerclaient, au lieu de la lâcher.

— C'est un plaisir, ma belle ! fit une voix enthousiaste. Heurtez-moi tant qu'il vous plaira…

Les paroles et l'accent étaient ceux d'un gentleman, mais elle ne sut si elle devait s'en réjouir ou non. Comme il ne la lâchait toujours pas, elle risqua un coup d'œil qui confirma sa première impression. L'homme était bien vêtu, et il ressemblait fort à son mari, avec ses cheveux blonds et ses traits réguliers.

— Elle aimerait peut-être se joindre à nous, dit une autre voix un peu embrumée par l'alcool.

C'était également un jeune gentleman, sans doute venu s'encanailler au port…

— Riche idée, Percy ! s'exclama le premier. Ça vous plairait, ma chérie ? De vous joindre à nous, je veux dire ?

— Non ! déclara-t-elle fermement en essayant en vain de se dégager.

— Pas de décision hâtive, fit-il, câlin. Jésus, mais vous êtes ravissante ! Qui que soit celui à qui vous appartenez, chérie, je vous offre le double, afin que vous ne soyez plus jamais obligée d'arpenter ces rues sinistres.

Georgina fut trop stupéfaite pour pouvoir répondre.

— Grands dieux, cousin, intervint un autre, tu parles à une dame. Regarde comment elle est habillée.

Ils étaient trois ! De plus en plus mal à l'aise, Georgina essayait toujours de repousser le plus grand.

— Ne dis pas de bêtises, mon cher. Une dame ici ? Et seule ?

Il se tourna vers elle avec un sourire qui aurait sans doute fait merveille sur une autre femme, car il était vraiment fort séduisant.

— Vous n'êtes pas une dame, hein ? Dites-moi que non, je vous en prie !

Elle faillit presque rire. Il avait tellement envie qu'elle ne le fût pas !

— Quoi qu'il m'en coûte, je dois avouer que l'on m'appelle « Lady » depuis mon récent mariage. Néanmoins, monsieur, je pense que vous m'avez retenue assez longtemps. Ayez l'obligeance de me lâcher, conclut-elle d'une voix déterminée.

Il se contenta de lui sourire de nouveau, et elle envisageait de lui envoyer un coup de pied et de s'enfuir en courant, quand elle entendit quelqu'un s'écrier derrière elle :

— Bon sang, Derek, je connais cette voix ! Si je ne me trompe pas, tu es en train d'essayer de séduire ta nouvelle tante !

— Très drôle, Jeremy ! répondit l'homme blond.

— Jeremy ?

Georgina fit volte-face pour découvrir le fils de James.

— ... Et ma belle-mère ! ajouta celui-ci avant de partir d'un grand rire. Tu peux te féliciter de ne pas avoir tenté de lui voler un baiser, comme à la dernière jeune personne qui a retenu ton attention, cousin. Mon père t'aurait tué, si le tien ne s'en serait pas chargé lui-même !

Le jeune homme lâcha Georgina si brusquement qu'elle vacilla. Trois paires de mains la redressèrent, mais cette fois sans s'attarder. Bon sang, si elle devait rencontrer de la famille ici, sur le quai, pourquoi ne s'agissait-il pas de ses frères ?

Derek Malory, fils unique et héritier de Jason, fronçait les sourcils à présent. Jeremy, qui avait repris son sérieux, regardait autour de lui, cherchant son père.

— Ça veut dire que la petite ne vient pas avec nous ? interrogea Percy.

— La ferme ! menaça Derek. Madame est la femme de James Malory.

— Celui qui a failli tuer mon ami Nick ? Tu es fou de t'attaquer à son épouse !

— Ça suffit, imbécile ! Jeremy t'a dit qu'elle était ma tante.

— Désolé de te contredire, lança Percy, pincé. Il te l'a dit à toi, pas à moi.

— Mais tu sais que James Malory est mon oncle. Il ne va pas... Oh, bon sang ! Peu importe !

Derek revint à Georgina, l'air sombre, et il lui rappela de nouveau son mari. Il devait être exactement comme ça, dix ans plus tôt.

— Je vous dois sans doute des excuses, tante... George, c'est ça ?

— Georgie, rectifia-t-elle, incapable de comprendre pourquoi il avait l'air tellement contrarié.

— Je ne peux pas dire que je sois ravi de vous accueillir dans la famille, pour l'instant.

— Pardon ?

— J'aimerais nettement mieux que nous ne soyons pas apparentés, expliqua-t-il. Bon sang, Jeremy, où mes oncles les trouvent-ils ?

— Mon père a rencontré celle-ci dans une taverne, déclara Jeremy, les sourcils froncés. Alors je suppose qu'il n'est pas étonnant de la croiser ici.

— Pour l'amour du Ciel, ne vous fiez pas aux apparences, protesta-t-elle, ennuyée. Votre père refusait absolument de me laisser voir mes frères.

— Alors vous avez décidé de vous mettre à leur recherche toute seule ?

— Eh bien... oui.

— Vous saviez au moins où les trouver ?

— Ma foi... non.

Jeremy eut un petit reniflement méprisant.

— Dans ce cas, nous ferions mieux de vous ramener à la maison, je pense.

— En effet. C'était ce que je voulais faire, d'ailleurs. J'envisageais de héler ce fiacre...

— Qui vous aurait ignorée, car cette voiture est celle de Derek... Sauf si vous lui aviez dit votre nom, mais vous n'auriez certainement pas pensé à le faire. Bon sang, vous avez une sacrée chance de nous avoir rencontrés... George.

« Tel père, tel fils », songea-t-elle en serrant les dents.

Et comment rentrer discrètement dans la maison de Piccadilly, à présent ? À moins que...

— Je suppose que vous n'accepteriez pas de taire mon escapade à votre père ?

— Non.

Cette fois, elle grinçait carrément des dents.

— Vous êtes un mauvais beau-fils, Jeremy Malory !

Le jeune scélérat eut l'audace de trouver cette réflexion fort drôle !

45

Lorsque l'attelage de Derek s'arrêta devant la demeure de Piccadilly, Georgina n'était plus seulement ennuyée, elle était franchement en colère. L'humour de Jeremy lui tapait sur les nerfs. Derek était encore contrarié d'avoir tenté de séduire sa propre tante, et son air sombre n'arrangeait rien. Quant à Percy, ce simple d'esprit aurait été difficile à supporter dans n'importe quelle circonstance.

Mais elle ne se leurrait pas : elle savait parfaitement qu'elle n'aurait pas dû se rendre au port, et que James aurait toutes les raisons d'être furieux. Or, cette perspective n'était guère réjouissante. N'avait-il pas failli étrangler Warren ?

En tout cas, elle avait la ferme intention de monter directement à sa chambre. Que son sale beau-fils racontât tout, elle serait barricadée derrière sa porte lorsque l'orage exploserait.

Mais Jeremy ne l'entendait pas ainsi, et elle commit l'erreur de le laisser l'aider à descendre de voiture. Quand elle voulut passer devant lui pour se diriger vers le porche, il lui prit fermement la main. Il avait beau être plus jeune, il était plus fort qu'elle, et bien décidé à la traîner devant son père afin qu'elle reçût le châtiment mérité.

— Lâchez-moi, Jeremy, ou je vous casse la tête !

— Est-ce une façon pour une belle-mère de parler à son...

— Sale gamin ! Vous vous amusez bien, n'est-ce pas ?

Cette question obtint un sourire pour toute réponse. D'un coup, Jeremy la poussa vers le hall. Celui-ci était désert, heureusement, à l'exception de Dobson. Peut-être avait-elle une chance...

Mais Jeremy lui ôta tout espoir en appelant son père de toute la puissance de ses poumons. Folle de rage, Georgina lui envoya un coup de pied dans le tibia, ce qui eut pour effet de le faire crier encore plus fort. Elle allait recommencer quand la porte du salon s'ouvrit à la volée.

C'en était trop ! Fallait-il vraiment que James se trouvât là ? N'aurait-il pu être parti à sa recherche ? Non, il était chez lui, et il la surprenait en train de maltraiter son fils. Lequel fils ne la lâchait toujours pas !

C'en était décidément trop, et la jeune femme laissa libre cours à sa rage.

— Ordonne à ton vaurien de fils de me laisser tranquille, James Malory, ou je lui envoie un coup de pied dans un endroit mieux choisi.

— Oh ! Est-ce qu'elle a bien voulu dire ce que j'ai cru comprendre ?

— Tais-toi, Percy !

Georgina entendit à peine. Elle marchait sur James, traînant Jeremy derrière elle. Elle lança un regard mauvais à son mari, ignorant George Amherst, Anthony et Connie groupés derrière lui.

— Je me moque éperdument de ce que tu vas dire, voilà !

— À quel sujet ?

— Au sujet de ce que j'ai fait. Si tu n'étais pas un époux contre nature...

— Contre nature ?

— Oui ! En m'interdisant de voir ma propre famille. N'est-ce pas contre nature, ça ?

— Non. C'est de la prudence.

— Oh, parfait ! Reste donc sur tes positions ridicules. Mais si tu n'avais pas été *prudent*, je n'aurais pas eu recours à cette solution désespérée. Alors, avant de te mettre en colère, demande-toi qui est le responsable.

James se contenta de se tourner vers Jeremy.

— Où l'as-tu trouvée ?

Georgina avait envie de hurler. Elle avait essayé une nouvelle fois de se débarrasser de l'étreinte de Jeremy, en vain. Et sa charge contre James semblait complètement dénuée d'effet. Maintenant, ce vaurien allait parler et, sans aucun doute, James l'étranglerait sur-le-champ, devant ses amis et parents qui ne lèveraient pas le petit doigt pour venir à son secours, parce qu'ils étaient tous de son côté.

Elle sursauta lorsque Jeremy l'attira brusquement derrière lui.

— Ce n'est pas si dramatique, dit le jeune homme. Elle était sur le port, c'est vrai, mais bien protégée. Elle avait loué un fiacre, et deux énormes conducteurs étaient là pour empêcher quiconque de l'approcher.

— Quelle blague ! intervint Percy. Comment aurait-elle pu tomber dans les bras de Derek, dans ce cas, au risque de recevoir un baiser ?

Cramoisi, Derek saisit la cravate de Percy qu'il serra à l'étrangler.

— Tu traites mon cousin de menteur ? demanda-t-il, menaçant.

— Dieu non ! Je n'oserais pas, répondit l'autre à toute vitesse, avant d'ajouter, en pleine confusion : Mais enfin j'étais là, Derek. Je sais ce que j'ai vu.

La cravate se resserra encore davantage.

— Après tout, qu'est-ce que j'en sais ? murmura le malheureux, paniqué.

— Messieurs, je vous en prie ! intervint Tony. Ma femme a horreur des effusions de sang à l'intérieur de sa demeure.

Georgina, bien abritée derrière la haute silhouette de Jeremy, regrettait toutes ses mauvaises pensées à son égard. S'il la retenait fermement, c'était davantage pour la protéger contre la colère de son père que pour l'empêcher de s'enfuir. Il avait même menti, ce dont elle lui serait éternellement reconnaissante. Si seulement ce nigaud de Percy s'était tu…

D'où elle se tenait, elle apercevait Anthony, et Connie de l'autre côté de James. Mais pas ce dernier. Connie lui souriait, visiblement enchanté de la situation. Anthony, pour sa part, semblait s'ennuyer à mourir. C'était une des attitudes favorites de James mais, pour l'instant, il ne l'arborait sûrement pas. Elle en fut certaine lorsqu'elle sentit Jeremy se raidir, puis se tourner à demi vers elle pour murmurer :

— Il est temps de prendre la fuite…

James ne bougea pas. Il se contenta de la regarder grimper l'escalier quatre à quatre. Elle avait largement relevé sa robe afin d'aller plus vite, et il put constater que tout le monde contemplait non seulement ses chevilles mais aussi ses mollets. Une lueur meurtrière s'alluma dans son regard.

Il revint à Jeremy après avoir entendu une porte claquer à l'étage. Son fils était le seul qui n'eût pas suivi Georgina des yeux. Il fixait son père avec circonspection.

— Tu as changé de camp, mon garçon ? dit James calmement.

Sa douceur même était inquiétante, et le jeune homme répondit très vite :

— Je ne voulais pas que tu vives le calvaire d'oncle Tony simplement parce que tu te serais mis un peu en colère contre elle. Elle a un sacré caractère, au cas où tu ne l'aurais pas remarqué !

— Tu as eu peur que je ne me retrouve dans la niche du chien, c'est ça ?

— À peu près.

À entendre ses déboires passés ainsi étalés en public, Anthony abandonna sa feinte nonchalance pour tonner :

— Si ton père ne te botte pas l'arrière-train, petit, je m'en chargerai !

Jeremy ne se souciait guère de son oncle.

— Qu'allez-vous faire ? demanda-t-il à son père. Comme si c'était la chose la plus naturelle du monde, James répliqua :

— Battre mon épouse, évidemment.

Six cris de protestation s'élevèrent aussitôt. C'était ridicule ! James faillit éclater de rire. Ils auraient dû mieux le connaître ! À son grand amusement, tout le monde le supplia de ne pas mettre sa menace à exécution. Ils discutaient encore lorsque Dobson ouvrit la porte, bousculé par un Warren Anderson qui entrait en trombe.

Anthony fut le premier à voir cette montagne en furie se précipiter vers son frère, et il lui donna un coup de coude dans les côtes.

— Un de tes amis ?

James poussa un juron.

— Un ennemi, plutôt !

— L'un de tes beaux-frères, peut-être ? insista Anthony en reculant, prudent.

James n'eut pas le temps de répondre. Déjà Warren lançait le poing dans sa direction. James para aisément, mais Warren le toucha ensuite au plexus.

Le souffle momentanément coupé, il entendit Warren ricaner.

— Je sais tirer la leçon de mes erreurs, Malory.

Un coup sec au menton, suivi d'une droite bien assenée l'envoyèrent au plancher.

— Pas suffisamment, on dirait ! rétorqua enfin James.

Warren s'ébrouait afin de retrouver ses esprits lorsque Anthony interrogea son frère :

— C'est celui-là qui voulait te faire pendre ?

— En personne.

Anthony offrit sa main à Warren pour l'aider à se relever, mais ensuite il refusa de la lâcher, malgré les efforts de Warren. Menaçant, il susurra :

— Quel effet ça fait de voir la chance changer de camp, Yankee ?

— Qu'est-ce que vous voulez dire ?

— Regardez autour de vous. Ce n'est pas votre famille, cette fois, c'est la sienne. Si j'étais vous, je garderais mes poings au fond de mes poches !

— Allez au diable ! cria Warren en se dégageant.

Anthony aurait pu en prendre ombrage, mais il se contenta de rire et lança à son frère un regard qui signifiait : « J'ai essayé. C'est de nouveau à toi de jouer. » Or, James ne désirait pas jouer. Il voulait seulement que Warren s'en allât, de cette maison, d'Angleterre, de sa vie. Si l'homme se montrait moins agressif, il pourrait le raisonner, lui parler calmement. Mais Warren Anderson n'était pas un homme raisonnable. Et, en outre, James ne l'aimait pas. Ce qui était logique, puisque ce type avait souhaité le voir pendu !

Avec une froideur inquiétante, James l'avertit :

— Nous pouvons continuer à votre manière – alors je vous réduirai en charpie, n'en doutez pas, et tout seul – ou bien vous partez sagement.

— Pas sans ma sœur !

— Erreur, Yankee. Vous me l'avez donnée, je la garde. Je la garde principalement contre vous et vos méthodes violentes.

— Vous ne vouliez pas d'elle !

— Comment ça ? gronda James. Je la voulais au point d'avoir presque été pendu !

— C'est absurde ! s'écria Warren, un peu perdu, les sourcils froncés.

— Pas du tout ! intervint Anthony en riant. C'est très clair, au contraire.

James ignora son frère pour déclarer :

— Même si je ne l'avais pas voulue, vous ne la reprendriez pas maintenant.

— Pourquoi, par le diable ?

— Parce qu'elle porte mon enfant, et que vous pensez que vous réglerez tout en lui infligeant une bonne correction.

— Mais Malory n'a-t-il pas dit lui-même tout à l'heure que...

— La ferme, Percy ! crièrent trois voix en chœur.

Warren ne prêta pas attention à cette interruption.

— Nom d'un chien, Malory, jamais je ne lui ferais de mal, même si elle n'était pas... Bon sang, c'est ma sœur !

— C'est *ma* femme, ce qui me donne tous les droits sur elle. Dont celui de vous interdire de la rencontrer. Si vous souhaitez lui parler, vous devrez d'abord faire la paix avec moi.

La réponse de Warren n'étonna personne, car James avait l'air tout sauf conciliant !

— Pas question ! Et je me moque de vos droits ! Si vous croyez que nous allons la laisser aux mains d'un pirate, vous vous trompez !

Warren savait cependant fort bien qu'il ne pourrait emmener Georgina alors qu'il était seul contre une famille entière. Furieux de devoir abandonner le terrain, il gagna rapidement la porte. Et la seule raison pour laquelle elle ne claqua pas fut que Dobson s'était précipité afin de la tenir ouverte.

Anthony éclata d'un grand rire.

— Je ne sais pas si je dois te féliciter pour ta prochaine paternité, vieux, ou pour t'être débarrassé du beau-frère !

— J'ai sacrément besoin d'un remontant, déclara simplement James en se dirigeant vers le salon.

Il aurait aimé se retrouver seul, mais les autres suivirent.

— La petite George n'exagérait pas, lorsqu'elle parlait de ses frères ! fit remarquer Anthony, amusé. Ils sont tous de cet acabit ?

— À peu près, grommela James.

— Il reviendra, à mon avis. Et avec des renforts.

— Les autres sont quand même plus calmes. Pas tellement, mais un peu. Ils vont rentrer chez eux. Que peuvent-ils faire, de toute façon ? Elle est mon épouse. Et grâce à eux.

Anthony pouffa.

— Le mot te vient plus facilement maintenant, non ?

— Quel mot ?

— Épouse.

— Va au diable !

46

Georgina ne pouvait le croire. Il l'avait enfermée ! Et elle avait eu beau taper des poings contre le battant toute la nuit, jusqu'à l'épuisement, personne n'était venu à son secours. Comment Warren avait-il osé lui faire ça ? Alors qu'elle avait bravé les interdits de son mari simplement pour le rassurer !

Elle regrettait à présent d'avoir entendu sa voix, la veille au soir, quand il criait dans le hall. Cela l'avait attirée hors de sa chambre.

Mais juste avant d'atteindre l'escalier, elle avait entendu James refuser à Warren le droit de l'approcher, et elle s'était dit qu'il valait mieux ne pas se montrer. Aussi avait-elle cru avisé de se glisser au-dehors une fois de plus, pour attendre Warren.

Elle l'avait surpris alors qu'il quittait la demeure en coup de vent. Elle voulait lui dire qu'elle allait bien. De ne plus s'inquiéter pour elle… Mais elle ne s'attendait pas à être poussée dans sa voiture qui s'était aussitôt éloignée, elle à l'intérieur. Bon sang, pourquoi James ne l'avait-il pas enfermée ? Voilà qu'elle se retrouvait à présent sur le navire de Warren, terrifiée parce qu'il avait l'intention de la ramener en Amérique. Et il ne l'écouterait pas si elle affirmait ne pas vouloir y aller. Il n'avait d'ailleurs rien écouté de ce qu'elle disait. Elle craignait même qu'il ne cachât à ses frères qu'elle était à bord !

Là, elle se trompait. Elle s'en aperçut lorsque Thomas pénétra dans la cabine.

— Merci, mon Dieu ! s'écria-t-elle en voyant qu'il s'agissait du seul Anderson qui ne laissât pas son tempérament l'emporter sur son bon sens.

— C'est exactement ce que je pense, ma chérie, dit-il en la serrant contre lui. Nous avions presque abandonné l'espoir de te retrouver.

— Ce n'est pas ce que je voulais dire...

Elle se recula un peu afin de le regarder.

— Sais-tu que Warren m'a enfermée dans cette cabine ?

— Il en a parlé hier soir quand il est rentré à l'hôtel pour nous raconter ce qui s'était passé.

Elle se dégagea de son étreinte.

— Ainsi, vous m'avez laissée seule toute la nuit ?

— Du calme, ma douce. Il était inutile de te libérer plus tôt, puisque tu ne vas nulle part.

— Mais si ! cria-t-elle en se dirigeant vivement vers la porte. Je rentre chez moi !

— Je ne crois pas, Georgie ! intervint Drew sur le seuil, lui barrant le passage. Elle semble en forme, ajouta-t-il à l'intention de Thomas. Pas de bleus. Furieuse...

Furieuse, elle l'était ! Pourtant elle s'efforça de respirer profondément plusieurs fois avant de déclarer, avec tout le calme possible :

— Warren ne vous a tout de même pas dit que j'avais besoin de secours ? Si ? Et il a oublié de préciser que je suis amoureuse de mon mari ?

— Non, avoua Thomas, il n'a pas parlé de cette histoire d'amour. À mon avis, il n'y croit pas. Mais il a dit que tu avais demandé à retourner près de ton époux. Il est persuadé que c'est uniquement parce que tu portes l'enfant de cet homme. Au fait, tu te sens bien ?

— Je... Comment le sais-tu ?

— Malory, évidemment. Il a affirmé que c'était une des raisons pour lesquelles il voulait te garder.

Une des raisons ? C'était sans doute la seule. Comment n'y avait-elle pas songé plus tôt ? Elle avait fini par se persuader que James ne l'avait pas entendue lorsqu'elle avait parlé du bébé. Il n'y avait jamais fait allusion depuis.

Elle s'affaissa sur le lit, tentant de lutter contre la tristesse qui l'envahissait. Il ne fallait pas se laisser démoraliser. Il ne le fallait pas ! Elle aimait James Malory suffisamment pour deux. Et tant qu'il acceptait de la garder, elle resterait près de lui. Voilà tout ! Alors, pourquoi était-elle déprimée ?

Thomas la fit sursauter lorsqu'il vint s'asseoir à son côté.

— Ai-je dit quelque chose qui te chagrine, ma Georgie ?

— Non, rien... ou plutôt tout.

Elle était finalement heureuse d'avoir un autre sujet de préoccupation que James : ses frères ! Elle attaqua :

— Voudriez-vous me dire pourquoi je suis ici ?
— Cela fait partie du plan, Georgie.
— Un plan pour quoi ? Me rendre folle ?
Thomas éclata de rire.
— Non. Pour amener ton mari à la raison.
— Je ne comprends pas.
— Aurait-il permis à Warren de te rencontrer ? demanda Drew.
— Eh bien… non.
— Y avait-il une chance pour qu'il change d'avis à ce sujet ?
— Non plus, mais…
— Il doit comprendre qu'il ne peut nous empêcher de te voir, Georgie.
— Vous avez l'intention de me ramener à la maison seulement pour lui donner une leçon ? s'écria-t-elle.
— Je doute que nous ayons besoin d'en arriver là.
— Mais s'il croit que nous allons le faire… renchérit Thomas.
Georgina soupira.
— Vous ne le connaissez pas. Vous parviendrez simplement à le mettre en rage.
— Peut-être. Mais ça marchera, je te l'affirme.
— Warren ne pouvait pas me dire tout cela hier soir ?
Drew toussota.
— Notre cher Warren n'est pas d'accord avec ce plan. Il a véritablement le projet de te ramener chez nous.
— Quoi ?
— Ne t'inquiète pas pour lui, ma chérie ; la rassura Thomas. Nous ne partons pas avant une

bonne semaine, et je suis sûr que ton mari se sera manifesté avant.

— Une semaine ? Vous avez fait tout ce trajet pour rester si peu de temps ?

— Nous reviendrons. Et même très régulièrement. Clinton est en ce moment en train de signer de nouveaux marchés. Il a changé d'avis au sujet de l'Angleterre.

Georgina aurait trouvé la situation comique si elle n'avait été aussi bouleversée.

— J'en suis ravie, mais je n'avais aucun besoin d'être sauvée.

— Nous ne le savions pas, ma douce. Nous étions fous d'inquiétude pour toi. D'autant plus que, selon Drew et Boyd, tu n'as pas suivi Malory de ton plein gré.

— Mais maintenant que vous savez, pourquoi Warren n'abandonne-t-il pas ?

— On a toujours du mal à comprendre les réactions de Warren, alors dans ce cas... Georgie, sais-tu que tu es la seule femme pour qui il ait de l'affection ?

— Il a raison, renchérit Drew. Boyd dit qu'il ne l'a jamais vu aussi perturbé que lorsqu'il a appris que tu étais repartie en Angleterre.

— Il a jugé qu'il avait failli à sa mission, qui était de te protéger.

— C'est ridicule ! protesta-t-elle.

— Non. Warren se sent personnellement responsable de toi, plus encore qu'aucun d'entre nous, parce que tu es la seule femme qu'il aime. Vu sous cet angle, il n'est pas étonnant qu'il déteste ton mari, surtout après ce qu'il a dit et fait quand il est venu à Bridgeport.

— Pourquoi s'est-il acharné à détruire ta réputation ce soir-là, Georgie ? interrogea Drew, curieux.

Elle esquissa une grimace dégoûtée.

— Il était vexé parce que j'étais partie avec toi sans lui dire au revoir.

— Tu m'étonnes ! déclara Thomas. Il n'est pas homme à aller jusque-là par simple vengeance.

— Je répète seulement ce qu'il m'a dit.

— Alors pourquoi ne pas le lui redemander ? Tu entendrais sans doute une explication toute différente.

— Je ne le souhaite pas. Vous ne pouvez savoir combien le souvenir de cette nuit l'exaspère. Après tout, vous l'avez rossé, vous l'avez marié, vous avez arraisonné son navire et vous l'avez enfermé dans une cave…

Tout en parlant, elle se rendait compte que leur plan était condamné à l'échec.

— Bon sang, il ne changera pas ! Ce qu'il va plutôt faire, c'est débarquer avec sa famille et tout casser sur ce bateau !

— Espérons qu'il n'en arrivera pas à ces extrémités. Nous sommes des gens sensés !

— Pas Warren ! précisa Drew en souriant.

— Ni James… ajouta Georgina.

— J'aime à croire que nous autres le sommes, raisonna Thomas. Nous réglerons le problème, Georgie, je te le promets, même s'il faut pour cela rappeler à ton James que c'est lui qui a ouvert les hostilités.

— Ça va sûrement l'amadouer !

— Se montrerait-elle ironique ? demanda Drew à Thomas.

— Fâchée, surtout.

— J'en ai le droit, rétorqua-t-elle, le regard noir. Ce n'est pas tous les jours qu'on est kidnappée par ses propres frères !

47

Drew et Thomas étaient arrivés à convaincre Georgina de rester dans la cabine, afin qu'ils n'aient pas besoin de l'enfermer de nouveau. Mais une heure s'était écoulée, et elle commençait à se demander pourquoi elle collaborait à leur projet insensé, alors qu'elle savait pertinemment qu'il n'avait aucune chance de réussir. On ne forçait pas James Malory. Au contraire, il resterait sur ses positions et lui interdirait définitivement de voir sa famille… À condition qu'il parvînt à la récupérer, ce qui n'était pas évident. Ses frères étaient têtus, eux aussi !

Alors pourquoi demeurait-elle là, passive, à attendre que les événements décident de son avenir, quand elle pouvait simplement descendre du *Nereus* et se rendre chez James ? Elle n'aurait aucun mal à trouver un fiacre sur le quai, et elle avait encore en poche l'argent que Roslynn et Regina lui avaient donné lorsqu'elles avaient appris que James la laissait sans un sou.

Agacée d'avoir cédé aux injonctions de ses frères, elle se dirigeait vers la porte lorsque celle-ci s'ouvrit sur Drew qui annonça, sinistre :

— Tu ferais mieux de monter. Il est là.

— James ?

— Lui-même. Et Warren est furieux qu'il soit parvenu à monter à bord alors que l'équipage devait l'en empêcher.

Drew ne put retenir un sourire.

— Je crois qu'il s'attendait à voir James arriver avec une armée, et c'est ce que tout le monde guettait. Mais ton Anglais est assez intrépide, ou assez fou, pour être venu seul.

— Où est Thomas ?

— Désolé, chérie, notre médiateur est allé rejoindre Clinton.

Il n'y avait pas une minute à perdre ! Grands dieux ! Ils étaient sûrement déjà en train de s'entre-tuer, si Thomas n'était pas là afin de calmer Warren !

Elle se précipita sur le pont, pour entendre Warren ordonner à James de quitter son navire. Ils n'en étaient pas encore venus aux mains ! Warren était agrippé au bastingage du gaillard d'avant, raide de colère. James n'avait fait que quelques pas sur le pont avant qu'une rangée de solides matelots l'empêchât d'avancer davantage.

Georgina voulut s'élancer vers James, mais Drew la retint.

— Donne une chance à notre plan, Georgie. D'autre part, ils ne te laisseront pas l'approcher : ils ont reçu des ordres et seul Warren peut en donner d'autres. Aussi, si tu veux parler à ton mari, tu sais à qui t'adresser... à moins de hurler pour qu'il t'entende.

Drew souriait. Il trouvait ça drôle, le bougre ! Pas elle, et personne d'autre apparemment, surtout pas James. D'où elle était, elle le voyait bien à présent. Et il fulminait littéralement.

Il s'était réveillé avec une épouvantable gueule de bois, pour s'apercevoir qu'il s'était endormi au salon avec ses six compagnons de beuverie. Puis il s'était préparé à affronter sa femme... et avait constaté qu'elle avait de nouveau disparu. Cela n'avait certes pas arrangé son humeur !

Sa seule chance de la matinée avait été de trouver rapidement les trois navires de la Skylark. À présent, il était persuadé que Georgina avait l'intention de repartir avec ses frères. Sinon, qu'aurait-elle fait ici ?

La jeune femme ignorait quelles conclusions James avait tirées, mais cela n'aurait rien changé. Elle devait désamorcer la situation, peu importait après qui James était en colère.

— Warren, je t'en prie, dit-elle en s'approchant de lui.

Il ne daigna même pas la regarder.

— Ne te mêle pas de ça, Georgie, répliqua-t-il simplement.

— Impossible. C'est mon mari.

— Il ne le restera pas longtemps, nous y veillerons.

Elle grinça des dents devant son entêtement.

— Tu n'as pas écouté un mot de ce que je t'ai dit hier soir ?

James l'avait vue arriver près de son frère, et il tonna :

— George, tu ne partiras pas !

Dieu, pourquoi se montrait-il toujours si autoritaire ? Comment parviendrait-elle à raisonner Warren maintenant ? Et Drew avait raison : elle devrait crier si elle voulait se faire entendre de lui. Comment dès lors aborder des problèmes personnels ? D'autre part, jamais Warren n'accepterait de la laisser retourner vers lui. Sans l'appui de ses autres frères, elle n'arriverait à rien. Drew était bien là, mais il ne savait pas tenir tête à Warren.

Sa réponse à James avait trop tardé. Déjà, il prenait les choses en main… « en poing », plutôt. Deux matelots gisaient sur le pont quand Warren hurla :

— Jetez-le par-dessus b…

Il s'interrompit en recevant un grand coup de coude dans les côtes. Et demeura muet devant la fureur qui embrasait le regard de sa sœur. Or, si elle était furieuse à présent, c'était contre les deux hommes. Les imbéciles ! Comment osaient-ils l'ignorer ainsi, alors qu'il s'agissait de *son* avenir ?

— James Malory, arrête tout de suite ! cria-t-elle en direction du pont tandis qu'un autre matelot s'écrasait au sol.

— Alors descends, George !

— Je ne peux pas !

Elle allait ajouter « pas encore », mais il ne lui en laissa pas le temps :

— Ce que tu ne peux pas, c'est me quitter !

Il fut tiré en arrière par six hommes d'équipage. Le fou ! On allait le jeter à l'eau !

— Et pourquoi ne pourrais-je pas te quitter ?

— Parce que je t'aime !

Il avait lancé sa déclaration tout en envoyant un coup de poing sur le nez d'un malheureux matelot. Quant à Georgina, elle s'immobilisa, le souffle coupé, et crut qu'elle allait s'affaler sur le pont tant elle était émue.

— Tu as entendu ? murmura-t-elle à Warren.

— Tout ce satané port a entendu, grommela-t-il. Mais cela ne fait aucune différence.

Elle ouvrit de grands yeux.

— Tu plaisantes ! Cela fait toute la différence du monde, au contraire. Parce que je l'aime aussi.

— Tu voulais Cameron, il me semble. Tu changes vraiment tout le temps d'avis !

— Je ne suis pas comme *elle*, Warren, dit-elle doucement.

Il se détourna en entendant mentionner la femme qui l'avait trahi, celle qui était responsable de son attitude glaciale envers la gent féminine. Mais Georgina prit son visage entre ses mains, l'obligeant à la regarder.

— Je t'aime. Je sais que tu penses agir pour mon bien, mais tu dois me faire confiance, Warren. Malcolm était un caprice d'enfant. James, c'est ma vie. C'est lui que je désire, c'est lui que je désirerai toujours. N'essaie pas de m'éloigner de lui, je t'en supplie.

— Alors nous devrions nous effacer, lui permettre de nous séparer de toi ? C'est ce qu'il veut, tu sais. Si nous ne réagissons pas, nous ne te verrons plus jamais !

Elle sourit. Elle avait gagné. Il exprimait seulement ce qu'ils redoutaient tous.

— Warren, il m'aime, tu l'as entendu. J'arrangerai tout ça, mais laisse-moi m'en occuper. Tu ne fais que l'exaspérer.

— Bon, d'accord, vas-y ! céda-t-il de mauvaise grâce.

Avec un cri de joie, elle se jeta dans ses bras, mais ne perdit pas une minute pour faire volte-face… et se heurter à un mur de brique.

— Ainsi, tu m'aimes ?

Elle ne se demanda même pas comment il était monté jusque-là – quelques gémissements sur le pont inférieur racontaient l'histoire. Elle se moquait aussi qu'il eût surpris ses paroles. Tout simplement, elle glissa les bras autour de son cou.

— Tu ne vas pas te mettre en colère après moi devant mes frères, n'est-ce pas ?

— Je n'oserais pas, petite.

Il la souleva entre ses bras et fit demi-tour.

— Il vaudrait mieux que tu n'aies pas l'air de m'enlever, dit-elle.

— Mais je t'enlève, justement, ma chérie.

Bon ! Elle n'avait jamais imaginé que ce serait facile.

— Invite-les au moins à dîner.

— Pas question !

— James…

Il poussa un grondement terrible mais s'arrêta et se retourna. Cependant il s'adressa à Drew, pas à Warren.

— Vous êtes fichtrement conviés à souper ce soir !

— Pour l'amour du Ciel, dit-elle tandis qu'il reprenait sa marche, c'est la façon la plus grossière, la plus…

— Tais-toi, George. Tu n'as pas encore tout arrangé !

Ainsi, il avait entendu ! Néanmoins, elle ne se décourageait pas. Il avait fait la première concession, à contrecœur certes, mais c'était un progrès.

— James ?

— Oui ?

— Tu encourageras mes efforts pour tout arranger ?

Il haussa un sourcil blond.

— Je te le promets.

Elle passa lentement l'index sur sa lèvre inférieure.

Il s'arrêta net, sur le quai, et l'embrassa avec passion.

Elle ne sut jamais très bien comment ils arrivèrent chez eux.

48

— James, ne devrions-nous pas descendre ? Des voitures ne cessent d'arriver.

— C'est ma famille, qui ne voudrait pas manquer cette réunion pour un empire. Espérons que la tienne ne trouvera pas la maison.

Elle lui tira gentiment les cheveux.

— Tu ne vas pas te montrer ombrageux, j'espère ?

— Je ne le suis jamais, ma chérie. Mais tu ne m'as pas encore convaincu de pardonner à tes frères.

Une lueur fit briller les yeux de la jeune femme, et plus encore lorsqu'il la renversa sur le lit. Quand James était sur elle, elle pensait à tout sauf à la colère.

— Tu les as invités, lui rappela-t-elle néanmoins.

— Certes, mais c'est la demeure d'Anthony. Il a parfaitement le droit de les jeter dehors.

— James !

— Alors, essaie de me convaincre…

Il souriait, satanique, et elle ne put s'empêcher d'en faire autant.

— Tu es impossible !

Il suffit de quelques baisers pour qu'elle sentît la passion naître en elle. Elle caressa longuement le dos de son mari. C'était si bon de l'avoir contre elle !

— James... dis-le-moi encore.

— Je t'aime, ma chérie.

— Quand ?

— Quand quoi ?

— Quand t'en es-tu aperçu ?

— Je le sais depuis toujours. Sinon, pourquoi crois-tu que je t'aurais épousée ?

Prudemment, afin de ne pas gâcher ce délicieux instant, elle lui rappela :

— Tu y as été obligé.

— J'ai forcé tes frères à m'y forcer, George, expliqua-t-il tout contre sa bouche. C'est bien différent.

— Tu as... comment ?

— Écoute, ma chérie...

— James Malory !

— Mais bon sang, que pouvais-je faire d'autre ? J'avais juré de ne jamais me laisser piéger.

Le monde entier le savait. Je ne pouvais tout de même pas me ridiculiser et te demander en mariage ! Alors je me suis souvenu de la façon dont ce scélérat que ma nièce appelle son époux s'est retrouvé marié, et je me suis dit : pourquoi pas moi ?

— Je n'en crois pas mes oreilles ! Tu l'as fait exprès ? Et ils t'ont rossé ! L'avais-tu envisagé ?

— C'était le prix à payer pour obtenir ce que je désirais.

Elle secoua la tête.

— J'ai toujours pensé que tu étais fou !

— Seulement déterminé, mon amour. Et surpris ! J'ignore comment tu t'y es prise pour conquérir mon cœur, et y rester. Je commence à m'y habituer, pourtant.

— Vraiment ? Il n'y a pas trop de monde dans ton cœur ?

— Il y a encore de la place pour quelques bébés.

Elle l'embrassa tendrement, avant de demander :

— Mais pourquoi as-tu avoué être Hawke ? Ils avaient déjà décidé que tu m'épouserais.

— Oublierais-tu qu'ils m'avaient reconnu ?

— Je les aurais convaincus qu'ils se trompaient.

— Il valait mieux en finir avec ça, George, plutôt que de laisser cette situation empoisonner notre avenir.

— Notre avenir ? répéta-t-elle doucement.

— Pour moi, l'avenir s'annonce radieux, dit-il en la pénétrant brusquement. Et pour toi ?

— Pour moi... aussi.

En entrant au salon, un peu plus tard, ils trouvèrent les Malory et les Anderson en deux groupes distincts, chacun à un bout de la pièce. Et les malheureux frères de Georgina étaient largement surpassés en nombre, car tout le clan Malory était présent, visiblement uni par la même loyauté envers James. Il n'y aurait pas d'ouverture tant qu'il ne ferait savoir que la querelle était définitivement close. Pour l'instant, il avait simplement annoncé à Anthony qu'ils auraient des invités indésirables pour le dîner.

Le froncement de sourcils de son mari ne lui disait rien qui vaille, aussi Georgina utilisa-t-elle le même moyen qu'avec Warren le matin pour attirer son attention...

Il reçut un coup de coude dans les côtes.

— Si tu m'aimes, tu aimeras ma famille, décréta-t-elle dans un sourire.

Il serra plus fort son bras sous le sien afin de le bloquer.

— Désolé, George. Si je t'aime, je *tolérerai* ta famille.

Il soupira.

— Oh, bon sang ! jura-t-il avant de procéder aux présentations.

— Ils sont tous célibataires ? demanda Regina à Georgie un moment après. Nous devons y remédier !

Georgina sourit.

— Ils ne resteront pas assez longtemps ici, Regan.

— Dieu, tu as entendu ça ? dit Anthony à Jason. Elle a pris ses mauvaises habitudes.

— Quelles habitudes ? demanda la jeune femme, prête à défendre son époux.

Regina expliqua gaiement :

— Mon nom. Ils n'ont jamais été d'accord à ce sujet. Mais ça va mieux. Autrefois, ils en arrivaient presque aux mains quand ils en parlaient.

Georgina leva les yeux au ciel, puis elle sourit en voyant l'expression torturée de James qui, à l'autre bout du salon, parlait avec Thomas et Boyd. Néanmoins, il ne s'était pas approché de Warren.

Ce dernier était rarement sociable. En revanche elle était surprise, en particulier par Clinton, de voir que ses frères s'entendaient si bien avec ces Anglais détestés. Quant à Mac, il passerait plus tard dans la soirée. Elle devait penser à lui présenter Nettie MacDonald. Regina n'était pas la seule à pouvoir jouer les marieuses !

Après le repas, Anthony et James se retrouvèrent l'un près de l'autre, à admirer leurs épouses respectives.

— Les marierons-nous ? demanda Anthony.

James s'étrangla avec son cognac, car ils parlaient de leurs futurs enfants.

— Ils ne sont pas encore nés, idiot !

— Et alors ?

— Ils pourraient être du même genre que nous.

Anthony soupira, déçu.

— En effet...

— En outre, ils seront cousins germains.

— Et alors ? répéta Anthony.

— Ça ne se fait pas, de nos jours.

— Comment le saurais-je ?

— C'est vrai, vous ne savez pas grand-chose, intervint Nicholas en se joignant à eux. C'est une belle famille que vous avez là, ajouta-t-il à l'intention de James.

— Vraiment ?

Nicholas sourit.

— Ce Warren ne semble pas vous porter dans son cœur. Il vous a fusillé du regard toute la soirée.

James se tourna vers Anthony.

— À toi l'honneur, ou me laisses-tu ce plaisir ?

Nicholas comprit tout de suite qu'il s'agissait de le boxer.

— Vous n'oseriez pas. Vos frères seraient furieux. Sans compter ma femme.

— Je suis persuadé, mon garçon, que le jeu en vaudrait la chandelle, dit James en souriant.

Prudent, Nicholas préféra alors s'éloigner.

— Ce jeune homme aime bien tenter le diable, hein ? dit Tony en riant.

— Je commence à le tolérer, avoua James. Bon sang, j'apprends à tolérer beaucoup de gens ces temps-ci !

Tony fixait Warren Anderson.

— Notre bon vieux Nick a raison, ce type ne t'aime pas du tout !

— Sentiment parfaitement réciproque, je t'assure !

— Tu penses avoir des ennuis avec lui ?

— Certes non. Un immense océan nous séparera bientôt, Dieu merci !

— Il voulait seulement protéger sa sœur, vieux.

— Tu essaies de me priver du plaisir de le haïr, alors qu'il est réellement détestable ?

— Je n'y songerais pas !... Au fait, James, tu sais que je t'aime ?

Un peu de cognac se renversa sur le tapis.

— Nom d'un chien, quelques verres, et tu dégoulines de sentimentalité !

— Ah bon ?

— Je plaisantais.

— Alors, considère que c'est dit.

— Considère que pour moi aussi, grommela James après un instant de silence.

Anthony sourit.

— J'aime les anciens également, mais je n'ose pas le leur dire... Le choc, tu comprends.

— Moi, en revanche, je peux bien tomber dans les pommes ?

— C'est évident, vieux.

— Qu'est-ce qui est évident ? demanda Georgina venue se joindre à eux.

— Rien, mon amour... Mon frère est simplement pénible, comme d'habitude.

— Pas plus que le mien, j'en suis sûre.

James se raidit.

— Il t'a dit quelque chose ?

— Bien sûr que non. Il ne dit rien à personne, fit-elle dans un soupir. James, si tu faisais le premier...

— Pas un mot de plus, George ! s'écria-t-il avec une horreur qui n'était pas totalement feinte. Nous sommes dans la même pièce, c'est plus que suffisant !

— James... insista-t-elle, enjôleuse.

— George ! menaça-t-il.

— Je t'en prie...

Anthony éclata de rire. Il savait reconnaître un homme perdu quand il en voyait un... En lui lançant un regard noir, James se laissa entraîner vers le coin de la pièce où boudait Warren.

Il lui fallut un nouveau coup dans les côtes pour qu'il prononçât d'un ton sec :

— Anderson.

— Malory.

Soudain, James partit d'un grand rire, surprenant tous les Anderson.

— Je suppose que je vais devoir renoncer, dit-il, car visiblement vous ne savez pas comment on déteste quelqu'un de façon civilisée.

— Que voulez-vous dire ?

— Vous êtes censé prendre plaisir à nos différends, mon cher.

— Plutôt...

— Warren ! coupa sèchement Georgina. Pour l'amour du Ciel !

Il la dévisagea un instant, sombre, avant de tendre la main à James qui l'accepta en souriant.

— Je sais combien cela vous contrarie, mon vieux, mais vous laissez votre sœur à un homme qui l'aime même à bout de souffle.

— À bout de souffle ? répéta Georgina.

James haussa un sourcil, habitude qu'elle trouvait absolument délicieuse, maintenant.

— Eh bien, n'étais-tu pas à bout de souffle, tout à l'heure dans notre lit ?

— James !

Elle rougit violemment. Comment osait-il dire cela, surtout devant Warren ?

Mais celui-ci intervint, avec l'ombre d'un sourire :

— D'accord, Malory, j'ai compris. Arrangez-vous seulement pour continuer à la rendre heureuse, cela m'évitera de revenir vous tuer.

— Beaucoup mieux, mon cher ! approuva James, jovial, avant de se tourner vers sa femme : Il apprend vite, George, diablement vite !

3778

Composition
FACOMPO

Achevé d'imprimer en Italie
par GRAFICA VENETA
le 5 décembre 2021

Dépôt légal : janvier 2022
EAN 9782290262924
OTP L21EPSN002349N001

ÉDITIONS J'AI LU
87, quai Panhard-et-Levassor, 75013 Paris

Diffusion France et étranger : Flammarion